THOMAS MONTASSER

Der Sommer aller Sommer

THOMAS MONTASSER

Der Sommer aller Sommer

ROMAN

THIELE VERLAG

ERSTES KAPITEL

Vielleicht wären sie sich nie begegnet.
Vielleicht hätten sie nie ein Wort gewechselt.
Doch der Himmel schien sich entschieden zu haben,
in das Rad des Schicksals zu greifen. Und so traten
zwei Menschen ins Leben des jeweils anderen,
die füreinander geschaffen waren.

DER SOMMER ALLER SOMMER

Es war nicht mehr als die Entdeckung eines alten, nun gut: eines sehr alten Kinderspielzeugs, die die Geschicke der kleinen Gemeinde Anghiari in der Nähe von Arezzo völlig auf den Kopf stellte. Ein seltsames Objekt, das seit vielen Generationen weitergereicht wurde und mit dem niemand so recht etwas anzufangen wusste, das aber wegzuwerfen sich niemand überwand. Denn obwohl ganz offensichtlich völlig nutzlos, übte es auf seine Betrachter – die Großen übrigens wie die Kleinen – einen eigenartigen Zauber aus, dem man sich nur schwer entziehen konnte.

Und hätte nicht durch puren Zufall ein dem Vernehmen nach ebenso schüchterner wie durchaus begabter Ingenieur Zuflucht vor einem Unwetter unter der Türschwelle der alten Signora Tedeschi gesucht, hätte sie ihm nicht in einem für sie selbst überraschenden Anfall von Menschenfreundlichkeit Schutz unter ihrem Dach angeboten (nun, von Signora Tedeschi wird noch zu reden sein), wäre nicht ihre schmachvoll geschiedene Tochter Vittoria wieder bei ihr eingezogen, weil sie sich keine eigene Wohnung mehr leisten konnte – alles wäre anders gekommen. Entscheidend war freilich, dass der junge Mann, Fabio Contagno, alsbald tat, was er immer tat: Er zeichnete. Dankbar und rücksichtsvoll in einer Ecke der Küche sitzend, um das Unwetter draußen abzuwarten, kritzelte er bei der ihm angebotenen Tasse Kaffee geometrische Figuren in sein Notizbuch.

Vittoria staunte nicht wenig, als sie ihm ein paar selbstgebackene Cantuccini anbot und dabei eine Form entdeckte, die sie kannte. »Interessant, dass Sie das zeichnen.«

»Den Rhombenkuboktaeder?«

»Ich hatte keine Ahnung, wie es heißt«, erwiderte Vittoria und lachte. »Und bei dem Namen wird sich das auch nicht ändern.«

Der junge Mann blickte auf seine Zeichnung und lächelte. »Eine sehr komplexe und faszinierende Form.«

»Finden Sie? Ja, komplex sieht sie aus, das stimmt. Ich fand sie vor allem immer sehr nutzlos.«

»Das Gegenteil ist der Fall, Signorina«, sagte der unerwartete Gast. »Sie ist durch ihre Struktur außergewöhnlich stabil und findet vielfache Anwendung vor allem in Stahlkonstruktionen. Genau genommen hatten wir sogar die ursprünglichen Pläne für die Stahlstreben …« Er unterbrach sich. »Entschuldigen Sie, ich möchte Sie nicht mit unseren technischen Problemen langweilen.«

Vittoria stellte den Teller mit Gebäck auf den Tisch und setzte sich neben ihn. »Dass es zu irgendetwas nützlich sein könnte, hätte ich nicht gedacht. Wir haben es immer nur als Spielzeug betrachtet.«

Fabio Contagni zögerte und entschied sich dann, zuzugreifen. Ein Fehler! Denn in seinem Heißhunger stieß er gegen die Kaffeetasse und verschüttete etwas davon. »Entschuldigung. Das ist mir ausgesprochen peinlich.«

»Ach, kein Problem … warten Sie.« Sie sprang auf und nahm eine kleine Stoffserviette zur Hand, mit der sie zuerst auf den Ärmel seines Jacketts tupfte, um dann über den Tisch zu wischen.

»Danke schön. Sehr liebenswürdig.« Etwas verlegen griff der junge Mann nochmals zum Gebäck – diesmal natürlich, ohne ein Malheur anzustellen – und konnte nicht umhin, es zu loben: »Mhhh, köstlich!

Vielen Dank!« Um Augenblicke später zu keuchen: »Ist das scharf! Ent…schuldi…gung…!«

»Oh!« Vittoria brach ein Stückchen von einem der kleinen Gebäcke ab und probierte. »Vermutlich Cayenne-Pfeffer«, stellte sie dann fest, als sei es das Normalste auf der Welt.

»Cayenne-Pfeffer?« Fabio schüttete den Kaffee hinterher und verbrannte sich den Mund. »In … Cantuccini?«

»Scusi. Meine Mutter hat sehr eigenwillige Rezepte.«

Der Ingenieur nickte, räusperte sich, räusperte sich nochmals und heftete dann seinen Blick auf die Zeichnung. Ein kurzes befangenes Schweigen. Dann fand er die Sprache wieder: »Als Spielzeug habe ich es noch nie gesehen.«

»Ich kann es holen«, erklärte Vittoria, die sich ärgerte, dass sie so aufgelöst aussah – ein paar Strähnen ihres zu einem Pferdeschwanz gebundenen Haars hatten sich selbstständig gemacht. Und auch sonst fühlte sie sich in ihrer Putzkleidung reichlich unaufgeräumt. »Vorausgesetzt, ich finde es.«

Sie fand es. Auch wenn es mehrere Cantuccini lang dauerte, was den unerwarteten Gast so wenig störte wie die grau getigerte Katze, die ihm zwischenzeitlich um die Beine strich, sich ebenfalls einige Gebäckkrümel erbettelte und ihn aus großen grünen

Augen betrachtete. Es war ein unscheinbares Objekt aus Holz, eine Konstruktion aus mehreren quadratischen und einigen dreieckigen Rahmen, die zusammen etwas bildeten, was wie eine Kreuzung aus Kugel und Würfel wirkte. »Die Quadratur des Kreises«, murmelte Fabio.

»Scusi?«

»Es muss sehr alt sein. Es sieht aus, als wäre es … ich weiß auch nicht. Sehr, sehr alt.« Behutsam nahm er es in die Hand und drehte es vor seinen Augen. Kleine Metallklammern hielten die ineinander gefügten Hölzer zusammen.

»Wir haben alle damit gespielt. Als kleine Kinder, meine ich«, erklärte Vittoria, die sich über die Ehrfurcht wunderte, mit welcher ihr Gast das Objekt betrachtete.

»Und wer ist *wir*?«

Er hat neugierige Augen, dachte Vittoria. *Als wollte er alles ganz genau durchblicken.* »Nun … ich, meine Mamma, ihre Schwestern, ihr Papa und so weiter. Ich weiß nicht, wer alles. Es müssen schon einige Generationen sein …«

»Faszinierend«, murmelte Fabio und stellte das kleine Meisterwerk auf den Tisch. »Wissen Sie, wer diese Form erfunden hat?«

Vittoria zuckte die Schultern. »Wissen Sie es denn?«

Er nickte ernst und blickte ihr in die Augen. »Leonardo.«

»Da Vinci?«

»Kein Geringerer.«

»Lustig, dass Sie das sagen. Er soll einmal in diesem Haus zu Gast gewesen sein.«

***

Als das Unwetter endlich vorüber war, hatten beide – Vittoria Tedeschi und der junge Ingenieur – Erstaunliches gelernt. Denn was für die einen ganz gewöhnlich erscheint (etwa, dass man einen unzweifelhaft ziemlich nutzlosen Gegenstand als Kinderspielzeug benutzt), erweist sich für den anderen als ungeheuerlich. Und was für den anderen eine eher banale naturwissenschaftliche Betrachtung ist (etwa, dass es für die Stabilität der Konstruktion keineswegs in erster Linie auf die Dicke der benutzten Streben ankommt, sondern vielmehr auf die Winkel, in denen sie zueinander stehen), wirkt für die einen kaum vorstellbar.

Als der Ingenieur der Regenfront durch die schmale Gasse vor dem Haus hinterherblickte, entdeckte er noch einen Regenbogen, der sich wie ein zauberhaftes Omen über Anghiari wölbte. Auch Vittoria, die vergeblich die Serviette suchte, mit der sie den Kaffee vom Tisch gewischt hatte, erblickte dieses Wetterphänomen und dachte zu ihrer eigenen Überraschung an den Prismaeffekt, als sie aus dem Fenster ihrer Dachkammer schaute. Sie konnte die Schritte des jungen Mannes auf dem alten Kopfsteinpflaster hören, sehen konnte sie ihn von hier aus nicht. Aber sie hatte das Gefühl, als wäre an diesem gewöhnlichen Dienstagnachmittag etwas ganz Außergewöhnliches geschehen, etwas, das ihr Leben womöglich verändern würde! Wie sehr sie mit diesem Gefühl recht hatte, hätte sie allerdings nie für möglich gehalten. Denn es änderte sich nicht nur *ihr* Leben – und dies auf mannigfache Weise –, sondern auch das Leben des ganzen Dorfes. Doch dazu später.

Fabio Contagno lenkte seine Schritte nicht, wie beabsichtigt, an den Ort, den er eigentlich hätte aufsuchen wollen, sondern nach der Gemeindebibliothek hin, wo ihn eine Frau mittleren Alters wortkarg und mit skeptischem Blick empfing.

»'Giorno.«

»Buon giorno, Signora«, erwiderte Fabio. »Ich bin froh, dass Sie geöffnet haben.«

Die Bibliothekarin blickte ihn über den Rand ihrer Brille hinweg an, fühlte sich aber nicht bemüßigt, darauf zu reagieren.

»Sicher haben Sie allerlei Literatur über Leonardo.«

»Leonardo? Welchen?«

»*Den* Leonardo, Signora.«

Sie nickte, offenbar zufrieden, dass er nicht einen amerikanischen Schauspieler meinte oder einen Spieler des AS Rom. Also gewährte sie ihm eine vollumfängliche Auskunft: »Si.«

»Etwas zum technischen Werk vielleicht?«, versuchte es Fabio, der sich gleichzeitig überlegte, ob er nicht besser den Weg nach Florenz auf sich nehmen und in den dortigen, reich bestückten Archiven nach Informationen über den Rhombenkuboktaeder suchen sollte.

»Es gibt ein paar Bücher«, stellte die Bibliothekarin klar und deutete mit ihrer Linken in einen düsteren Winkel des Lesesaals (wobei der Saal insgesamt kaum größer war als eine mittlere Speisekammer), ohne sich die Mühe zu machen, dem Besucher die besagten Werke genau zu zeigen.

»Grazie«, sagte Fabio und wandte sich dem Regal zu. Er war der einzige Besucher, den die kleine Gemeindebücherei an diesem Nachmittag hatte, und vielleicht – so zumindest ging es ihm durch den Kopf, während er die Buchrücken studierte – der einzige seit längerer Zeit. Lag es nicht nahe, dass Menschen, die täglich Stunden damit zubrachten, auf Besucher zu warten, etwas sonderbar wurden? Dass die Umgangsformen einrosteten und die Eloquenz nachließ?

Leonardos Zeichnungen. Er nahm den Band heraus, der schon einige Jahrzehnte alt und ziemlich abgegriffen war und von allein etwas jenseits der Mitte aufklappte. Fabio wusste nicht, ob er amüsiert oder empört sein sollte: Es war eine Doppelseite mit anatomischen Zeichnungen, von denen allerdings eine mit schwarzem Papier überklebt war – unschwer zu erraten, welcher Natur die dargestellten Körperteile waren. Wo indes die Zeichnungen sichtbar waren, stellten sie unfassbar detaillierte Abbildungen von Muskeln und Sehnen, Knochen und inneren Organen dar.

Andächtig blätterte der Ingenieur weiter. Es folgten Zeichnungen zu den Themen Proportion und Körperhaltung, Landschaftsstudien, Karten, Architektur und – technische Skizzen!

Als Fabio Contagno wieder aufblickte, stand die Bibliothekarin vor ihm, demonstrativ den Schlüssel in der Hand und eine Augenbraue erhoben. »Wie … wie spät ist es?«, fragte er verwirrt und erhob sich.

»Zeit zu schließen«, erklärte die Frau und unterstrich diese Aussage mit einem Räuspern, das keinen Widerspruch duldete.

»Oh. Verstehe.« Er stand auf. »Sagen Sie … kann man dieses Buch ausleihen?« Er hielt ihr den Leonardo hin wie eine Opfergabe.

Sie sog die Luft ein und schaffte es, auf ihn herabzublicken, obwohl sie mindestens einen Kopf kleiner war als er. »Nur Mitglieder.«

»Verstehe«, sagte Fabio. »Dann würde ich gerne einen Mitgliedsausweis erwerben.«

Sie lachte. Kurz und spitz und freudlos. »Dann kommen Sie morgen wieder.« Damit streckte sie die Hand aus, nahm ihm den schweren Band ab, stellte ihn wieder an seinen Platz im Regal und ging vor ihm her zur Tür. Es war offensichtlich, dass sich eine Diskussion nicht lohnte. Schicksalsergeben folgte Fabio der Bibliothekarin. »Wie lange gibt es die Bibliothek schon?«, fragte er, als sie an ihrem Tisch vorbeikamen.

Einen Moment schien die Frau zu überlegen, ob sie ihm wirklich die Ehre eines Gesprächs zuteilwerden lassen sollte. Doch dann schien es ihr der Mühe nicht wert, es ihm zu verwehren. »Seit genau einhundertzwei Jahren.«

»Bemerkenswert«, flüsterte Fabio ehrfurchtsvoll. »Und Sie sind die Hüterin dieses Grals.«

Sie zuckte die Achseln und deutete zur Tür.

»So viele schöne Bücher. Haben Sie nicht Angst, dass sie eines Tages ein Raub der Flammen werden könnten?«

»Der Flammen?« Nun wanderte auch die zweite Augenbraue in die Höhe.

»Wie die berühmte Bibliothek von Alexandria ...«

»Soweit ich weiß, wurde sie von den Arabern in Brand gesetzt.«

»Eine Legende der Christen.«

»Wie auch immer. Vor den Arabern muss sich unsere kleine Gemeindebücherei wohl auch nicht fürchten.«

»Oder die Anna-Amalia-Bibliothek in Weimar.«

»Wenn man eine ganze Bibliothek mit Holz vertäfelt …« Sie schien vergessen zu haben, dass ein Gespräch mit dem Unbekannten nicht lohnte.

»Moskau!«, rief der junge Mann. »Die Russische Akademie der Wissenschaften … Ein Feuerwerkskörper! Irgendeinen Grund gibt es immer.«

»Vermutlich.«

»Aber wirksame Brandschutzvorrichtungen wären ein wertvolles und vor allem nützliches Gegenmittel.«

»Tja … für dieses Gegenmittel bräuchten wir erst einmal die Mittel.«

Fabio würdigte den Scherz mit einem Lächeln und einem leichten Neigen des Kopfes. »Das ist sicher richtig. Oder jemanden, der sich für Sie verwendet.«

»Für mich?«

»Nun, ich könnte es zumindest versuchen«, erklärte er. »Sehen Sie, wenn ich den Hinweis am Eingang richtig verstanden habe, beherbergen Sie hier auch einen Teil der Bibliothek des Palazzo del Vicario …« Er breitete die Arme ein wenig aus und wandte sich dem hinter ihm liegenden Raum zu. »Man kann also sagen, dieses sei die Bibliothek des Palazzo. Und da es meine Aufgabe ist, verschiedene Umbauten zur technischen Sicherheit des Palazzo auszuarbeiten …« Beredt schweigend blickte er sie wieder an und entdeckte zu seiner Genugtuung ein leichtes Flackern in ihren Augen (und, als er die Hände wieder in die Hosentaschen steckte, mit Schrecken, dass er die Stoffserviette der Signora Tedeschi eingesteckt hatte).

Ohne ein weiteres Wort zu verlieren, schritt die Bibliothekarin nochmals durch den Raum, um wenige Momente später den Band mit Leonardos Zeichnungen in seine Hände zu legen. Sie nickten einander zu, dann verschwand Fabio Contagno durch die bereits im Abenddämmer liegenden Gassen von Anghiari, während Signora Tuttibelli wie seit siebenunddreißig Jahren die Bibliothek hinter sich abschloss, einen Liebesroman von Carla Carlucci heimlich in der Handtasche, und in der Gegenrichtung verschwand, wo sie seit dem Tod ihrer Mutter eine kleine Wohnung in der Nähe der Kirche bewohnte. Dort würde sie den Abend bei romantischer Lektüre und ein oder zwei Gläschen Amaretto verbringen. Oder drei.

***

Anghiari ist eine kleine Gemeinde von nur wenig mehr als fünftausend Einwohnern in den sanften Hügeln der Toskana. Sie gehört zur Provinz von Arezzo und verdankt das bisschen Bekanntheit, das ihr zuteilwurde, einer Schlacht, die im fünfzehnten Jahrhundert in der Gegend stattfand, und in der Florenz und Mailand um die Vorherrschaft unter den norditalienischen Stadtstaaten stritten (wobei auch der Vatikan und Venedig Truppen schickten). Das Gemetzel endete zugunsten der Florentiner, die darauf ein Gemälde bei Leonardo in Auftrag gaben: Er sollte auf einem Wandfresko für den Palazzo Vecchio die Schlacht von Anghiari darstellen. Sein Werk allerdings wurde nie vollendet und schließlich von Giorgio Vasari zerstört (zahllos freilich die Stimmen, die es in einer verborgenen Kammer hinter Vasaris späterem Fresko wähnen oder zumindest unter dem neu aufgetragenen Putz). So oder so: Das Geheimnis des Gemäldes, das in einer anderen Stadt und unsichtbar ist, ja womöglich nicht einmal mehr existiert hat und sowieso nie fertiggestellt wurde, mehrte den Ruhm Anghiaris und ist heute der Grund, weshalb zumindest im Kreise der Kunstkenner und Verschwörungstheoretiker die kleine Gemeinde einen gewissen Zauber besitzt. Ganz abgesehen natürlich davon, dass sie in der Tat ein außerordentlich schönes Fleckchen Erde ist, das sich nicht ohne Grund zu den Mitgliedern der Vereinigung *I borghi più belli d'Italia*, also zu den schönsten Orten des an Schönheit so überreichen Stiefels zählt.

Die Gassen Anghiaris sind schattig und kühl, die Menschen – wie in fast allen kleinen Ortschaften dieser Erde – freundlich, aber zurückhaltend, wenn sie nicht (die Touristen haben sich wieder aus den Weinbergen zurückgezogen und sitzen, das Smartphone mit den entzückenden Aufnahmen fest im Blick, auf den Terrassen der Straßencafés und Pizzerien von Arezzo oder Perugia) bei *Gianni's* oder im *Tortone* auf ein Glas Montepulciano eingekehrt sind und ihrem naturgegebenen Temperament freien Lauf lassen. Doch dazu an anderer Stelle.

Signora Tedeschi hat an dieser Art von Zusammenkünften nie teilgenommen (Einwohner, die das Gegenteil bezeugen könnten, wohnen inzwischen überwiegend auf dem kleinen Gottesacker von San Bartolomeo oder ziehen es aus anderen Gründen vor zu schweigen). Überhaupt hat sie sich aus dem öffentlichen Leben weitgehend zurückgezogen. Sehen wir den Tatsachen ruhig ins Auge: Sie ist keine ausgeprägte Menschenfreundin. Und seit der Schmach, dass die Ehe ihrer einzigen Tochter gescheitert ist (das hätte sie gleich vorhersagen können, weil Luigi nun mal ein ausgemachter Schürzenjäger und nicht besonders hell im Kopf war), hat sich dieser Charakterzug noch einmal tiefer eingeschliffen. War sie früher gerne mal beim Friseur gewesen, um sich die Haare machen zu lassen und dem neuesten Dorfklatsch zu lauschen, hatte sie in jüngerer Zeit der Dauerwelle abgeschworen und trug bevorzugt ein Kopftuch wie einst ihre Mutter. In jüngerer Zeit meint dabei genau genommen: seit sie selbst zum Gegenstand des Geschwätzes geworden war. Sie und Vittoria. Sicher, wäre ihre Tochter ein hässliches Entlein gewesen, dann hätte sich die Häme in Grenzen gehalten, dann hätte man sich das Maul über den unmöglichen Kerl zerrissen, der es geschafft hatte, mit der sechzehnjährigen Tochter des örtlichen Tankstellenbesitzers durchzubrennen! Aber Vittoria war nun einmal eine Frau, nach der die Männer sich umdrehten. Legendär der Unfall auf der Piazza del Popolo, als drei Autos und ein Motorroller sich ineinander verkeilt hatten, nachdem ein Windstoß Vittorias Kleid bis zu den Hüften hochgeweht hatte! Dass einer der Unfallbeteiligten der Pfarrer war (der auf dem Roller) und einer der Bürgermeister (damals noch Gianfranco Pazzo mit seinem Mercedes Benz), hatte der Sache zusätzliche Delikatesse verliehen. Und es gab nicht wenige in Anghiari, die überzeugt waren, dass die Niederlage Pazzos bei den Kommunalwahlen und die Abberufung von Monsignore Falliacci (dem man übrigens eine Aufgabe im Priesterseminar von Reggio zugewiesen hatte) in engem Zusammenhang mit jenem Vorfall auf der Piazza del Popolo standen.

Luigi war seit der Scheidung nicht mehr im Ort aufgetaucht, und es ging die Rede, dass er seine junge Geliebte gegen eine Einsiedelei in den Hügeln eingetauscht habe – wenn auch nicht ganz freiwillig –, während das Mädchen auf einem Klosterinternat in Apulien gelandet war. Aber da weder der Tankstellenbesitzer noch Luigis Familie je ein Wort darüber verloren, war es genauso gut möglich, dass die beiden sich in einem Aschram in Indien befanden oder in den Casinos von Wien, Lissabon oder Monte Carlo ihr Glück suchten.

Vittoria jedenfalls hatte mit diesem Kapitel ihres Lebens erfolgreich abgeschlossen. Auch wenn sie damit haderte, mit Anfang dreißig wieder zu Hause zu wohnen, genoss sie die Freiheit, sich nicht mehr jeden Abend Gedanken machen zu müssen, wo ihr Ehemann eigentlich abgeblieben war oder ob er das Familienkonto am Monatszweiten schon wieder geplündert hatte (denn Luigis Hang zu unnötigen, unvorhersehbaren und vor allem fragwürdigen Ausgaben hatte die Ehe von Anfang an belastet). Und so kam es, dass die beiden Frauen alleine ein großes, sehr altes Haus in der Mitte eines kleinen, sehr alten Ortes bewohnten und zwar mehr schlecht als recht über die Runden kamen, das aber überwiegend in friedvollem Einvernehmen. Wenn auch Signora Tedeschi sehr wohl und sehr genau zur Kenntnis nahm, dass ihre

Tochter nach wie vor den Männern den Kopf verdrehte und das empörenderweise auch noch genoss! Ob sie nun (Vittoria natürlich) im Morgenmantel auf die Dachterrasse stieg, um Wäsche aufzuhängen und sich dabei von Signor Bergoglio ganz unverschämt begaffen zu lassen, oder ob sie im zu weit ausgeschnittenen Top zwei Häuser weiter zur Bäckerei lief, um den armen Lehrjungen um den Verstand und den Inhaber um den Schlaf zu bringen – Vittoria war umschwärmt, dass es eine Schande war.

Nur sie selbst tat, als würde sie es gar nicht merken. Aber Signora Tedeschi wusste es besser: Keine Frau hätte Blicke nicht bemerkt wie jene, mit denen Vittoria bedacht wurde. Männer waren ja im Allgemeinen schon nicht reichlich mit Intelligenz gesegnet. Aber wenn Vittoria in ihre Nähe kam, waren sie üblicherweise an Blödigkeit kaum zu übertreffen.

ZWEITES KAPITEL

Die Unberechenbarkeit der Dinge
ist das Salz in unser aller Leben. Rückblickend erschien
ihr alles ganz klar, gerade so,
als hätte es nur auf diese Weise geschehen können.
Aber als es passierte, da fühlte sie sich
vom Lauf der Ereignisse überrollt.

DER SOMMER ALLER SOMMER

Wie in solchen Fällen üblich, spaltete sich die Fachwelt in zwei Lager: Es gab jene, die – nach Anwendung unterschiedlichster chemischer, physikalischer und kunstgeschichtlicher Analysen – zu dem Ergebnis kamen, dass das Objekt aus der Zeit Leonardos stammte, mit seinen Skizzen nahezu identisch und daher mit an Sicherheit grenzender Wahrscheinlichkeit von seiner eigenen Hand sei. Und es gab jene, die – unter Anwendung des gesunden Menschenverstands – dagegenhielten, dass es an ein Wunder grenzen würde, wenn ein »Holzspielzeug« fünfhundert Jahre überdauerte. Der Streit wurde mit scharfen Waffen ausgetragen: Fachpublikationen, Kommentaren, Hinzuziehung wissenschaftlicher Koryphäen. Er eskalierte sogar in einigen Interviews und regionalen Fernseh- und Radiobeiträgen sowie dem unvermeidlichen Shitstorm auf beiden Seiten des Meinungsspektrums. Letztlich aber – zweifellos beflügelt durch die Hoffnung – neigte sich das Pendel doch dahin, dass die Authentizität des kunstvollen Gegenstands als gesichert galt. Nicht zuletzt dank dem unwiderlegbaren Argument, dass es in der Geschichte *einen* Menschen gab, dem man es zutrauen durfte, ein Wunder Wirklichkeit werden zu lassen: Leonardo da Vinci (ein Schluss, der übrigens kurzzeitig zu gewissen Verstimmungen mit den Vertretern der Vatikanischen Museen und ihrem obersten Dienstherrn führte).

Und so kam es, dass eine Expertenkommission, die sich für die Dauer von etwa zehn Tagen zu Beratungen im Palazzo del Vicario in Anghiari zusammengefunden hatte, in ihrem Abschlussbericht feststellte:

Die Welt hat ein neues Kunstwerk von Leonardo da Vinci erhalten! Nach Auswertung aller dem Stand der Wissenschaften entsprechend möglichen Analysen kann die Kommission heute mit an Sicherheit grenzender Wahrscheinlichkeit feststellen, dass der im Dezember letzten Jahres in der Gemeinde Anghiari entdeckte Rhombenkuboktaeder ein Werk des Künstlers ist, das dieser entweder selbst gefertigt hat oder das in seinem persönlichen Auftrag und nach seinen Plänen hergestellt wurde.

Weiter stellt die Kommission fest, dass das Objekt – obwohl es im Laufe der Jahrhunderte mehrfach repariert und in einem Detail nicht mehr fachgerecht zusammengesetzt wurde – im Wesentlichen in seinem Originalzustand erhalten ist, was es zu einem kunsthistorischen Gegenstand von unschätzbarem Wert macht. Soweit bekannt, ist der Rhombenkuboktaeder, von den Gemälden und Zeichnungen abgesehen, das einzige Werk von da Vincis eigener Hand. Diese Einzigartigkeit rechtfertigt es aus Sicht der Kommission, das Objekt nicht einer bestehenden Sammlung einzugliedern, sondern es in den Mittelpunkt einer eigenen Schau zu stellen.

Natürlich umfasste der Bericht der Experten noch zweihundertachtundvierzig weitere Seiten sowie mehrere Dutzend Seiten Anlagen, in denen auch abweichende Meinungen beiläufig aufgelistet wurden.

Für die Familie Tedeschi – die alte Signora, Vittoria und den Kater Fausto – bedeutete das alles, dass sie über Nacht unfassbar reich geworden war, aber nichts davon hatte. Das Objekt an ein Museum oder gar an eine Privatperson zu verkaufen, das kam nicht in Frage. Schließlich war es nicht nur Teil des Weltkulturerbes, es war auch ein lieb gewonnenes Spielzeug der Tedeschis und ihrer Vorfahren gewesen. So etwas verhökert man nicht an den Meistbietenden.

Entsprechend schien die Idee eines eigenen Museums, wie sie der Bürgermeister aufgebracht hatte, schon bald zu sein, wie man es neuerdings immer so befremdlich nennt: alternativlos.

Der Gemeinderat bestellte ein Expertengremium (bestehend aus Carlo Cardelli, dem Büroleiter des Bürgermeisters, der angeblich einige Semester Kunstgeschichte studiert hatte, Loretta Finzi, die mehrere Jahre in der Galleria dell'Accademia in Venedig gearbeitet hatte – als Garderobière, und Antonio Tornello, dem Kassenwart des örtlichen Heimatvereins), um sich mit der Frage der Beschaffung weiterer Exponate zu befassen. Denn nun, da man immerhin im Besitz eines wahrhaftigen Rhombenkuboktaeders war, sollte es ein Kinderspiel sein, weitere Werke von Weltrang aus den Depots der großen Museen dieser Welt an die Wände und in die Vitrinen des Museo Leonardo zu zaubern.

Bis dahin aber, das war allen Beteiligten klar, gab es nur einen sinnvollen Aufenthaltsort für das technische Juwel, das im Hause der Signora Tedeschi aufgetaucht war, nämlich die Bank, wo es sicher verwahrt schlummern würde, bis eine alarmanlagengesicherte Vitrine das Herzstück des Hauses Tedeschi bildete.

Natürlich fiel die Aufgabe, die Gespräche mit der Bank zu führen, Vittoria zu. »Du kannst das besser, Kind. Ich muss immer an seinen Vater denken, den alten Lüstling, wenn ich diesen Romero Panchetti vor mir sehe.« Keine gute Begründung, wie Vittoria fand. Denn nun war sie es, die das Bild eines alten Lüstlings nicht mehr aus dem Kopf bekam, während sie dem führenden (und einzigen) Kundenberater der Banca dell'Umbria gegenübersaß und er mit gierigen Augen auf das harmlose Kinderspielzeug starrte, das zwischen ihnen auf dem Tisch stand. Schon wie er das Wort »Spielzeug« aussprach, hatte plötzlich einen seltsamen Unterton für Vittoria. »Natürlich haben wir einen Safe für Sie, Signorina.«

»Signora.«

»Da schieben wir ihn ganz tief rein.« Er blickte zu ihr auf. »Das Rhombendings.«

»Sie wollen es hierbehalten?« Vittoria zweifelte, ob dieses Gebäude überhaupt sicher genug war für einen solchen Schatz. Denn die Bank war in einem Haus untergebracht, das ähnlich alt war wie ihres. Andererseits: In ein paar Monaten würde das Objekt dann ja dauerhaft – und ohne eine sichernde Stahltüre – bei ihnen stehen und weit weniger geschützt sein.

»Seien Sie versichert, Signora, Sie befinden sich bei uns in den besten Händen. Wir werden Ihren Schatz hüten wie ein …« Er schien nach unverfänglichen Worten zu suchen. »Also, wir passen gut drauf auf.«

»Daran habe ich keinen Zweifel.«

»Das kostet dann …« Er blickte auf seine Unterlagen und nannte eine Summe, die Vittoria so absurd erschien, dass sie lachte. »Ich bin sicher, Sie haben auch noch einen billigeren Safe«, sagte sie, nachdem sie erkannt hatte, dass er es ernst meinte. Doch ihr Gegenüber zuckte die Schultern. »Es hat etwas mit dem Wert des Gegenstands zu tun, den Sie bei uns einlagern wollen. Mit dem *unschätzbaren* Wert. Das hat …« Er räusperte sich. »Das hat versicherungstechnische Aspekte, wenn Sie verstehen, was ich meine … Deshalb kann ich Ihnen keinen billigeren Safe anbieten. Leider.«

»Sehen Sie, Signore Panchetti, wir mögen zwar jetzt reich sein. Aber wir haben trotzdem kein Geld. Wenn Sie verstehen, was *ich* meine.«

Das schien den Banker auf eine Idee zu bringen. »Und wenn wir Ihnen den Safe kostenlos überließen?«

***

Das Haus der Familie Tedeschi stammte noch aus dem dreizehnten oder vierzehnten Jahrhundert. Es war eines der ältesten von Anghiari und leider seit einigen Generationen nicht mehr wirklich in Schuss gehalten worden. Die Folge war, dass sich die Bewohner aus etlichen Räumen zurückgezogen hatten. Eigentlich eine Schande. Doch angesichts der neuen Pläne, die sich in der Gemeinde regten, auch ein Segen! In Zeiten, in denen die Familie noch zu den reichen Patriziern der Stadt gehört hatte, war das Nachbargebäude dazugekauft worden. Vor einigen Jahrzehnten hatte Vittorias Großvater dort noch eine angesehene Bäckerei geführt. Doch das war lange vorbei. Längst war die Eingangstür vermauert und die Fensterläden waren fest verriegelt. Wo einst der Duft frischen Brotes gelockt hatte, verscheuchte heute abgestandene Luft jeden, der die Räumlichkeiten betrat. Die Ladentheke stand noch an ihrem Ort, doch war sie mit einem vergilbten Laken verhängt. In den Regalen, auf denen köstliches Backwerk präsentiert worden war, lag dick der Staub. Vittoria und ihre Cousinen hatten hier früher gelegentlich Verstecken gespielt. Doch das war lange her, und auch wenn die Erinnerungen daran fröhliche waren, wollte doch der alte Laden keine Nostalgie bei ihr auslösen.

»Ah!«, rief der Bürgermeister und klatschte in die Hände. »Und da haben wir auch schon den Shop.«

»Den Shop?«

»Den Museumsshop!« Ein seliges Lächeln lag auf seinen Zügen, als er den Raum durchschritt. »Perfekt! Und ich weiß auch schon, wer ihn führen wird.« Vielleicht war es doch weniger selig als vielmehr berechnend? Als er Vittoria fixierte, hatte sie jedenfalls sehr den Eindruck, als müsste sie sich in Acht nehmen. »Tatsächlich, Signor Rossi? Aber wir brauchen doch keinen Shop. Wir haben doch gar nichts zu verkaufen.«

»*Noch* nicht«, erklärte der Bürgermeister triumphierend. »Aber da wird Ihnen ganz sicher noch etwas einfallen.«

»Mir? Ich weiß nicht …« Das Gespräch wurde Vittoria zunehmend unheimlich. Es schien, als hätte der Bürgermeister schon das ganze Museum im Kopf. Haarklein. Bis ins letzte Detail. Und als spielte Vittoria dabei eine Rolle, von der sie noch gar nichts ahnte. Das hieß: Es breitete sich zunehmend Ahnung in ihr aus. »Aber das Haus gehört meiner Mutter«, wandte sie ein. »Mamma muss einverstanden sein mit Ihren Plänen.«

Der Bürgermeister wandte sich zu ihr um. »Gewiss, Signorina. Natürlich. Und das wird sie!« Wieder dieses undefinierbare Lächeln, diesmal sogar verbunden mit einer kleinen Verbeugung, von der Vittoria nicht hätte sagen können, ob sie galant war oder unverschämt. Und hatte Signor Rossis Blick nicht sogar dabei ihren Busen gestreift? »Lassen Sie uns das mit Signora Tedeschi besprechen.« Ohne auf eine Antwort zu warten, ging er voraus und in den anderen Teil des Hauses, wo die alte Dame am Küchentisch saß und Bohnen putzte. »Signora Tedeschi!«

»Signor Rossi. Nehmen Sie doch Platz.« Es war erkennbar, dass die Hausherrin den Gast mit zwiespältigen Gefühlen betrachtete. Einerseits hatte sie immer Argwohn gegen den allzu glatten, allzu doppelbödigen Mann aus Mailand gehegt, der erst seit ein paar Jahren in Anghiari lebte. Andererseits hatte es Salvatore Rossi geschafft, in dieser kurzen Zeit vom Ortsfremden zum Bürgermeister aufzusteigen – und es war nun einmal eine Ehre, den Bürgermeister unter seinem Dach begrüßen zu dürfen. In diesem Sinne fand sich Signora Tedeschi durchaus geschmeichelt, zumal es nicht einfach ein Besuch war, wie man ihn etwa im Wahlkampf gelegentlich über sich ergehen ließ, sondern einer, der echtes Interesse erkennen ließ. Signor Rossi *wollte* etwas von ihr.

»Und? Welchen Eindruck haben Sie nach der Besichtigung unseres alten Gemäuers?«

»Einen prächtigen, Signora. Sie müssen nur an der einen oder anderen Stelle sanieren, dann steht einer Nutzung als Museum nicht das Geringste im Wege. Sogar für einen Museumsshop ist ja schon gesorgt! Und ich bin sicher, dass Ihre bezaubernde Tochter dort eine wundervolle Gastgeberin sein wird. Sie könnte den Shop sogar in Eigenverantwortung …«

»*Ich* muss sanieren?« Die Augen der alten Frau funkelten ihn kampflustig an. »Weshalb sollte ich?«

»Nun, zum einen brauchen wir einen eigenen Zugang, der alte ist ja zugemauert worden, die Fenster scheinen mir etwas morsch, wenn Sie mir die Bemerkung erlauben, zum anderen gibt es natürlich Bauvorschriften …«, erklärte der Bürgermeister.

»Das Haus ist sechshundert Jahre alt, Signore.«

»Tja, aber öffentlich genutzte Gebäude …«

»Dann werden wir es eben nicht öffentlich nutzen.«

Vittoria war hinter dem Bürgermeister in die Küche getreten und hatte ihn gerade noch von seiner Idee des Kramladens reden hören. Nun aber wand sich der Mann in seinem eleganten Zweireiher auf seinem Stuhl. »Aber bedenken Sie doch, Signora, wie wertvoll ein solches Museum für unsere kleine Gemeinde wäre. In einem strukturschwachen Gebiet wie unserem … Menschen aus der ganzen Welt werden kommen! Und sie werden in Ihr wundervolles Haus kommen. Werden es wiederbeleben. Denken Sie nur, welche Bedeutung Ihr Anwesen durch diese Einrichtung bekommt …«

»Sie sagen es, Signore. Und für Anghiari.«

»Und für Anghiari.« Der Bürgermeister lehnte sich mit wohlgefälligem Lächeln zurück.

»Und deshalb werden *Sie* die Sanierung übernehmen.«

»Ich?«

»Die Gemeinde.«

Das Lächeln verschwand. »Aber die Gemeinde, Signora, hat kein Geld!«

»Das habe ich auch nicht. Aber ich bin sicher, Ihr Einfluss auf den Direktor der Banca dell'Umbria ist größer als meiner.« Signora Tedeschi legte ihr Messer weg und wischte sich die Hände an der Schürze ab. »Und jetzt muss ich kochen.«

Dieser kaum verhohlene Rauswurf brachte den Bürgermeister ein wenig aus der Fassung. »Überlegen Sie doch, Signora …«

»Das habe ich, Signor Rossi. Und es ist mir eine Ehre, das *Museo Leonardo* in meinem Haus zu beherbergen. Zahlen müssen Sie es.«

***

Während die Bauvorhaben in den Häusern der Familie Tedeschi überhaupt erst Form anzunehmen begannen, legten im nahegelegenen Palazzo del Vicario die Arbeiter nach und nach ihre Gerätschaften nieder. Aus unerfindlichen Gründen kamen die Sanierungsarbeiten zum Stillstand.

Wie sehr sich der Ingenieur Fabio Contagno auch bemühte, klare Aussagen über den Stand der weiteren Planungen, über die Zuständigkeiten im Amt für Denkmalschutz oder auch nur in der Stadtverwaltung waren nicht zu bekommen. Stattdessen wurde ihm bedeutet, die Arbeiten »vorläufig« nicht weiter zu verfolgen, man habe »bis auf Weiteres« eine Unterbrechung der Sanierung beschlossen, da »dringendere Aufgaben zu erledigen« seien – unnötig zu erwähnen, dass die Art dieser Aufgaben völlig nebulös blieb.

Fabio Contagno jedenfalls musste einsehen, dass seine Tage in Anghiari zumindest für die nächste Zeit gezählt waren. Er beschloss also, zunächst nach Mailand zurückzugehen, wo das Büro, in dem er beschäftigt war, seinen Hauptsitz hatte. Vorher galt es freilich, noch einige Besuche zu erledigen und einige Angelegenheiten zu Ende zu bringen.

»Signora Tuttibelli«, grüßte er mit einer Verbeugung, als er durch die schmale Pforte der städtischen Bibliothek trat. »Buon giorno.«

»'Giorno.« Sie sah auf und fügte beredt hinzu: »Signore.«

»Ich möchte Ihnen das Buch zurückbringen.« Er legte *Leonardos Zeichnungen* auf die Theke. »Und mich vielmals bedanken. Eine sehr erhellende Lektüre.«

»Es gibt noch ein anderes Buch …« Sie war schon im Begriff, sich zu erheben und tatsächlich zu den Regalen zu schreiten, in denen sich die Literatur über den großen da Vinci befand. Doch die zögerliche Miene des jungen Mannes ließ sie innehalten. Er zuckte die Schultern.

»So leid es mir wirklich tut«, erklärte er. »Ich muss Anghiari verlassen.« Und auch wenn es absolut nichts änderte, fühlte er sich bemüßigt, zu erklären: »Die Arbeiten am Palazzo sind eingestellt worden. Bis auf Weiteres.«

»Bis auf Weiteres.« Signora Tuttibelli ließ sich wieder auf ihrem Stuhl nieder. »Buono. Das macht sieben Euro.«

»Scusi?«

»Die Leihgebühren.«

»Sieben Euro?«

»Oder haben Sie einen Mitgliedsausweis?«

Fabio begriff, dass es sich nicht lohnte, zu argumentieren. Er hatte etwas davon gefaselt, der Bibliothek zu einer neuen Brandschutzanlage zu verhelfen, hatte sie als Außenposten des Palazzo del Vicario deklariert, hatte Hoffnungen geweckt – und nun stellte sich heraus, dass der feine Herr Ingenieur absolut nichts zu sagen hatte. Konnte er es ihr verübeln, dass sie sich im Rahmen ihrer Möglichkeiten für die Enttäuschung rächte? »Gewiss«, sagte er deshalb. »Natürlich.« Und kramte in seiner Geldbörse. Sieben Euro. »Es tut mir leid«, murmelte er im Hinausgehen.

Seufzend lief er die Gasse hinab, ohne den sonst so leidenschaftlichen Blick für die Schönheit dieser uralten Gebäude. Als er unvermittelt vor einem riesigen Transparent anlangte, das buchstäblich eine ganze Fassade bedeckte, war ihm deshalb zuerst gar nicht bewusst, wo er stand: *Banca dell'Umbria* prangte in riesigen Lettern auf den Stoffbahnen, darunter die Hand einer Frau – zierlich, mit perfekt lackierten Fingernägeln, aber dennoch gigantisch groß –, die ein Bündel Geldscheine hielt. Eindeutiger konnte eine Botschaft nicht sein. Zweideutiger auch nicht.

»Das wird noch dauern«, stellte eine Stimme neben ihm fest. Als er sich umwandte, stand neben ihm einer der Bauarbeiter, die er vom Palazzo del Vicario kannte. Emilio. Ein sympathischer Bursche, dem man gerne nachsah, wie chaotisch er sein Werk verrichtete. Denn immerhin: Er war effizient.

»Na ja«, erklärte Fabio. »So ist das eben. Bei uns geht's ja nun auch nicht mehr weiter.«

»Wir werden sehen.« Emilio startete seine Vespa, die er in der Nähe abgestellt hatte, und winkte ihm zum Abschied. »Ciao, Ingegnere!«

»Ciao, mein Freund!«

»Ihr Freund?« In der Tür, die halb hinter dem Transparent versteckt lag, war die alte Dame aufgetaucht, der das Haus gehörte.

»Ah, Signora Tedeschi! Ich wollte mich verabschieden.«

»Verabschieden? Gehen Sie auf Reisen?«

»Das kann man so sagen, ja. Ich weiß nur nicht, ob ich noch einmal zurückkehre.«

Die Signora musterte den jungen Mann und gab ihm dann ein Zeichen, ins Haus zu kommen. »Aber die Arbeiten im Palazzo del Vicario können doch unmöglich schon zu Ende sein«, stellte sie fest, als er hinter ihr in die Küche trat.

»Das sind sie auch nicht. Aber irgendwer hat in seiner unergründlichen Weisheit festgestellt, dass sie unterbrochen werden.«

»Oh. Und darüber sind Sie nicht besonders glücklich?«

»Das kann man so sagen, Signora.«

Die Hausherrin nickte mit einem rätselhaften Gesichtsausdruck und wies Fabio an, sich auf die Bank am Tisch zu setzen. Das letzte Mal, als er hier gesessen hatte, hatte er Leonardos Artefakt entdeckt. Unwillkürlich blickte Fabio sich um.

»Sie ist nicht da«, sagte Signora Tedeschi.

»Bitte?«

»Meine Tochter. Sie ist unterwegs.«

»Oh. Ich wollte nicht … ich dachte nur …«

»Trinken Sie ein Glas Wein«, entgegnete die alte Dame, ohne auf sein Gestammel einzugehen, und stellte ihm sogleich ein leeres Glas hin, das sie aus einer Flasche mit obskurem Etikett füllte. Immerhin, der Tropfen selbst war ein Fest für die Sinne. Anerkennend nickte Fabio und nippte ein zweites Mal. »Aus der Gegend?«

»Etwas anderes würde ich nie trinken«, stellte Signora Tedeschi fest. »Und erst recht nicht servieren. Möchten Sie auch etwas essen?« Sie deutete auf den Herd, wo mehrere Töpfe und eine Pfanne standen. Erst jetzt bemerkte Fabio, wie köstlich es hier duftete – und wie groß sein Hunger inzwischen war. Er hatte seit dem Frühstück nichts mehr gegessen, inzwischen war es Abend. Trotzdem sagte er: »Ich möchte Ihnen nicht zur Last fallen.«

»Tja, dann nicht«, erwidert die Signora spöttisch und betrachtete ihn wie ein Studienobjekt. Dann lachte sie. »So hungrig wie Sie aussehen, müsste ich befürchten, dass Sie es nicht mehr bis zu Ihrer Pension schaffen.« Sie nahm einen Teller aus dem Schrank und füllte ihn mit etwas Gemüse und einem Stück Fisch aus der Pfanne. »Panierte Sardine. Ich hoffe, das ist in Ordnung für Sie.«

In einer hilflosen Geste hob er die Arme. »Wie sollte ich da widerstehen.«

Signora Tedeschi setzte sich ihm gegenüber, und Fabio nahm einen ordentlichen Bissen – um sogleich mit den Tränen zu kämpfen. Er keuchte. »Köstlich ... Signora«, presste er hervor und fragte sich, ob er jemals etwas gegessen hatte, was so sauer gewesen war.

»Das freut mich«, entgegnete die alte Dame, und Fabio fragte sich, ob diese Freude womöglich Schadenfreude war. Rasch spülte er den Mund mit einem kräftigen Schluck Wein, zögerte kurz und wagte dann, ein winziges Stück Broccoli zu nehmen. Er atmete auf, als er feststellte, dass daran nicht das Geringste auszusetzen war. Eine Weile beobachtete ihn Signora Tedeschi beim Essen. Schließlich brach sie das Schweigen, das sich zwischenzeitlich bis zur Peinlichkeit ausgedehnt hatte. »Da haben Sie uns was angetan, Signore.«

»Angetan?«

»Mit dem Museum.«

»Aber ich wusste nicht … also, ich hatte nicht die Absicht … Wie hätte ich …«

»Hätten Sie«, stellte Signora Tedeschi trocken fest. »Was hätten die Wichtigtuer des Ortes sonst mit Ihrem Zauberwürfel anstellen sollen? Wenn Sie einen dieser Einfaltspinsel fragen, die in die Politik gehen und allen erzählen, dass sie die Einzigen sind, die wissen was zu tun ist, dann muss Ihnen klar sein, dass das Einzige, was für sie zählt, Bauwerke sind. Die Mächtigen wollen alle bauen. Das war schon immer so.«

»Na ja«, warf Fabio ein. »Der Palazzo del Vicario …«

»Ach was, der Palazzo. Der ist ja nicht neu. Den wird niemand mit dem Namen eines Politikers verbinden. Es muss schon etwas Neues her.«

»Aber dieses Haus hier ist doch auch …«

»Auch nicht neu. Sicher. Aber das Museum wird neu sein. Und dann gibt es die Casa Tedeschi nicht mehr. Dann ist es einfach das Museo Leonardo. Nichts weiter. Und das wird wer erbaut haben?« Ehe Fabio antworten konnte, erklärte sie: »Nein, nicht wir. Salvatore Rossi wird das Museum erbaut haben! Dass er dafür nicht einmal ein Haus errichten musste, ist ihm nur recht. Das macht es einfacher. Und billiger.«

»Ich schätze, es wird trotzdem nicht ganz billig sein …«

»Sicher nicht. Gut, wenn man das Geld woanders einsparen kann. Am Palazzo zum Beispiel.«

»Am Palazzo … ?« Fabio verschluckte sich an seinem Wein. »Aber …« Was sollte er sagen: Sie hatte recht! Plötzlich ergab alles einen Sinn! Im Palazzo del Vicario ging es nur darum, die Sicherheit wiederherzustellen. Das Museum war eine ganz neue Institution! Die versprach natürlich weitaus mehr Ruhm!

***

Selbst Carla Carlucci konnte Signora Tuttibelli an diesem Abend nicht trösten. Es war natürlich keineswegs so, dass sie es nicht gewusst hätte: Niemand gab einem eine Garantie dafür, dass ein Versprechen nicht gebrochen wurde. Und ein Versprechen, das mit baulichen Maßnahmen zu tun hatte, war geradezu dazu bestimmt, gebrochen zu werden. Doch die Bibliothekarin war nun einmal eine sentimentale Person. Man mochte es ihr nicht ansehen, vielleicht nicht einmal für möglich halten, aber es schlummerte eine sehr empfindsame Seele in dem etwas schroffen Mantel aus Disziplin, Strenge und Distanziertheit, der sie umgab. Entsprechend ernüchtert schlich sie durch die dämmrigen Gassen von Anghiari und wagte kaum einen Blick in die bereits erleuchteten Fenster – zu sehr fürchtete sie, dort fröhliche Gesichter zu sehen, heitere Gelassenheit, familiäre Geborgenheit, eben all das, was ihr – selbstverständlich ganz und gar von ihr selbst verschuldet – in ihrem Leben versagt geblieben war. Nur die Bücher waren ihr Trost. Doch die wurden auch immer mehr verschmäht. Und es war nur eine Frage der Zeit, bis man ihre kleine Bibliothek ins Rathaus umsiedeln lassen würde. Als Nächstes würde die Stelle der Bibliothekarin wegfallen (man würde sich auf »schlankere Strukturen« berufen und »Steuergelder sparen«), es würde sich herausstellen, dass nicht alle Bücher Platz fänden in der Besenkammer, die man im Rathaus dafür zur Verfügung zu stellen bereit wäre (»optimiertes Raummanagement«). Man würde die Bibliothek zu einer Mediathek umgestalten und die Bücher in ein Archiv räumen, um Platz zu schaffen für die Bildschirme, die man dazu aufstellen musste. Und dieses Archiv würde früher oder später (eher früher) spurlos verschwinden (vermutlich in einem Antiquariat in Florenz oder Rom). Was übrig – das hieß: auf der Strecke – bleiben würde, wäre die Bibliothekarin, für die es keine Verwendung mehr gab, Laura Tuttibelli, die in ihrem Leben nichts anderes gemacht hatte und auch nie etwas anderes hatte machen wollen, als Bücher zu hüten und Bücher zu lesen (und vielleicht noch: eines Tages selbst einen Roman zu schreiben). Nun, immerhin zum Lesen würde sie dann alle Zeit der Welt haben. Aber natürlich auch kein Geld mehr, von dem sie leben konnte. Mit anderen Worten, Signora Tuttibelli, 53, Bibliothekarin zu Anghiari, spürte, wie sich Unheil über ihr zusammenbraute, während unter ihr die Welt ins Wanken geriet.

***

Das Schild war natürlich scheußlich. Vor allem erweckte es geradezu den Eindruck, als würde hier eine neue Filiale der Banca dell'Umbria entstehen. Gefühlt hatte es das Format eines Fußballfeldes, das in Form einer riesigen Flagge am Baugerüst hing, mit dem das alte Gebäude seit einigen Tagen wie von einem Korsett umgeben war. Andererseits hielt es den Staub ein wenig zurück, der durch die Fenster (sie mussten alle ausgetauscht und mit einbruchsicherer Technik versehen werden) heraus und nebenan in die Wohnräume der Tedeschis wieder hineinwehte. Der Lärm der Bohrmaschinen, der Presslufthammer und der Kreissäge war die reine Hölle. »Dantes Inferno ist ein Paradies dagegen«, pflegte die alte Signora Tedeschi zu sagen, wenn endlich der letzte Arbeiter sein Tagwerk beschloss. Und dankte dem lieben Gott, dass sich all dies in Italien abspielte, wo auch der gewissenhafteste Bauarbeiter sein Gerät nicht vor dem zweiten Frühstück zur Hand nahm, die Mittagspause gerne etwas ausgedehnt wurde und der Feierabend meist wenig später anbrach.

An diesen kulturellen Gepflogenheiten änderte zum Glück auch nichts, dass die Maurer Polen und die Zimmerleute Afghanen waren – oder was auch immer. Und manchmal, wenn es gar zu unerträglich wurde (weil die Arbeiten so intensiv oder die Musik, die die Bauarbeiter dabei hörten, so scheußlich war), entschloss sich Vittoria zu einem Akt der Nächstenliebe und brachte zum Gefallen ihrer alten Mutter wie auch der arbeitenden Männer eine Kanne Kaffee nach nebenan und etwas Gebäck, sodass für Ruhe gesorgt war und dennoch allen der Stress einer Reklamation erspart blieb.

So gingen Wochen ins Land und Monate, in denen Vittoria Tedeschi einen Plan fasste. Vielleicht wäre ihr dieser Plan ohne den Terror der Bauarbeiten im eigenen Haus gar nicht in den Sinn gekommen. So aber sah sie die Möglichkeit, das Angenehme mit dem Nützlichen zu verbinden. Und je länger sich die Arbeiten des beauftragten Bauunternehmens »Pino Rossi« hinzogen, umso verlockender erschien ihr der Plan, und umso mehr drängte es sie, ihn in die Tat umzusetzen.

»Ich werde nach Rom fahren, Mamma«, klärte sie ihre Mutter eines Abends auf.

»Wann?«

»Demnächst.«

»Kannst du mir etwas mitbringen?«

»Gerne. Aber ich werde ein paar Tage unterwegs sein.«

»Ach. Wieso? Was hast du vor?« Die schlauen Augen der Signora musterten sie skeptisch.

»Ich will mich mit einigen Museumsläden vertraut machen.« Und als ihre Mutter nichts erwiderte: »Ich möchte wissen, was man so verkauft. Im Museo Vaticano zum Beispiel.«

Signora Tedeschi nickte. Ihr Blick schien sich mit einem Mal nach innen gewandt zu haben, so als lausche sie einer fernen Erinnerung. »Dann solltest du vielleicht auch nach Neapel fahren.« Sie sagte es versonnen, so wie Vittoria es gar nicht von ihr kannte. Denn Mamma war für romantische Gefühle nicht bekannt. »Warum nicht«, antwortete die Tochter und füllte ihrer Mutter das winzige Gläschen, mit dem Signora Tedeschi den Tag gerne zu beschließen pflegte, noch einmal nach, und zwar mit einem ebenso unerträglich süßen wie unerhört köstlichen Amaretto aus einer kleinen Brennerei in der Nähe.

»Und nach Norden natürlich. Florenz.«

»Mailand?«

»Venedig.«

»Ja, das habe ich auch überlegt«, entgegnete Vittoria, überrascht, dass ihre Mutter sie nicht zurückhalten wollte. Nicht dass Signora Tedeschi ihre Tochter vom Leben zurückgehalten hätte. Aber sie war doch eine sehr reelle Person, die unnötige Reisen für verlorene Zeit hielt. Außerdem und vor allem aber: Wenn Vittoria einige Tage weg war, würde sie mit den Arbeitern und dem Lärm und dem Dreck ganz alleine sein. Und schlimmer noch: mit Signor Rossi (dem Bürgermeister) und Signor Rossi (dem Bauunternehmer), die nur rein zufällig verwandt waren.

»Und es macht dir nichts aus?«, fragte Vittoria, die beinahe einen Anflug von schlechtem Gewissen empfand.

»Aber nein, mein Kind. Fahr du nur. Wir kommen hier schon zurecht.« Sie beugte sich zu Fausto hinunter, der sich ihr zu Füßen gelegt hatte, und kraulte ihm den Nacken. »Dein Plan ist gut. Und ich bin längst nicht so hilfsbedürftig, wie ich aussehe.« Ein listiges Lächeln glitt über ihr Gesicht. »Ich werde den Herren schon Beine machen.«

Irgendwie hatte Vittoria das Gefühl, als wäre es ihrer Mutter sogar ganz lieb, die Tochter für eine Weile aus dem Haus zu wissen.

DRITTES KAPITEL

Ihr Gang, ihr Lächeln, ihr Duft brachte die Männer reihenweise um den Verstand. Und selbst die Frauen der Stadt begegneten ihr mit Zuneigung. Denn sie verstand es, Herzen zu gewinnen.

DER SOMMER ALLER SOMMER

Die Finanzierung des Museums war überraschend schnell geregelt. Für italienische Verhältnisse geradezu phänomenal schnell. Zugute kam dem Projekt, dass sich die Kommune im Wahlkampf befand und der schärfste Gegner Signor Rossis sich nicht scheute, seine Idee eines Museo Leonardo schamlos als eigenes Projekt zu übernehmen. Nur wer das Geld auftrieb, um diesen Traum Wirklichkeit werden zu lassen, hatte einen Joker in der Hand, gegen den die Konkurrenz machtlos war. Da war es womöglich von Vorteil, dass der Direktor der Banca dell'Umbria zufällig auch der Vetter des amtierenden Bürgermeisters war. Womöglich. Jedenfalls konnte das Finanzierungskonzept von Signor

Rossi so weit überzeugen, dass der dafür nötige Kredit bewilligt wurde – und das gewissermaßen über Nacht. Auch wenn die Idee, das Gebäude, in dem das Museum untergebracht werden sollte, mit einer Dachkonstruktion in Form eines Rhombenkuboktaeders zu krönen – wahlweise realisiert von David Chipperfield oder von Frank Gehry – aus unerfindlichen Gründen durchfiel. Vielleicht waren es auch nur geschmackliche Gründe. Denn so träge dörfliche Gemeinwesen in Mittelitalien gemeinhin sind, so außergewöhnlich lebhaft können dort Diskussionen über Fragen von Stil und Kultur geführt werden.

An einem prächtigen Tag im Mai also waren die Grundsteine gelegt: Architektenpläne, Gemeinderatsbeschlüsse, Finanzierung, politischer Wille. Und Signor Rossi (der Bürgermeister) konnte endlich die Aufträge für die Neugestaltung des Innenlebens von Signora Tedeschis Haus erteilen. Überraschenderweise hatte sich kaum ein Architekturbüro auf die Ausschreibung hin gemeldet, die zum großen Ärgernis der Verwaltung mysteriöserweise versehentlich im Sportteil der Regionalzeitung veröffentlicht worden war. Glücklicherweise aber war ein Vetter des Bürgermeisters in der Lage gewesen, den Auftrag zu übernehmen, und dies zu beinahe vertragsgemäßen Konditionen.

»Ziemlich morsches Gemäuer«, stellte Pino Rossi fest, dessen Bauunternehmen seit einigen Jahren (genau genommen seit sein Vetter zum Bürgermeister der Gemeinde gewählt worden war) florierte. »Wäre besser gewesen, alles abzureißen und neu zu bauen.«

»Signore, dieses Haus ist älter als Ihre ganze Familie«, sagte Signora Tedeschi frostig. »Wenn Sie es nicht mit dem nötigen Respekt behandeln, fliegen Sie hier schneller raus, als Sie *Ciao* sagen können.«

Die bemerkenswerten Gelder, die für das Museumsprojekt plötzlich flossen – aus Anghiari, aus Perugia, aus Rom, ja sogar aus Brüssel! –, beeindruckten die alte Dame nicht sonderlich. Geld, das wusste sie bei jeder sich bietenden Gelegenheit zu erwähnen, war flüchtig. Das Haus, welches die Familie schon seit unvordenklichen Zeiten bewohnte, war ein Denkmal seiner selbst, eine Botschaft aus ferner Vergangenheit und zugleich ein Heim in der Gegenwart. Das Vermögen, das seinen Bau einst ermöglicht hatte, als die Familie noch zu den reichen Handelshäusern der Region zählte, war längst dahin. Das Haus jedoch würde noch bestehen, wenn alle, die sich jetzt mit der Idee eines Museums wichtigtaten, längst unter die Erde gepflügt und in den ewigen Kreislauf der Natur eingegangen wären.

»Aber Mamma«, gab Vittoria zu bedenken, »bist du denn nicht ein klein wenig stolz darauf, dass wir dieses Museum beherbergen sollen?« Und etwas leiser: »Außerdem können wir es gut gebrauchen.«

Die Signora zuckte die Achseln. »Sicher können wir es gut gebrauchen. Ich habe auch nichts dagegen. Ob das Nebengebäude verfällt oder ob ein paar Kulturspinner kommen und vom großen da Vinci träumen, das spielt für mich keine Rolle. Ich finde nur, dass sich zu viele Leute dieser Idee wegen für zu wichtig halten.« Damit hatte sie zweifellos recht. Womit sie nicht recht hatte, waren die paar Kulturspinner, die sie erwartete – wovon noch zu berichten sein wird.

***

Der Bauunternehmer Pino Rossi hatte den Platz vor dem Hauseingang zu seinem persönlichen Parkplatz auserkoren und versäumte keinen Tag, seinen gelben Lamborghini dorthin zu stellen, wo er in ständigem Konflikt mit den Pflanzentrögen der Hausherrin lag. »Pino«, bat Vittoria Tedeschi ihn des Öfteren, »könntest du deinen Wagen nicht ein paar Schritte weiter weg parken?«

Großzügig parkte der Selfmade-Mann dann um, nicht ohne ein paarmal kräftig aufs Gaspedal zu treten und die alten Gebäude ringsum zum Erbeben zu bringen. Manchmal schien es Vittoria geradezu, als warte er darauf, dass sie ihn darum bat. Natürlich waren ihr die Blicke, die er auf sie warf, nicht verborgen geblieben. Aber sie schätzte den Bauunternehmer, der auch in jungen Jahren schon einiges an Haupthaar eingebüßt hatte, eher so ein, dass er praktisch jeder Frau, die in sein Beuteschema passte, solche Blicke hinterherwarf. Das hieß: praktisch jeder Frau. Außer Signora Tedeschi natürlich. In ihrem Fall war es umgekehrt: Sie warf die Blicke. Allerdings waren sie nicht lüstern, sondern eisig und manchmal geradezu tödlich. »Dieser Rossi ist die Pest«, schimpfte sie dann. »Unkultiviert. Ordinär.«

»Welcher, Mamma?«

»Beide.«

Damit war das Thema bis zum nächsten Ärgernis erledigt. Das allerdings in der Regel nicht lange auf sich warten ließ. Denn sowohl Pino Rossi als auch sein Vetter Salvatore, der Bürgermeister, kreuzten beinahe täglich in dem alten Haus an der Piazza Goffredo Mameli auf und zögerten nicht, zu allem und jedem ihre Expertise zu geben: zu den Stützbalken, zum Gefälle der neu einzubauenden Rampen, zu den Lichtverhältnissen, zu der Tragfähigkeit der Böden, aber auch zu den selbstgebackenen Brioches (mit Hummerschaum), dem Duft des Tomatensugos und der Füllung der Cannelloni (mit Kokos und Kapern). Von der Garderobe Vittorias ganz zu schweigen.

Manchmal, wenn die Tür sich endlich zum letzten Mal hinter den Arbeitern und ihren Chefs geschlossen hatte und so etwas wie Frieden in das alte Gemäuer eingekehrt war, stellte die alte Hausherrin fest: »Wenn du dich nicht bald für einen der beiden entscheidest, werden sie sich entweder duellieren oder du musst in einer Dreierbeziehung leben.«

»Mamma!«

»Geile Böcke. Das sind sie.«

»Und ich bin an keinem von ihnen interessiert.« Vittoria warf ihre Küchenschürze über einen Stuhl. Sie konnte es nicht leiden, wenn ihre Mutter sich Gedanken über ihr Liebesleben machte.

»Dann solltest du das den beiden endlich beibringen. Ich finde, sie werden langsam anstrengend.«

Vielleicht hatte Mamma recht, vielleicht war es besser, das Gebalze nicht noch länger zu ertragen und zu warten, bis es sich irgendwann erledigt hatte, sondern ihre Interessen klarzumachen. Oder vielmehr: ihr Desinteresse. Gedankenverloren stieg Vittoria die Treppe zu ihrem Zimmer hoch, das unter dem Dach lag und einen wundervollen Blick über die halbe Stadt ermöglichte.

Es war stickig und heiß in der Kammer. Aber wenn man die Dachluke öffnete, setzte sich ein kühler Luftstrom von ganz unten bis hier herauf in Bewegung und sorgte für angenehme Abkühlung. Vittoria stellte sich an das kleine Fenster und blickte ins Tal. Die Sonne, die hinter dem Haus unterging, schickte ihre Strahlen über die Felder und ließ die Mauern der alten Gebäude in Rot und Ocker leuchten. Vittoria liebte diesen Blick, hatte ihn schon als Kind geliebt. Als sie vor einigen Monaten wieder hier eingezogen war, war es diese Aussicht gewesen, die sie getröstet hatte. Getröstet über die unglücklich gescheiterte Ehe mit Luigi, diesem untreuen Bastard. Über die Dummheit, dass sie ihre Arbeit für ihn aufgegeben hatte und nun keine neue fand, weil es in Anghiari und Umgebung einfach nichts gab, was sich mit der Sorge um ihre Mutter hätte vereinbaren lassen. Über die Scham, dass sie mit dreißig Jahren plötzlich wieder in ihrem Kinderzimmer lebte. Darüber, dass dieses Kinderzimmer immer noch genauso aussah wie an dem Tag, an dem sie es für immer hinter sich zu lassen geglaubt hatte – gerade so, als hätte ihre Mutter gewusst, dass Vittoria mit all ihren Träumen scheitern würde.

Aber in Wahrheit hatte sie es ja auch gewusst. Hatte gewusst, dass Luigi ein Schürzenjäger war. Dass sie ihre Arbeit nicht hätte aufgeben dürfen. Dass sie nicht an einen anderen Ort gehörte.

Denn das war eine Besonderheit dieses uralten Hauses: dass es immer von den Frauen mit in die Ehen gebracht worden war. Seit Menschengedenken waren es die Frauen der Familie, denen dieses Haus gehörte. »Und eines Tages wird es dir gehören, und du wirst mit deiner Familie hier einziehen.« Das hatte Mamma ihr schon erzählt, als Vittoria noch ein kleines Mädchen gewesen war.

Ein Geräusch ließ sie ein Stück die Straße hinabschauen. Bauarbeiter machten sich am alten Palazzo del Vicario zu schaffen. Sie luden Maschinen und Werkzeuge in einen Lieferwagen. Vittoria wunderte sich: Die Arbeiten an dem alten Kasten konnten unmöglich schon beendet sein. Dennoch packten die Männer ihre Sachen und verschwanden wenig später in der Abenddämmerung. Vittoria musste an den Ingenieur denken, der vor einiger Zeit zu Besuch gewesen war.

Genau genommen war er es gewesen, dessentwegen jetzt ganz Anghiari Kopf stand. Auch seinetwegen war ihr Haus jetzt eine Baustelle. Und wenn es tatsächlich so kam, wie sich das Signor Rossi vorstellte – der Bürgermeister –, dann hatte Vittoria demnächst sogar wieder einen Job. Ein eigenes Geschäft sogar. Auch wenn noch nicht ganz klar war, wie all das juristisch geregelt werden sollte.

Der alte Signor Bergoglio kam mit seiner geradezu antik wirkenden Fotoausrüstung die Gasse hoch. Er war ein unermüdlicher Jäger des perfekten Motivs. Vittoria mochte ihn, auch wenn er als Nachbar manchmal etwas aufdringlich war. Aber er lebte nun mal allein, da war es kein Wunder, wenn er auch stets auf der Lauer nach einem kleinen Plausch war. Vittorias Gedanken wanderten zurück ins Nebengebäude. »Ein Museumsshop«, murmelte sie, während die Sonne ihr letztes Licht über die liebliche umbrische Landschaft warf.

Und mit einem Mal wurde ihr klar, dass sie keine Vorstellung davon hatte, wie ein solcher Laden aussehen sollte. Und was sie dort verkaufen würde. Es war Zeit, dass sie ihre Reise antrat.

***

Der kühle Hinterhof war der liebste Ort für Loredana Tedeschi. Schon immer gewesen! Als kleines Mädchen hatte sie hier schon mit ihren Katzen gespielt. Und auch jetzt noch saß sie in einem Winkel, wo sie sich einen Stuhl und ein kleines Tischchen, gerade groß genug, um ein Glas Wein und ein Schälchen Oliven darauf abstellen zu können, platziert hatte, und mit ihren immer noch elegenate Fingern durch das seidige Fell des Katers fuhr, der in Katzenjahren kaum jünger war als sie, dessen kluge Augen aber so wachsam waren wie seit jeher.

»Na, Fausto, was wird das mit unserer Vittoria?«, fragte sie ihn leise. »Ich habe das Gefühl, das Leben wirbelt um sie herum, aber sie kommt nicht vom Fleck. Sie hat kein Ziel!« Die alte Frau seufzte. »Ich weiß auch keines für sie. Wieder heiraten? Was soll das bringen? Natürlich könnte sie Kinder bekommen. Aber dazu bräuchte sie den richtigen Mann. Und wenn ich mir unser Nest hier anschaue …«

Als hätte er auf sein Stichwort gewartet, streckte Signor Bergoglio den Kopf aus dem Fenster. »Ah, Signora Tedeschi!«, rief er mit seinem brüchigen Tenor. »Sie genießen den Abend im Freien.«

»Ja«, erwiderte die alte Dame. »Ich genieße die Ruhe!«

Leider verstand er den Wink nicht. »Ist ja auch ein wunderschönes Plätzchen, das Sie hier haben. Mit dem Flieder …«

»Oleander.«

»Und den Begonien …«

»Bougainvillea.«

»Gewiss. Soll ich mich ein wenig zu Ihnen setzen?« Er wartete nicht auf Antwort. Stattdessen verschwand sein Kopf im Inneren, und Signora Tedeschi wusste, dass er jeden Augenblick in der Hintertür zum Innenhof auftauchen würde. Bergoglio hatte früher schon hier gewohnt, Loredana Tedeschi war noch ein Kind gewesen (Eduardo Bergoglio schon ein Halbwüchsiger, der sie nicht einmal bemerkt hatte). Dann war er mit seinen Eltern weggezogen. Nur die Großeltern hatten in dem Haus gelebt, bis sie vor Jahren gestorben waren. Und dann war Bergoglio wiederaufgetaucht: selbst ein alter Mann, mit lichtem Haar, etwas schiefem Gang – und plötzlicher Neugier für die jüngere Nachbarin (womit ausnahmsweise nicht Vittoria gemeint war – selbst wenn deren Anblick auch sein Herz stets schneller schlagen ließ). Ein Schwerenöter also, wie Loredana Tedeschi im ersten Moment klar wurde, ein Witwer, der die tröstliche, zärtliche und disziplinierende Nähe einer Frau heftig vermisste.

Aber das wäre natürlich noch schöner gewesen! Genug, dass die Männer Vittoria hinterherliefen wie ein Rudel Rüden. Sie selbst, Loredana Innocenzia Tedeschi, hatte mit diesem Kapitel abgeschlossen und würde sich mit Sicherheit auch von einem Eduardo Bergoglio nicht mehr in die Zwänge einer Beziehung pressen lassen. Auch nicht nach Jahrzehnten.

»Ciao, Loredana, meine Liebe«, grüßte der alte Herr, und Signora Tedeschi fragte sich unwillkürlich, ob er glaubte, es sähe attraktiv aus, oder ob er sich deshalb am Türstock festhielt, weil er sonst eine Gehhilfe gebraucht hätte. »Ich würde dir Blumen schenken. Aber du bist ja schon umgeben von Blumen. Deshalb habe ich eine Flasche Rosso mitgebracht.« Er hob die andere Hand, in der er eine Flasche hielt. Signora Tedeschi kannte das Etikett. »Der Brunello von Lampardi«, sagte sie. »Gut, den kannst du mitbringen.« Sie stand auf und holte rasch zwei Gläser aus der angrenzenden Küche, während ihr Nachbar sich einen Hocker herbeischob, der an der Hauswand lehnte, und sich ächzend darauf niederließ.

»Was für ein schöner Abend«, schwärmte er, blickte aber nur sie an, wie sie – immer noch ansehnlich! – aus der Hintertür kam. Loredana Tedeschi hatte immer Wert auf Haltung gelegt. Sie mochte nicht die Schlankste sein, aber sie hatte sich auch nie gehen lassen. Und dass Männer gerne etwas üppigere Frauen bevorzugten, das wusste man ja …

»Hast du einen Flaschenöffner?«

Bergoglio zwinkerte ihr zu und zog einen Korkenzieher aus der Hosentasche.

»Damit sollte man vorsichtig sein« bemerkte die alte Dame. »So ein Ding in der Hose zu tragen …«

Der Alte kicherte und nuschelte. »Ich werd's mir merken.« Dann öffnete er (zugegeben: sehr souverän) die Flasche und schenkte dann (eher unsouverän: zuerst sich und dann ihr) die Gläser voll.

»Cincin!«

»Ja, ja, schon gut.« Signora Tedeschi stieß mit ihm an, ärgerte sich aber doch ein bisschen, dass sie nicht einfach geflüchtet war, sondern nun mit dem alten Bergoglio in ihrem Hinterhof saß. Sie würden beide nicht heimgehen, ehe die Flasche geleert war.

»Hach«, sagte der Nachbar. »Du hast immer noch dieselben schönen blauen Augen wie vor fünfzig Jahren.«

Sie hätte doch gehen sollen.

***

Pino Rossi hatte es sich nicht nehmen lassen, Vittoria zum Bahnhof nach Arezzo zu bringen. Wie hätte Vittoria auch wissen sollen, dass der Chef des Taxiunternehmens sein Vetter war und ihn sofort anrufen würde, als sie ein Taxi rief. Kurz, es kam kein Taxi, es kam Pino Rossi. Mit seinem gelben Lamborghini. Das hatte zwar zur Folge, dass der erste Teil der Reise sich eher wie ein Flug anfühlte als wie eine Autofahrt. Der Nachteil allerdings war, dass Vittoria die Strecke Anghiari–Arezzo neben einem Mann verbringen musste, der ihr Knie ständig mit dem Schaltknüppel seines Wagens verwechselte.

»Wo willst du denn hin, mein Schatz?«

»Pino, ich bin nicht dein Schatz«, stellte Vittoria klar. »Und ich will nach Rom.«

»Oh, du fährst nach Rom! Willst du ein bisschen Party machen?«

»Ich will in den Vatikan.«

»Ah …« Das verschlug ihm kurz die Sprache. Vittoria hatte bewusst darauf verzichtet, die Museen zu erwähnen. Sollte er nur denken, dass sie die geistlichen Herren aufsuchte. Da schien ihm plötzlich ein Licht aufzugehen: »Ah!«, rief er. »Du willst deine Ehe annullieren lassen!«

»Pino, ich bin schon geschieden. Die Ehe brauche ich also gar nicht mehr annullieren zu lassen.«

»Pah! Du bist vor den Behörden geschieden. Aber vor Gott bist du immer noch mit diesem … diesem … Mann verheiratet.« Der Name Luigi schien ihm nicht einzufallen. »Vor Gott bist du immer noch verheiratet!«

Vittoria sah müde der Landschaft zu, die draußen vorbeischoss. »Das interessiert mich nicht, Pino.«

»Dio mio! Wenn du nicht vor Gott geschieden bist, dann kannst du nicht mehr kirchlich heiraten!«

»Im Moment kann ich mir gar nicht vorstellen, nochmal zu heiraten.«

»No, no, no … so darfst du nicht sprechen. Alle Frauen lieben es, kirchlich zu heiraten. Stell dir vor: Du im weißen Kleid mit Schleier und Schleppe, ich … Egal. Ich bin sicher, du wirst dir das noch überlegen.«

Beinahe hätte Vittoria laut aufgelacht. »Vielleicht, Pino, vielleicht.« Ein Thema, das sie gewiss nicht mit Pino Rossi vertiefen würde. Zum Glück kam gerade der Bahnhof in Sicht. Nie hatte sie das Schild »Stazione« freudiger erblickt als an diesem Tag. »Wir sind da. Danke, dass du mich gefahren hast.«

»Jederzeit wieder, Bellissima!« Er fegte mit seinem Lamborghini vor die gläserne Eingangstür, dass der Staub wie in einem Western hochwirbelte, und beugte sich zu Vittoria, um ihr einen Kuss zu geben. Sie aber bückte sich nach vorne, vorgeblich, weil sie ihre Tasche aufheben wollte, sodass seine Bemühungen irgendwo neben der Kopfstütze im Nichts endeten.

»Ciao, Pino!«

»Ciao, Vittoria! Wenn du willst, komme ich nach Rom und hole dich ab!«

»Nicht nötig, Pino, ich …«

»Ich kann uns ein Zimmer im Palazzo Navona reservieren!«

»No, Pino … grazie.«

»Im Hotel de Russie?«

Er wollte es wirklich wissen. Vittoria winkte und beeilte sich, in den Bahnhof zu kommen. Dass Pino Rossi ihr noch eine Kusshand zuwarf, sah sie nicht mehr.

Allerdings sah es Fabio Contagno, der in der Wartehalle des Bahnhofsgebäudes saß und die beiden bereits entdeckt hatte. Er versteckte sich hinter seiner Zeitung, als Vittoria hereinkam. Mit quietschenden Reifen fuhr der gelbe Lamborghini davon, die junge Frau warf sich ihre Tasche über die Schulter und wischte sich eine Haarsträhne aus der Stirn – wie damals, als er sie zum ersten Mal gesehen hatte, nach dem Platzregen, bei selbstgebackenen Cantuccini in der Küche ihres Hauses in Anghiari.

Und nun reiste sie womöglich im selben Zug mit ihm? Sie tat es nicht. Wie Fabio feststellen musste, begab sich die junge Frau auf den gegenüberliegenden Bahnsteig. Sie fuhr also nach Süden, während er sich auf dem Weg nach Norden befand. Und aus irgendeinem Grund lastete ihm dieser Gedanke so schwer auf der Seele, dass er beinahe feuchte Augen bekommen hätte. Es war nun einmal einfacher, auf etwas zu verzichten, was man nie hatte, als auf etwas, was man … *Besser nicht darüber nachdenken, Fabio Contagno, es bringt ja nichts. Manches ist unerreichbar, anderes ein schöner Traum. Mailand wartet. Und viele Dinge, Menschen und Begebenheiten, die du noch nicht einmal erahnst.*

VIERTES KAPITEL

Die Welt zu entdecken, sie jeden Tag mit neuen Augen
zu sehen und uns selbst in ihr zu finden,
das ist das wahre Wirken der Kunst.
Staunend stand sie vor der Schönheit,
die sich ihr offenbarte.

DER SOMMER ALLER SOMMER

Vittoria hatte sich entschieden, zuerst bis Neapel durchzufahren. Es war etliche Jahre her, dass sie einmal dort gewesen war, sie war noch ein junges Mädchen gewesen. Gerne hätte sie die berühmte Grotta Azzurra auf Capri gesehen. Doch das war natürlich nicht vorgesehen gewesen: Es war eine Schulexkursion, zwei Tage für einen Besuch der antiken Stätten von Pompeji.

Nach Pompeji würde sie diesmal nicht fahren, das war klar, aber Capri stand auch nicht auf dem Plan. Schließlich war das eine Geschäftsreise, und es ging ausschließlich darum, herauszufinden, wie das die Museen so machten mit ihren Shops: Was verkaufte sich da, was nicht? Was musste, was konnte man den Besuchern anbieten?

Am Bahnhof besorgte sich Vittoria einen Reiseführer – auf Englisch, denn einen italienischsprachigen konnte sie nicht finden. Die wichtigsten Museen, das musste man erst einmal herausfinden. Obwohl sie natürlich wusste, dass es das berühmte Nationalmuseum im Königlichen Palast von Capodimonte gab. Dort würde sie ihre Recherchen auch beginnen! Während sie noch die Busfahrpläne studierte, sprach sie ein kleiner Mann mit Schnurrbart und weit geöffnetem Hemd an: »Signorina! You better take a taxi! The busses are not in time. And they are very dirty.«

Amüsiert wandte sie sich zu dem Mann um, der seine Sonnenbrille ins Haar geschoben hatte und sie breit angrinste. »Und Sie sind nicht zufällig Taxifahrer?«

»Ma certo!«, erklärte er und hob entwaffnend die Hände. »Was will man machen? Man kann doch die Touristen nicht sich selbst überlassen.« Sofort war er ins Italienische gefallen, wenn auch in eines, das sehr stark von dem melodiösen neapolitanischen Dialekt geprägt war.

»Dann sollten Sie besser Touristen ansprechen.«

Er deutete auf ihren Reiseführer und grinste noch etwas breiter. »Sie sind doch auch zu Besuch hier.«

»Die Busse werden hier nicht schlechter sein als in Umbrien«, erklärte Vittoria.

»Aber die Taxis sind besser!«, rief der Mann und griff ungefragt nach ihrer Tasche. Empört riss Vittoria sie wieder an sich. »Sind Sie verrückt? Lassen Sie mich in Ruhe!«

»Eh … Angelo?«, mischte sich ein anderer Mann ein, der kaum weniger unseriös aussah als der Taxifahrer. »Macht dir die Signorina Probleme?«

»No, no!«, erwiderte der kleine Mann mit dem Schnurrbart. »Sie möchte nur ihre Tasche selber tragen.«

»Das ist keine schlechte Idee in Napoli«, sagte der andere. »Aber bei Angelo brauchen Sie keine Angst zu haben. Er ist wirklich ein Engel.«

Vittoria musste lachen, wie sie die beiden so vor sich stehen sah, als wären sie einem schlechten Film entsprungen. »Okay«, sagte sie. »Was kostet es denn zum Palazzo Reale?«

»Zum Museum? Für Sie fast nichts, Signora!«, rief Angelo und streckte die Hand aus. »Darf ich?«

***

Als sie eine Stunde und sieben Staus später vor dem Museum vorfuhren, war Vittoria nicht nur um das Geheimnis der wahrhaftigen echten Pizza und den Trick beim Abbiegen an roten Ampeln schlauer, sie hatte auch bereits eine halbe Stadtführung hinter sich, auf der sie neben dem ältesten Kloster (mit dem besten Selbstgebrannten) auch das beste Bordell (allerdings mit den ältesten Huren) und zwei der »zuverlässigsten« Polizisten des Stadt kennengelernt hatte.

Der Palazzo war imposant, vermutlich war er allein so groß wie ganz Anghiari, zumindest wenn man seinen riesigen Park berücksichtigte, von dem aus man einen unbeschreiblichen Blick über den Golf von Neapel hatte. Beeindruckt stand Vittoria vor diesem Panorama und kam sich mit ihren Museumsplänen auf einmal unendlich unbedeutend vor. Was sollte ein Museum in einem alten Stadthaus eines mittelalterlichen Nestes mit einem einzigen, sehr schäbigen Exponat schon an Besuchern mobilisieren angesichts der Pracht und des Reichtums, den solche Museen hatten: Botticellis gab es hier und Michelangelos, Tizian, Raffael und Tinoretto reihten sich aneinander. Bestürzt und begeistert zugleich schritt Vittoria die Säle dieses wundervollen Palastes ab, um am Ende ganz demütig in einem überraschend banalen Shop zu landen, in dem man vor allem modische Accessoires mit Motiven der ausgestellten Künstler (und auch aller möglicher anderer) erwerben konnte: Tücher mit Arrangements von Arcimboldo, Gürtel mit manieristischen Aufdrucken, Sonnenbrillen, die auf Bildern von Mucha hätten vorkommen können (wenn er denn jemals Sonnenbrillen gemalt hätte),

Dinge, mit denen man sich selbst oder seine Wohnung schmücken konnte, um sich an den Werken großer Meister zu erfreuen – und dem Rest der Welt zu zeigen, wie kultiviert man war.

Als Vittoria mit ihrer Besichtigung fertig war, war sie einerseits etwas mutlos geworden, andererseits von der Fülle der Eindrücke geradezu erschlagen. Sie hatte eigentlich noch vorgehabt, auch das Museo Archeologico zu besuchen, für das Neapel ja auch berühmt war. Doch inzwischen war es beinahe Abend und sie hatte noch keine Unterkunft. Deshalb nahm sie den Bus Richtung Innenstadt und suchte sich in der Nähe des Bahnhofs ein Zimmer in einer kleinen Pension. Das kostete nicht viel – außer Nerven. Denn wie sich schon bald herausstellte, ging es in dem Haus ziemlich lebhaft zu. Offenbar hatten sich hier auch einige Damen ein Zimmer gemietet, die es gewerblich nutzten und ihren Kunden mitunter den Gefallen taten, ihre Künste nicht allzu schweigsam darzubringen. Weshalb Vittoria, nachdem sie ihre Füße ein wenig gekühlt und ein Bier aus der Minibar getrunken hatte, beschloss, irgendwo zum Essen zu gehen und es nicht allzu eilig zu haben mit ihrer Rückkehr in die Pension.

Der Reiseführer konzentrierte sich offenbar ausschließlich auf Touristenlokale. Da vertraute Vittoria lieber auf ihren natürlichen Instinkt und warf einen

Blick auf den Stadtplan: Piazza Mercato, dachte sie, das klingt doch nach gutem und frischem Essen. Der Weg war nicht weit, wenn auch nicht gerade bezaubernd. Aber in der Nähe des Hafens war es bekanntlich nirgendwo mehr romantisch. Also beeilte sie sich ein wenig und stand nach wenigen Minuten auf dem Platz, der sie feindselig und trostlos anstarrte. Ja, es gab ein paar Lokale, vor denen zwielichtige Typen auf billigen Plastikstühlen saßen. Einige hatten auch die Rollläden heruntergelassen. Vermutlich wurde hier am Morgen der Markt aufgebaut und verschwand dann am Nachmittag wieder. Und dann verwaiste das alte Kopfsteinpflaster und machte einer Tristesse Platz, die so spürbar war, dass Vittoria nicht anders als schockiert sein konnte. Nein, hier würde sie nichts finden, das war klar. Als einer der Männer vor einer Bar ihr etwas zurief und sich anschickte, aus seinem Plastikstuhl aufzustehen, flüchtete sie in die nächste Seitengasse und eilte zurück in die Richtung, in der sie ihre Pension vermutete.

Das Glück wollte es, dass sie sich nach wenigen Augenblicken vor einer Trattoria wiederfand, wie sie sie beinahe in Anghiari vermutet hätte. Die Vitrine mit den Antipasti sah so appetitlich aus, dass sie sich eine große Platte für sich allein bestellte, nachdem ein überaus höflicher Kellner sie platziert hatte – und das auch noch an einem hübsch gedeckten Tischchen nah am Fenster. Und während sie auf ihr Essen wartete und bereits ein Glas des vorzüglichen Hausweins genoss, betrachtete sie, wie draußen der Verkehr vorbeilärmte, als wäre es ein steter Krieg, den die Teilnehmer zu führen hatten. Das Leben in Neapel verlief unzweifelhaft in der doppelten Geschwindigkeit, verglichen zu dem in ihrer verschlafenen Heimatstadt. So verrückt es war, so normal war es für die Einwohner dieser unglaublichen Stadt.

Als sie wieder in ihre Pension kam, war sie entweder so müde oder die Geschäfte der anderen Bewohnerinnen gingen so schlecht, dass sie nichts mehr mitbekam, sondern binnen kürzester Zeit in tiefen Schlaf fiel. Erholung, die sie dringend benötigte für ihren Ausflug zur archäologischen Sammlung am folgenden Tag (wobei der Shop sich so penetrant auf Repliken der Erotica-Ausstellung von Pompeji spezialisiert hatte, dass der Erkenntniswert für ein Museum, dessen Hauptexponat ein Rhombenkuboktaeder war, gegen Null tendierte), und natürlich für den Besuch des Museums der Kapelle von Sansevero, in dem es aber gar keinen richtigen Shop gab (weshalb der Erkenntniswert gleich Null war).

Statt sich mit den kleineren Museen der Stadt zu befassen, beschloss Vittoria, lieber direkt nach Rom weiterzureisen. Sie mochte Neapel, aber die Stadt zerrte an ihren Nerven, irgendwie schien ihr, dass sie beide – die Perle am Golf und die Frau aus Anghiari – nicht in der gleichen Umlaufbahn unterwegs waren.

***

Rom war eine alte Vertraute. Gewiss, auch hier tobte das Leben, aber es war doch irgendwie nicht ganz so chaotisch wie in Neapel. Zumindest für Vittoria, was schon einmal damit anfing, dass sie genau wusste, wo sie absteigen würde: bei ihrer alten Freundin Tatjana, einer Deutschen, die Matteo, einen Mitschüler und Nachbarn aus Anghiari, geheiratet hatte, der inzwischen in der Ewigen Stadt lebte. Natürlich hatte sie sich angekündigt. Dennoch war es, als wäre ihr eine große Überraschung geglückt, als sich die Tür der Wohnung im Trastevere-Viertel öffnete und nicht nur Tatjana, sondern auch ihre fünfjährige Tochter darin erschien.

»Ciao, Vittoria!«, rief ihre Freundin. »Wie geht es dir? Lass dich anschauen! Komm herein!«

Eigentlich hatte Vittoria vorgehabt, gleich zu den Vatikanischen Museen aufzubrechen, für die sie bereits im Internet eine Karte erworben hatte. Doch dann musste sie erst einmal alle Bilder bewundern, die Tatjanas kleine Tochter gemalt hatte, musste einen Caffè trinken und noch einen, eines von den selbstgemachten Profiterols probieren. Und noch eines. Musste erzählen, wie es Mamma ging, wie es mit dem Museum voranging (Matteo hatte natürlich davon gehört). Musste sich von der Kleinen selbst zeichnen lassen, musste die Aussicht auf die Engelsburg genießen, musste noch einen Aperitivo nehmen und durfte nicht gehen, ehe sie sich nicht das Zimmer angesehen hatte, das Tatjana für sie hergerichtet hatte: das Kinderzimmer nämlich, denn die kleine Tochter durfte heute Nacht im Schlafsack auf dem Balkon übernachten und war schon unendlich aufgeregt.

»Aber auf dem Balkon hätte doch auch ich übernachten können!«, rief Vittoria.

»Papperlapapp«, entgegnete Tatjana auf Deutsch. Völlig unverständlich für die Italienerin, aber eindeutig genug, um zu verstehen, dass der Vorschlag indiskutabel war. Es war auch völlig indiskutabel, dass Vittoria nur eine Nacht blieb, denn Matteo würde erst am nächsten Tag von einer Dienstreise nach Brüssel zurückkehren. Immerhin ließ die Freundin ihre Besucherin nach einem weiteren Häppchen doch noch zu den Vatikanischen Museen, ja sie brachte sie sogar mit ihrem kleinen Fiat Cinquecento dorthin, gerade rechtzeitig vor dem letzten Einlass, den die Hüter dieses Grals der Künste aus guten Gründen für 16 Uhr bestimmt hatten, sodass Vittoria tatsächlich noch genügend Zeit blieb, nicht nur den Shop zu besuchen, sondern einige der grandiosen Ausstellungsstücke zu besichtigen: die Laokoon-Gruppe, die Schule von Athen – ja sogar Michelangelos Fresken in der Sixtinischen Kapelle. Wie gerne wäre die junge Frau noch in den päpstlichen Gärten gesessen, um die Sonne hinter den Zedern und Zypressen versinken zu sehen. Doch dafür blieb dann doch keine Zeit. Stattdessen kämpfte sie sich durch zum Shop und war zuerst einmal überwältigt, dass er allein so groß war, wie das ganze Museum in Anghiari werden würde.

Kein Problem, sich hier vollständig einzukleiden: Es gab Schals und Mützen, Handschuhe und Socken, sogar Kleider konnte man hier kaufen, die offenbar den Gemälden Klimts nachempfunden waren (obwohl es in den Vatikanischen Museen keinen Klimt zu sehen gab). Man konnte Nippes aller Art kaufen (Statuetten nicht nur der Exponate dieser Sammlung, sondern auch von Werken, die im Louvre zu besichtigen waren, in den Uffizien oder im Musée Rodin). Wer sein Büro voll ausstatten musste, konnte sich den Besuch von Fachgeschäften sparen, es gab hier alles vom Bleistift bis zum Zirkelkasten, vom Briefpapier bis zur Büroklammer. Gläser und Porzellan füllten große Abteilungen, Bücher Regale in Bibliotheksstärke. Spiele für alle Altersklassen und jeden Anspruch wurden feilgeboten, Musik, Hörbücher und Magazine.

Erschlagen von der Fülle des Angebots, wurde Vittoria an der Kasse vorstellig. »Scusi«, sagte sie leise. »Aber wer führt denn Ihren Laden?«

»Der Chef?«, fragte eine Verkäuferin, die in ihrer Uniform eher aussah wie jemand von der Security. »Ist schon weg.«

»Oh. Das ist schade. Sagen Sie, kann ich morgen vielleicht noch einmal vorbeikommen? Ich würde ihn gerne sprechen.«

»Worum geht es denn?« Auch wenn die Frau nicht besonders liebenswürdig dreinblickte, klang sie eigentlich ganz nett. »Vielleicht kann ich Ihnen auch helfen?«

»Tja. Es geht darum, dass ich …«

Eine Besucherin drängte sich mit einigen Nippes-Gegenständen dazwischen: »Sorry, I'd like to buy this«, sagte sie in schlechtem Englisch.

»Sure«, antwortete die Verkäuferin. »Just a moment, please?« Dann wandte sie sich wieder Vittoria zu: »Dass Sie was?«

»Dass ich demnächst einen eigenen Shop eröffnen werde. Einen Museumsshop, meine ich …«

»I really do not want to disturb you«, behauptete die Kundin. »But I want to pay.« Sie wedelte mit der Geldbörse, als wollte sie klarmachen, dass Geld ja wohl immer das stärkere Argument sei.

»Einen Museumsshop?«

»In Anghiari. Meiner Heimatstadt. Und da bräuchte ich Rat.«

»Verstehe.«

»How much is it?«

»Just a second, Ma'am.«

»You can talk later. It's your job to sell that staff.«

»Stuff.«

»Eh?«

»I won't sell the staff. I only sell the stuff we offer.«

Die Kundin klatschte die Nippes-Gegenstände auf die Theke, dass es klirrte, und zischte »Keep it!«. Dann rauschte sie davon, während die Verkäuferin ein Grinsen nicht unterdrücken konnte. »Sie wollte, dass ich ihr die Mitarbeiter verkaufe«, lachte sie und holte aus einer Schublade unter der Kasse ein Kärtchen. »Hier, rufen Sie die Nummer an. Signor Torrebianco. Er kann Ihnen sicher ein paar Tipps geben. Aber besser nicht vor elf Uhr. Solange er nicht sein zweites Frühstück genossen hat, ist er selbst ungenießbar.«

»Oh, danke. Das ist sehr freundlich.« Vittoria blickte auf das Malheur, dass die Kundin zurückgelassen hatte. »Tut mir leid. Daran bin ich nicht unschuldig.« Sie griff nach ihrer Geldbörse. Aber die Verkäuferin winkte ab. »Nein, wirklich! Lassen Sie. Sowas kommt immer wieder vor. Manche Menschen haben ein Temperament, als wären sie allein auf der Welt.«

»Seltsam. Ich hätte gedacht, wer hier im Vatikan ist, benimmt sich eher friedfertig.«

»Ja, das hätte ich auch gedacht«, lachte die Verkäuferin, die nun ganz aufgetaut war. »Aber da lernt man schnell dazu. Leider. Ich hoffe, Ihre Kunden benehmen sich besser. Aber machen Sie sich mal auf einiges gefasst.«

Vittoria suchte sich noch ein paar Stifte mit Engelmotiv (Tizian) und ein Notizbüchlein mit Einhornmotiv aus, zahlte, bedankte sich und verließ als eine der letzten Besucherinnen die Vatikanischen Museen, reich an Eindrücken und nachdenklich. Sehr, sehr nachdenklich.

***

Später am Abend – sie hatte die Mitbringsel aus dem Museum der Tochter ihrer Freundin geschenkt – saß sie an dem kleinen Schreibtisch im Kinderzimmer und blätterte in ihrem eigenen Notizbuch, um sich die verschiedenen Produkte noch einmal durch den Kopf gehen zu lassen, die sie sich aufgeschrieben hatte: Es hatte Poster gegeben und Schirme, Puzzles und Blankbücher. Stifte, Lineale und Spitzer. Überhaupt praktisch alle Arten von Schreibwaren und Papeterie, und Vittoria fragte sich, wo um Himmels willen sie all diese Dinge herbekommen sollte, wenn man wirklich erwartete, dass ein Museumsladen dergleichen führte.

»Aber wer erwartet denn das im Ernst?«, fragte Tatjana, als sie ihr später bei einem Glas Pinot Grigio ihre Sorgen beichtete. »Es geht doch niemand in den Museumsshop und fragt: Wo sind die Dürer-Servietten?«

Sie mussten beide lachen. Dennoch blieb ein leiser Zweifel in Vittorias Brust. Vielleicht waren es nicht die Dürer-Servietten, nach denen jemand verlangte. Aber das Mona-Lisa-Poster? Das T-Shirt mit dem Aufdruck von Leonardos Mann in Kreis und Quadrat? Sie würde Signor Torrebianco fragen. Er musste wohl wissen, woher man all die schönen und unsinnigen Waren bekam, die ein Laden wie der in den Vatikanischen Museen führte.

***

Was allerdings nicht der Fall war. Signor Torrebianco war, wie Vittoria feststellen musste, als sie ihn gegen fünfzehn Uhr endlich erreichte, überaus bewandert in Fragen der Etikette, der angewandten Philosophie, den Regeln des Boulespiels sowie allem, was mit Oscar Wilde oder Gianna Nannini zu tun hatte. Wer seine Waren einkaufte, das war ihm indes völlig unbekannt: »Das, verehrte, gnädige Frau, entzieht sich leider ganz und gar meiner Kenntnis. Die Orders, müssen Sie wissen, übernimmt der zentrale Einkauf, den wir mit mehreren anderen großen Museen des Landes konzertiert haben.«

»Sie meinen des Vatikanstaats? Oder Italiens?«

»Italiens, des Vatikanstaates und San Marinos, wenn ich es ganz genau sagen soll, verehrte, gnädige Frau – auch wenn San Marino natürlich nicht entfernt über eine Sammlung verfügt, die auch nur annähernd unserem Rang entspräche. Aber wir wollen ja nicht unkorrekt sein.«

»Nein«, sagte Vittoria leise. »Das wollen wir nicht.«

»Kann ich denn sonst irgendetwas für Sie tun, Signorina Tedeschi…«

»Signora. Nein, Signor Torrebianco, das denke ich nicht. Sie waren mir eine große Hilfe.«

»Zumindest wäre ich Ihnen gerne eine große Hilfe gewesen. Aber wie sagte schon ein berühmter deutscher Dichter: Es gibt nichts Gutes, außer man tut es.«

Er lachte etwas gekünstelt und Vittoria stellte sich vor, wie er dabei die Spitze seines Menjoubärtchens zwirbelte. Aber vielleicht war er ja doch glattrasiert oder trug einen Vollbart im modischen Hipsterstil. Sie hätte nach dem Zentraleinkauf fragen sollen, aber irgendwie brachte sie es nicht über sich. Wenn er sich schon über San Marino lustig machte, wie lächerlich musste erst Anghiari auf ihn wirken, das nicht nur kein Staat, sondern nicht einmal eine richtige Stadt war.

Vittoria verabschiedete sich, klappte ihr Notizbüchlein zu und beschloss, ihre Recherchen im Palazzo Barberini fortzusetzen, den sie tatsächlich noch nie besucht hatte und auf den sie ausgesprochen neugierig war.

Zu ihrer Überraschung musste sie überhaupt nicht warten, um ein Ticket zu lösen. Offenbar gab es eine Art Zweiklassensystem bei den Museen: Da waren zum einen die weltberühmten Sammlungen, die ständig von aller Welt überrannt wurden, dann kam lange nichts, dann folgte in der zweiten oder dritten Reihe alles, was nicht Louvre hieß, Prado, Museum of Modern Art oder eben Museo Vaticano. Der Palazzo Barberini schien als einer von zwei Orten, an denen die Nationalsammlung antiker Kunstwerke ihr Zuhause gefunden hatte, zu letzterer Kategorie zu gehören – und damit zu den Häusern, durch die man mit der nötigen Gelassenheit und Zeit spazieren und deren Werke man in aller Ruhe studieren konnte, ohne sich von Bewaffneten beargwöhnen und von anderen Besuchern bedrängen lassen zu müssen.

Ein wundervolles Haus. Allerdings leider eines, dessen Shop der Rede nicht wert war. Etwas ergiebiger war diesbezüglich die Nationalgalerie der Moderne, die Vittoria sowohl mit ihren Exponaten bezauberte als auch mit einer Kollegin (oder richtiger:

zukünftigen Kollegin), die die Besucherin aus der Provinz in all ihre Überlegungen zum Thema Museumsshop einweihte.

»Sie müssen wissen, was Ihre Besucher am meisten schätzen. Bei mir zum Beispiel ist es nicht van Gogh, sondern eher Cézanne. Auch ein bisschen Klimt. Was gut ist. Denn von beiden gibt es eine Menge Drucke, die man sich ganz günstig im Internet besorgen kann …« Sie wühlte in ihrem Adressregister und zerrte eine Karte hervor. »Da … Es ist sogar ein Gutschein dabei. Ich schenke ihn Ihnen.«

»Ein Gutschein?«

»Wenn Sie zwanzigmal den Klee nehmen, bekommen Sie zwei Modiglianis dazu.«

»Hm«, machte Vittoria. »Ich fürchte, ich habe weder Klee noch Modigliani. Und auch keinen Cézanne oder van Gogh.«

»Verstehe«, erwiderte die zukünftige Kollegin betroffen und beäugte sie über den Rand ihrer Brille hinweg. »Was haben Sie denn, wenn ich fragen darf?«

»Eigentlich nichts.« Vittoria zögerte. »Außer einem Leonardo.«

»Da Vinci?« Die Augen der Verkäuferin schienen plötzlich größer als die Brillengläser.

»Kein Bild.«

»Aha. Also ein Manuskript?« Schlagartig guckte sie wieder ganz normal.

»Ein Objekt«, erklärte Vittoria. »Das einzige Objekt von seiner eigenen Hand.« Den verständnislosen Blick, den die zukünftige Kollegin an den Tag legte, kannte Vittoria längst. »Ein Rhombenkuboktaeder.« Den noch viel verständnisloseren, der darauf folgte, erst recht.

»Aha. Ja, dann …« Sie nahm den Gutschein wieder an sich, ließ Vittoria aber die Karte. »Die Mona Lisa werden Sie auf jeden Fall brauchen können«, sagte sie bestimmt. »Und den Mann in Kreis und Quadrat auch. Bestellen Sie die auf jeden Fall mal. Und vielleicht noch die Frau mit dem Ozelot.«

»Mit dem Hermelin.«

»Oder die.« Die Verkäuferin schob ihre Brille etwas hoch und zuckte die Achseln. »Jedenfalls viel Glück«, sagte sie. »Und wenn Sie sonst irgendwas brauchen …« Sie machte eine vage Geste in Richtung ihres Sortiments.

»Vielleicht ja doch nochmal irgendwann einen guten Rat«, schlug Vittoria vor und steckte die Karte ein. »Jedenfalls vielen herzlichen Dank.«

»Gerne.«

Für die Tochter ihrer Freundin hatte sie ein Malbuch (»100 Meisterwerke zum Ausmalen«) gekauft und für Matteo einen Regenschirm (elegant schwarz mit einem strahlend blauen, weißbewölkten Himmel als Himmel aus der MoMa-Edition). Sie musste zwar heute noch eine Nacht in Trastevere verbringen, weil sie sonst den alten Schulfreund verpasst und sich seinen heiligen Zorn zugezogen hätte. Doch im Grunde wusste sie, dass es besser war, Rom möglichst schnell zu verlassen. Schließlich hatte sie noch Florenz und Venedig auf ihrer Liste. Vielleicht würde sie dort ja den Schlüssel zum Erfolg finden. Immerhin kannte sie nun einen Querschnitt der Angebote, die die verschiedenen Museumsshops führten.

***

Matteo hatte sie zum Bahnhof gebracht. Ausgestattet mit Tatjanas Sandwiches, die für eine Weltreise gereicht hätten, und neuen Zeichnungen ihrer Tochter, mit denen sie ein zusätzliches Museum hätte füllen können, trat Vittoria die Fahrt nach Florenz an, wo sie in der Mittagshitze aus dem Zug stieg und spontan beschloss, zuallererst den Giardino di Boboli aufzusuchen, die grüne Oase der Stadt. Hier würde sie die heißeste Zeit des Tages verbringen, ehe sie das dortige Museum im Palazzo Pitti aufsuchte und später die Uffizien.

Was ein guter Plan für einen entspannten Hochsommertag schien, entpuppte sich als konditionelle Herausforderung. Denn obwohl Vittoria die Sonne liebte und die warme Jahreszeit ohnehin, glühte die Stadt am Arno förmlich – und von der vermeintlichen

Kühlung im Park war nichts zu spüren: Der Fixstern brannte gnadenlos auf die Erde nieder und scheuchte Vittoria von Schatten zu Schatten, in dem die Luft dennoch ebenfalls vibrierte. Mit Mühe verzehrte sie anderthalb von Tatjanas Sandwiches, dann flüchtete sie in das Kaffeehaus des Giardino, wo sie zumindest für eine unvorstellbare Summe eine Karaffe kaltes Limonenwasser bekam. Verblüfft starrte sie über die Terrasse auf die Stadt, die sich in aller Schönheit und von der elenden Hitze völlig unbeeindruckt darbot. War es hier schon immer so heiß gewesen?

Sie zückte ihr Notizbuch, blätterte all ihre Aufzeichnungen durch, überlegte sich, was sie an Wissenswertem und an Nützlichem bisher für ihre eigene Geschäftsgründung herausgefunden hatte (nicht allzu viel), skizzierte ein paar Ideen zur Ausstattung des Ladens und telefonierte mit dem Bruder ihres Ex-Mannes, der im Gegensatz zu Luigi ein biederer und ernsthafter Mensch war: ein Küchenausstatter mit Frau und vier Töchtern in Grosseto.

»Roberto … Vittoria hier.«

»Ciao, Vitti! Wie geht es dir?«

»Danke. Wie geht es den Kindern?«

»Sie fressen mir die Haare vom Kopf.«

»Sehr gut, sehr gut. Dann weiß ich, dass es ihnen gut geht. Roberto, hast du schon von unserem Projekt in Anghiari gehört?«

»Dem Museum? Mamma mia! Ihr seid verrückt.«

Wie recht er hatte, konnte nicht einmal Vittoria erahnen. Doch dass er nicht ermessen konnte, wie nah er damit an der Wahrheit war, das war ihr immerhin klar. »Ich dachte, ich frage dich mal wegen Hilfe.«

»Jederzeit, liebe Schwägerin.«

Sie räusperte sich. »Du weißt, dass ich nicht mehr deine Schwägerin bin.«

»Pah! Wenn interessiert das? Für Donna und mich wirst du immer unsere Schwägerin bleiben, unsere Schwester. Wir lieben dich, Vitti. Das hat mit Luigi nichts zu tun, und das weiß du, oder?«

»Das weiß ich, Roberto. Und ich liebe euch auch.«

»Ha! Das wollte ich hören.« Sie sah sein breites Lachen förmlich vor sich.

»Es geht um meinen Laden.«

»Laden? Machst du jetzt auch noch einen Laden auf?«

»Den Museumsshop.«

»Oh … Aha … Verstehe.«

»Ich muss ihn einrichten. Regale, Kästen, Schränke … was ein Laden eben so braucht.«

»Ma certo! Ich komme heute Abend vorbei und messe alles aus. Aber sag deiner Mutter, dass sie ihre Tagliatelle mit Salsiccia machen muss. Aber ohne Rhabarber.« Er lachte.

Auch Vittoria musste lachen. »Du bist wunderbar, Roberto. Leider bin ich heute selber gar nicht da. Ich rufe dich aus Firenze an, weil ich gerade auf einer Reise durch verschiedene Städte bin. Museumsshops ansehen. Ich muss ja wissen, was die anderen so machen.«

»Du solltest nach Rom! Der Vatikan hat bestimmt die größte Auswahl.«

»Da war ich schon. In Neapel auch. Zum Schluss fahre ich noch nach Venedig.«

»Venedig? Das kannst du dir sparen, cara. Venedig ist ein einziger Museumsshop. Die Stadt existiert gar nicht mehr. Ich war neulich dort, weil ein Kunde von mir sich eine Wohnung gekauft hat und eine Küche haben wollte. Es gibt keine Venezianer mehr, nur noch Touristen. Wenn du ein Panificio suchst, musst du bis aufs Festland laufen. Ein normales Alimentari gibt es nicht. Und in den Trattorias bieten sie vor allem Pizza an. Mit Würstchen oder mit Ananas.«

»Tja, ich weiß nicht«, entgegnete Vittoria etwas unsicher. »Aber sie werden doch sicher einen Shop in der Galleria haben. Oder im Dogenpalast.«

»Haben sie sicher. Sie verkaufen schließlich alles. Aber es ist schon ziemlich gruselig. Egal, wann bist du wieder zu Hause?«

Wenn sie Venedig ausließe, dann: »Morgen Abend?«

»Va bene. Ich komme übermorgen Mittag. Aber Signora Tedeschi soll an die …«

»Salsiccia denken«, vollendete Vittoria den Satz und lachte.

»Du sagst es. Ich freue mich, dich zu sehen!«

»Grazie, Roberto. Ich freue mich auch.«

Ihn hätte sie heiraten sollen, nicht seinen nichtsnutzigen Bruder. Nur dass Roberto schon verheiratet gewesen und außerdem überhaupt kein Herzensbrecher war.

***

Erst als die Abendstunden heraufzogen, stieg Vittoria wieder in die Stadt hinab, die zwar immer noch glühte, aber jetzt zumindest von einer sanften Brise durchweht wurde. Sie liebte Florenz. Liebte die Eleganz, den Stil, die lässige Pracht dieses steingewordenen Monuments von Macht und Reichtum, vor allem weil die Florentiner es mit einer weltläufigen Selbstverständlichkeit bevölkerten, die Vittoria sonst bisher nirgendwo gesehen hatte, allenfalls in Mailand – doch da war alles eine Nummer zu großspurig und zu laut. Also genoss sie es, durch die alten Gassen zu flanieren, die Waren der fliegenden Händler – überwiegend Afrikaner, die auf ein besseres Leben in Europa hofften – zu betrachten, in die eine oder andere Kirche zu flüchten, die zwischen die zahllosen Palazzi gezwängt worden waren, hier und da einem Straßenmusiker zu lauschen, bei Gilli zwischen holzgetäfelten Wänden und Stuckdecken in elegantestem Ambiente für ein Vermögen zwei süße Teilchen und einen Kaffee zu sich zu nehmen und den Tag vergehen zu lassen, als sei sie Touristin und nicht in beruflichen Dingen unterwegs.

Erst spät kam sie in ihr Hotel, das ganz in der Nähe der Kirche Santa Croce in der Via Ghibellina lag. Hätte sie ein Zimmer in einem der oberen Stockwerke gehabt, ihr Blick wäre vermutlich filmreif gewesen. So war die Unterkunft eine kleine Kammer zum Hinterhof, dunkel und mit Aussicht auf eine Kolonie Straßenkatzen, die sich gegenseitig belauerten. Ein ganz anderes Bild von Florenz, dachte Vittoria, die die Tiere fasziniert beobachtete. Aber war es denn nicht das Geheimnis großer Reichtümer, dass sie nur dort entstehen konnten, wo ihnen als Spiegelbild die Armut gegenüberstand? All die Pracht einer Stadt wie Florenz oder Paris oder London, all der Reichtum, den das moderne New York oder das alte Rom angehäuft hatten, waren doch nur möglich, weil sich das Füllhorn zunehmend zu der einen Seite hinneigte, weil alles in die eine Richtung floss.

Doch Reichtum war vergänglich, wie die Familie Tedeschi sehr genau wusste: Man lebte selbst in einem alten Palazzo, zweien davon sogar, Anwesen, die heute aber vor allem Kosten verursachten. Weil ihr Abriss natürlich verboten war, konnten sie auch nicht durch ertragreiche Wohn- oder Geschäftshäuser ersetzt werden. Und so wurde das bisschen, von dem Vittoria und ihre Mutter lebten, von den alten Kästen aufgezehrt. Und doch war die junge Frau aus Anghiari dankbar, dass die alten Häuser die Zeiten überdauert hatten – auch die Zeiten, in denen niemand alte Häuser zu schätzen pflegte! Keine Selbstverständlichkeit, auch in einer kleinen umbrischen Gemeinde nicht.

Also zählte Vittoria das bisschen Geld, das noch übrig war, beschloss, dass Roberto recht hatte und Venedig die Reise nicht wert war, und legte sich ihr letztes frisches Kleid und die Eintrittskarte für die Uffizien raus, um den nächsten Tag möglichst früh und möglichst engagiert zu beginnen.

***

Dass die Uffizien von den ersten Schritten an überwältigend waren, überraschte Vittoria nicht. Sie kannte das Museum, war schon einige Male hier gewesen und liebte Botticellis »Primavera«, Michelangelos »Heilige Familie« und Caravaggios schaurige Medusa. Natürlich betrachtete sie die Werke Leonardos diesmal mit ganz anderen Augen. Erst als jemand sie unsanft weiterschob, bemerkte sie, dass ihr im

Angesicht der »Verkündigung« Tränen in die Augen getreten waren.

Stunden brachte sie zwischen den Giganten der Malerei zu, ehe sie – erschöpft und überwältigt von der Größe der Sammlung – mit unsicheren Schritten aus dem Museum trat und zum Palazzo Vecchio hinüberging. Was sie völlig vergessen hatte war, nach dem Museumsshop zu schauen. Hatte es einen gegeben? War sie so blind gewesen, achtlos daran vorbei zu irren? Bestürzt über ihren eigenen Unverstand trat sie in den kühlen Innenhof des alten Herzogspalastes und hielt inne. Noch ein Museum? Noch eine Bestätigung mehr, wie grandios Florenz und seine Sammlungen waren und wie nichtig Anghiari und sein großartiges Museo Leonardo sein würden? Wollte sie sich das wirklich antun?

Sie betrachtete das Sortiment des Shops, plauderte mit dem alten Herrn, der dort seine kleine Rente aufbesserte und buchstäblich alles über die Medici, Giorgiones Methode, seine Gemälde in ein warmes Licht zu tauchen, und die perfiden Parkplatzpläne der Kommune wusste, und stellte irgendwann fest, dass es später Nachmittag war und sie den ganzen Tag über nichts gegessen hatte.

Auf der Suche nach einem Lokal, das nicht in erster Linie Touristen ansprechen wollte, gelangte sie – ganz in der Nähe ihrer Pension – zu einem Laden, in dessen kleinen Schaufenstern einige aufgeschlagene Bücher lagen: alte Bände, deren Vorsatzblätter reich verziert und deren Titel vor lauter Schnörkeln teils kaum lesbar waren. Neugierig trat sie ein.

»Buona sera«, grüßte die Stimme eines offenbar alten Mannes, der indes nirgends zu sehen war.

»Buona sera«, grüßte Vittoria zurück und sah sich im Halbdunkel dieses verwunschenen Geschäfts um. Die Zeit schien hier stehengeblieben zu sein. In Vitrinen und auf Tischen aus dunklem Holz standen und lagen Bücher, deren Ledereinbände von ihrem Alter zeugten und die einen ganz eigenartigen, faszinierenden Duft verströmten, der Vittoria ein wenig an zu Hause erinnerte.

»Suchen Sie etwas Bestimmtes?« Plötzlich stand er vor ihr. Oder vielmehr hinter ihr, wie Vittoria feststellte, als sie sich zu der Stimme umdrehte. Ein nicht allzu großer, aber sehr eleganter Mann, dessen hohe Stirn von einer vorwitzigen weißen Haartolle gekrönt war.

»Nein, Signore. Ich habe nur Ihr Schaufenster gesehen und war neugierig.«

Er nickte. »Buono. Sehen Sie sich um. Wenn etwas Sie interessiert, sagen Sie es mir.«

»Gewiss. Vielen Dank.«

Langsam schritt Vittoria die Regale und Vitrinen ab. Die wertvollsten Bücher waren hinter Glas weggesperrt. Sie erkannte alte Ausgaben von Boccaccio und Dante. Schriften von Galilei und die berühmten Porträts von Vasari. Staunend durchstreifte die junge Frau aus Anghiari das Antiquariat dieses eleganten kleinen Mannes, der sich wieder ganz diskret zurückgezogen hatte. An einer Seite des Ladens gab es Klappfächer mit Drucken: alten Ansichten toskanischer Städte, Radierungen nach alten Gemälden, Drucke, Lithografien, teils auch Originale aus dem zwanzigsten Jahrhundert – Futuristen, Expressionisten und Surrealisten. Behutsam zog Vittoria einen Stich heraus und legte ihn quer über einen der nebenstehenden Büchertische. Es war eine historische Darstellung von Anghiari. Doch so, wie die Stadt auf dem Bild am Hügel stand, unterschied sie sich beinahe in nichts von ihrer heutigen Gestalt.

»Ich wusste nicht, dass es eine solche Ansicht gibt«, sagte sie leise, als sie bemerkte, dass der Antiquar neben sie getreten war.

»Sie kennen Anghiari?«

»Ich stamme von dort.«

»Wie wundervoll. Mein Vater kam aus Arezzo. Ich war öfter in Ihrer kleinen Stadt.«

»Was soll dieser Druck kosten?«, fragte Vittoria und erinnerte sich prompt, dass sie kaum mehr Geld hatte.

»Tja, es ist ausgezeichnet mit zweihundert Euro, nicht wahr?«, sagte der Mann, während er aus der

Brusttasche seines Jacketts eine Brille zog und aufsetzte. Dann beugte er sich über das Blatt. »Andererseits ist es hier am Rand etwas stockfleckig. Man sieht, dass es einmal auf einen Karton montiert war. Und hier unten, ausgerechnet wo die Schrift ist …« Er deutete auf die fein gestaltete Tafel, die das Blatt als »Anghiari – Westliche Ansicht« kennzeichnete und auf der »A.D. MDCCXVI« vermerkt war, »Etwas berieben. Hm. Wollen wir sagen hundertsechzig?« Er blickte auf, erkannte ihre Unsicherheit, lächelte wissend und schlug vor: »Hundertvierzig.«

Vittoria nickte. »Ich zahle Ihnen zweihundert, Signore«, erklärte sie. »Ich muss nur erst Geld abheben.«

Erstaunt hob er die Augenbrauen. »Das ist sehr freundlich von Ihnen, Signorina! Aber ich stehe natürlich zu meinem Wort. Hundertvierzig – und ich kann Ihnen versichern, ich habe noch etwas daran verdient.«

»Va bene, dann bedanke ich mich sehr, Signore. Es wird einen Ehrenplatz in meinem Laden bekommen.«

»Oh, Sie sind auch Besitzerin eines Geschäftes?«

»Nun ja, es muss erst noch entstehen. Ein Museumsladen.«

Der elegante Mann nickte anerkennend. »Ein interessantes Metier«, stellte er fest. »Und sehr im Kommen.«

»Ja? Denken Sie?«

»Absolut! Wenn ich auf Reisen bin, sehe ich mich oft in Museumsläden um.« Er deutete auf einen kleinen Tisch, an dem zwei Stühle standen. »Darf ich Ihnen einen Kaffee anbieten?«

Vittoria antwortete mit einem Lächeln und setzte sich. Wenige Augenblicke später stand der alte Herr mit zwei winzigen Espressotassen vor ihr. »Zucker?«

Sie schüttelte den Kopf. Er stellte ein Tässchen vor sie und behielt das andere in der Hand, während er sich dazusetzte. »Und ich muss sagen: Es gibt immer mehr wunderbare Sortimente!«

»Hm, vermutlich ist das so«, sagte Vittoria und erzählte von ihren Museumsbesuchen in Neapel und Rom.

»Ja«, sagte der Antiquar, »dass die Vatikanischen Museen auch in dieser Hinsicht beeindrucken, ist mir bekannt. In anderen Ländern passiert mir das aber inzwischen oft. Natürlich gibt es die Läden, die nur Nippes und Kitsch verkaufen. Aber immer öfter bin ich überrascht, wie gut die Buchabteilungen sortiert sind! Da zeigt sich doch, ob jemand fähig ist, über seine Themen nachzudenken, nicht wahr? Manches Buch, so scheint mir, wird überhaupt nur für die Museumsläden herausgebracht. Ich bin sicher, Leonardo-Literatur verkauft sich dort besser als in jedem normalen Buchladen.«

Fasziniert lauschte Vittoria dem alten Herrn und ließ ihren Blick nur selten zu seiner kuriosen Haartolle schweifen, während sie seinen Erkenntnissen und Überlegungen zum Wesen des Museumsladens als einem Vermittler von Kultur und Wissen folgte. »Im Grunde bauen Sie mit Ihrem Shop eine Brücke aus der Musealität der Kunst in die Lebenswirklichkeit Ihrer Kunden«, schloss der Antiquar und besiegelte seine Worte mit einem Schluck Espresso.

»Ein schöner Gedanke«, stellte Vittoria fest und nippte an ihrer Tasse. »Ein bisschen tut das unser Haus schon seit jeher. Wissen Sie, wir leben auch in einem Bau aus dem dreizehnten Jahrhundert. Während der Palazzo immer musealer wird, nutzt ihn Generation um Generation, die Kinder bekritzeln die Wände, die Alten verlegen neue Bodenplatten und bauen sich Duschen und Dunstabzüge ein … Wir haben gar keinen so großen Bezug zum ›Musealen‹. Für uns ist das eher – Teil des Normalen.«

Der alte Mann nickte. »Wundervoll, nicht wahr? Es ist ein Privileg, wenn man in einer solchen Umgebung leben darf. Ich selbst stamme aus Genua – aus Marassi! Das Älteste, was es dort gibt, stammt aus den 1940er-Jahren, und es ist eine Polizeistation. Keine Geschichte, keine Kultur, keine Traditionen – außer natürlich der ewigen Kriminalität.« Er lächelte etwas wehmütig. »Der richtige Ort, um davon zu flüchten. Aber auch eine gute Schule des Lebens, trotz allem.«

Erstaunt betrachtete Vittoria den alten Herrn, den sie sich gut als Mann von altem Adel hätte vorstellen können, dessen Vorfahren in den stolzesten Anwesen von Florenz gelebt und zu den bedeutendsten Geschlechtern dieser bedeutenden Stadt gehört hatten. Aber so war es nun einmal: Es kam immer darauf an, was man daraus machte! »Vielleicht haben Sie sich deshalb ein Metier ausgesucht, in dem Sie so viel mit Kultur und Geschichte zu tun haben.«

»Ja«, sagte der Antiquar. »Das mag sein. Jedenfalls gebe ich mir redlich Mühe, der Schnelllebigkeit unserer Zeit zu widerstehen und gemeinsam mit meinen Büchern in einiger Würde zu altern.«

»Was Ihnen absolut gelingt, wenn ich das so sagen darf«, entgegnete Vittoria und beide lachten. »Wie lange gibt es denn Ihren wundervollen Laden schon?«

»Oh, er existiert länger, als ich in Florenz bin: seit den 1920er-Jahren, damals natürlich noch hauptsächlich als ganz normale Buchhandlung. Ich habe ihn vor vierzig Jahren übernommen und leide seither an jedem Stück, das ich verkaufe.«

»Vierzig Jahre«, flüsterte Vittoria bewundernd. »Ich hoffe, dass ich wenigstens vier Jahre durchhalten werde.«

»Das werden Sie, Signorina, das werden Sie.«

Eine sehr optimistische Prognose, wie Vittoria schon bald feststellen würde.

***

In Anghiari schickte sich indes Laura Tuttibelli an, die Pforte ihrer kleinen Gemeindebibliothek abzuschließen. Sie hatte sich schon ihr Halstuch umgebunden und den neuesten Roman von Carla Carlucci in die Tasche gesteckt. Doch gerade als sie den Schlüssel zur Hand nahm, erschien plötzlich der Bürgermeister in der Tür. »Signora Tuttibelli … buona sera!«

»Buona sera, Signor Rossi.« Die Bibliothekarin klimperte mit ihren Schlüsseln. »Ich wollte gerade schließen.«

»Das ist gut. Dann sind wir ungestört.« Der Bürgermeister schob sich an der zierlichen Frau vorbei in den Bibliotheksraum. »Aha«, sagte er, schien dem aber zunächst nichts hinzufügen zu wollen. Er warf prüfende Blicke auf die Regale, auf die Theke, hinter der Signora Tuttibelli stets zu sitzen pflegte, auf die kleine Metallbox, die die Barschaft der Bibliothek barg, um schließlich festzustellen: »Sollten Sie das Geld nicht besser zur Bank bringen?«

»Das Geld, Signore?«

Er nickte zu der Box hin. »Ihre Einnahmen.«

»Nun, *Einnahmen* im eigentlichen Sinn des Wortes erzielen wir gar nicht, Herr Bürgermeister. Es sind Gebühren. Mahngebühren genau genommen.«

»Es ist Geld, oder?«

»Das ist es, Herr Bürgermeister.« Signora Tuttibelli war von seinem Besuch ebenso überrascht wie ungerührt. Salvatore Rossi war in seinem ganzen Leben noch nicht in dieser Bibliothek gewesen, und er wäre mit Sicherheit auch nie hierhergekommen, wenn er nicht einen Anlass dafür gehabt hätte. Das mochte der Wahlkampf sein oder …

»Die Bilanzen«, erklärte der Bürgermeister. »Wo haben Sie die?«

»Die … Bilanzen?«

»Nun, Sie werden doch Bilanzen schreiben, oder? Jedes Unternehmen schreibt Bilanzen.«

»Aber wir sind kein Unternehmen, Herr Bürgermeister. Wir sind eine gemeinnützige Einrichtung.«

»Das heißt, Sie nutzen die Gemeinde, um sich Ihren Arbeitsplatz hier zu sichern?«

Signora Tuttibelli war nicht häufig sprachlos. Aber jetzt war sie es. Schließlich rang sie sich dazu durch, etwas zu erklären, was unter verständigen Menschen keiner Erklärung bedurfte: »Gemeinnützig bedeutet, dass es allen zugutekommt. Der ganzen Gemeinde.«

»Soso«, sagte der Bürgermeister und nickte. »Und wie viele waren das heute?«

»Bitte?«

»Die einen Nutzen aus der Bibliothek gezogen haben?«

Die Bibliothekarin trat unsicher ein paar Schritte auf ihn zu. »Alle, Herr Bürgermeister«, sagte sie. »Jedes Mitglied der Gemeinde.«

»Aha«, sagte der Bürgermeister wieder. »Lassen Sie es mich anders fragen: Wie viele Mitglieder der Gemeinde waren denn heute hier, um sich ein Buch auszuleihen?«

Signora Tutibelli tat, als müsste sie rechnen, dabei war die Zahl nicht schwer zu memorieren. »Nun, da war Signora Fascoli von der Schule …«

»Die bald in Ruhestand geht …«

»Und natürlich Signora Bertozzi, die fast jeden Tag …«

» … zum Schwätzen kommt, schon klar. Und zu Hause lässt sie das Sugo anbrennen. Ich kenne ihren Mann.«

»Signora Erhard!«

»Die Deutsche.« Es klang wie ein Todesurteil.

»Und …« Mehr fielen Signora Tuttibelli beim besten Willen nicht ein. Weil es nun einmal nicht mehr gab.

»Drei alte Schachteln«, konstatierte der Bürgermeister und legte seine Hand auf die Kasse. »Und wie viel an Leihgebühren haben die drei hiergelassen?«

»Mahngebühren!«

»Wie viel an Mahngebühren? Nun?«

»Natürlich nichts«, beeilte sich Signora Tuttibelli zu sagen, obwohl sie schon ahnte, dass es hier keine Antwort gab, aus der ihr Salvatore Rossi nicht einen Strick gedreht hätte. »Sie geben ihre Bücher immer pünktlich zurück. Oft sogar überpünktlich.«

»Überpünktlich. Soso.« Der Bürgermeister richtete sich zu seiner vollen Größe auf (die mit etwa einsfünfundsechzig nicht allzu beeindruckend war, wenn man es rein vertikal betrachtete). »Nun«, sagte er. »Ich habe eine Aufgabe für Sie, Signora. Eine verantwortungsvolle Aufgabe. Und ich bin sicher, Sie werden sie mit aller Sorgfalt erledigen. Denn Sie wollen ja nicht, dass Ihre schönen Bücher womöglich schon bald nicht mehr der Öffentlichkeit zur Verfügung stehen, nicht wahr?«

FÜNFTES KAPITEL

Zeiten der Trennung sind Zeiten der Sehnsucht.
Die Sehnsucht aber ist ein magisches Band,
das zwei Menschen verbindet.
Denn sie ist so stark wie die Phantasie.
DER SOMMER ALLER SOMMER

Die Zeit in Mailand war ihm wie Stillstand erschienen. Man hatte Fabio eine Aufgabe zugewiesen, die nicht weiter entfernt hätte sein können von einem alten Palazzo in Umbrien, nämlich die Sanierungsarbeiten einer Tiefgarage aus den 1960er-Jahren. Nichts, wofür irgendjemand jemals Ingenieurswesen studiert hätte. Aber vielleicht nicht ganz die falsche Arbeit für jemanden, der guten Grund hatte, die Episode in der Kleinstadt nahe Arezzo möglichst schnell zu vergessen. Denn das war es, was Fabio Contagno versuchte: nicht mehr an den Palazzo del Vicario zu denken, nicht mehr an die fröhlichen Gesellschaften im Gianni's, nicht mehr an das milde Licht der umbrischen Abende – und vor allem nicht mehr an die Frau, die seine Träume bevölkerte, seit er sie an einem regnerischen Nachmittag kennengelernt hatte.

Allerdings war die Zeit als Maulwurf endlich gewesen. Aus unerfindlichen Gründen war – von wem auch immer – beschlossen worden, die Bauarbeiten an dem alten Kasten in Anghiari wiederaufzunehmen. Es war eines dieser Mysterien, für die Italien berühmt (seien wir ehrlich: eher berüchtigt) ist. Plötzlich wird eine Entscheidung gefällt, niemand weiß, von wem und weshalb. Und mit einem Mal geht es wieder weiter. Da es der Zufall wollte, dass umgekehrt auf der Tiefgaragenbaustelle gerade (aus ebenso unerfindlichen Gründen) ein Baustopp verhängt worden war, fiel das Los des zu beauftragenden Leiters auf Fabio Contagno, und so befand sich der Ingenieur schon wenige Wochen, nachdem er Anghiari verlassen hatte, erneut auf dem Weg nach Umbrien.

Natürlich schlug sein Herz etwas schneller, wenn er bedachte, dass er die schöne Vittoria bald wiedersehen würde (auch wenn er litt, sobald er an ihren halbseidenen Freund mit seinem absurden Auto dachte). Aber natürlich war er auch unsicher, ob es eine gute Idee war, ihre Nähe zu suchen. Wer war er schon, sich ihr aufzudrängen … Und dann war da noch Signora Tuttibelli, die Bibliothekarin, die er so enttäuscht hatte. Dass die Maßnahmen im Palazzo nun wiederaufgenommen werden würden, hieß nicht, dass er irgendeinen weitergehenden Einfluss hatte. Man würde die Bibliothek nicht aufwerten. Im Gegenteil: Wenn er eines gelernt hatte in den Gesprächen über dieses Vorhaben, dann war es, dass buchstäblich niemand in der Verwaltung eine öffentliche Bücherei ernst nahm, aber buchstäblich jeder Gründe suchte, sie zuzusperren.

Entsprechend schwer fiel es Fabio, sich vorzustellen, dass er der Bibliothekarin demnächst wieder begegnen, ja womöglich gar ihre kleine heilige Halle besuchen würde.

Der Zufall wollte es, dass in dem Augenblick, in dem Fabio Contagni aus dem Bus stieg, ein Platzregen niederging, so unvermittelt und so heftig, dass er nicht anders konnte, als sich unter den nächstgelegenen Hauseingang zu flüchten. Und als wäre es Hexerei, war es natürlich genau der Türsturz, unter dem er bereits einmal Schutz vor einem Unwetter gefunden hatte. »Sie scheinen schlechtes Wetter mitzubringen, junger Mann«, sagte eine Stimme im Schatten des alten Portals.

»Oh, Signora! Verzeihen Sie, ich hatte Sie gar nicht gesehen.«

Die alte Frau nickte wissend. »Kommen Sie rein«, sagte sie. Keine Einladung, ein Befehl. Und Fabio folgte ihr, tropfend und etwas beschämt, dass er abermals wie ein begossener Pudel in die Küche trat, wo – wie scheinbar jederzeit – ein paar Töpfe auf dem Herd standen und die graue Katze ihn mit ihren grünen Augen anfunkelte.

Die Signora musste seinen Blick bemerkt haben. »Sie ist nicht da«, sagte sie, als wäre klar, dass er sich nach der Tochter des Hauses umgesehen hatte. »Besorgungen.«

»Verstehe.«

»Ja? Nun ja.« Sie stellte eine Tasse vor ihn hin. »Trinken Sie.«

Es war ein starker und mindestens doppelter Espresso, den sie ihm serviert hatte, und Fabio trank ihn dankbar. »Wie geht es mit dem Museum voran?«, fragte er.

»Es geht.« Sie zuckte die Achseln. Schließlich war es klar, dass man sich hier in sein Schicksal fügen musste. Gott allein wusste, ob und wann das Museum fertig werden würde.

»Ich hoffe, meine Entdeckung hat Ihnen nicht nur Unannehmlichkeiten bereitet«, sagte Fabio leise.

»Ihre Entdeckung?«

»Des Rhombenkuboktaeders.«

»Ach … das Ding war da. Irgendwann musste ja jemand dahinterkommen. Wären Sie es nicht gewesen, wär's ein anderer gewesen.«

»Vermutlich«, stimmte Fabio zu und versuchte nicht darauf zu achten, dass ihn diese schnöde Feststellung etwas kränkte.

»Haben Sie Hunger?« Er schüttelte den Kopf, obwohl er tatsächlich gerne etwas gegessen hätte. Doch angesichts ihrer sehr eigenwilligen Art zu würzen, wollte er sein Glück lieber nicht herausfordern. »Und jetzt nehmen Sie die Arbeiten am Palazzo del Vicario wieder auf?«

»Ja. Ich hoffe es.«

»Und wenn Sie damit fertig sind, was machen Sie dann?«

Fabio zuckte die Achseln. »Das steht noch nicht fest.«

»Soso.« Wieder dieser wissende Blick, fast als wollte sie ihn ganz und gar durchleuchten. Im Hintergrund hörte der Ingenieur, wie jemand die Treppe herunterkam.

»Ich glaube, der Regen lässt nach«, sagte Signora Tedeschi und scheuchte ihn auf. »So ein Glück.« Mit ihrer sehr physischen Präsenz schob sie ihn förmlich vor sich her Richtung Tür, obwohl sie eigentlich eher klein gewachsen und etwas rundlich war. In dem Moment streckte ihre Tochter den Kopf in den Raum.

»Oh, Signore Contagno! Buon giorno.«

»Der Ingegnere wollte gerade gehen«, erklärte ihre Mutter und nickte Fabio resolut zu. »Nett, dass Sie vorbeigeschaut haben. Arrivederci.«

»Arrivederci, Signora«, stotterte Fabio und wollte noch etwas ergänzen, doch ein mehr oder weniger sanfter Schubs beförderte ihn über die Schwelle, und er kam kaum noch dazu, die Hand zum Abschied zu erheben. »Und grüßen Sie Ihre Frau!«, rief ihm die alte Dame hinterher, ehe die Tür hinter ihm zufiel und er im weiterhin strömenden Regen stand.

»Meine Frau?«

***

»War das nicht der Signore, der unseren Leonardo entdeckt hat?«, fragte Vittoria überrascht, als sie in die Küche trat. »Warum hast du ihn in den Regen hinausgeschickt?« Sie schenkte sich eine Tasse Kaffee ein und blickte durch das Fenster, wo sie schemenhaft den jungen Mann die Gasse hinablaufen sah. »Und woher kennst du seine Frau?«

»Solltest du nicht drüben sein und die Arbeiter beaufsichtigen?« Die alte Dame hatte offenbar nicht die Absicht, ihrer Tochter zu antworten. »Ich mag es nicht, wenn Fremde im Haus sind und wir nicht wissen, was sie tun.«

»Ich gehe gleich wieder rüber. Sie machen sowieso gerade Pause.«

Die Signora schlug die Hände über dem Kopf zusammen. »Wann machen sie denn mal nicht Pause?«

»Oh, ich finde, sie sind überraschend fleißig.« Vittoria nahm einen Schluck und stellte den Kaffee wieder weg. »Hast du einen Reanimationskurs besucht?«

»Was?«

»Mit dem Kaffee kannst du Tote aufwecken.«

»Du musst ihn ja nicht trinken, wenn er dir nicht schmeckt.« Die Signora schüttete den Rest aus Vittorias Tasse in die Spüle und verschwand missmutig im Treppenhaus, während ihre Tochter am Fenster stehen blieb und in den regnerischen Nachmittag starrte.

Der junge Mann war inzwischen verschwunden. Wo er wohl wohnte? Hatte seine Frau ihn begleitet? Gedankenversunken setzte sich Vittoria an den Tisch, wo sie ihr Buch hatte liegen lassen: *Die süßen Geheimnisse der Signorina L.* Signora Tuttibelli aus der Bücherei hatte es ihr ans Herz gelegt, doch irgendwie konnte Vittoria sich nicht konzentrieren. Sie hatte schon mehrmals angefangen, aber jedes Mal waren ihre Gedanken abgeschweift. Vielleicht sollte sie doch mal einen Roman von Carla Carlucci lesen, wie die Bibliothekarin (auch wenn die es immer nur heimlich tat und sich auch nur aus Versehen verraten hatte). Sie blickte auf die Uhr. Solange es regnete, würden die Arbeiter nicht wiederkommen, aber sobald es aufhörte, musste es weitergehen. Seufzend stand Vittoria auf, legte ihr Buch wieder zur Seite und ging hinüber ins andere Haus, das mit einer Zwischentür verbunden war.

Überall hingen Plastikplanen, standen Leitern und Gerüste, lagen Kabel und Rohre herum. Es war schwer, sich vorzustellen, dass daraus irgendwann ein mehr oder weniger modernes, mehr oder weniger elegantes Museum entstehen sollte. Im Moment regierte das reine Chaos, und Vittoria wurde es mulmig, wenn sie daran dachte, was noch alles zu geschehen hatte, bis das Museo Leonardo eröffnet wurde. Vorsichtig wich sie allen Planken und Platten aus, die auf dem Boden verteilt waren, und durchwanderte das im Halbdunkel liegende Haus, bis sie im letzten Zimmer angekommen war: im künftigen Museumsshop.

Von den Wänden hingen halb abgerissene Tapeten, in der Decke klaffte ein großes Loch, wo vorher – irgendwann – eine Lampe gewesen war. Die Bohlen, die den Fußboden bildeten, waren morsch und lückenhaft, die Tür fehlte ganz. Und doch: Wenn sie sich vorstellte, wie sie diese Wüste mit Leben füllte, merkte Vittoria, dass ihr warm ums Herz wurde! An diesen Wänden würde sie Regale und Vitrinen aufstellen. Sie würde eine Verkaufstheke hier hereinschaffen, und sie wusste auch, von wo sie die bekommen würde. Natürlich: Das Fenster zur Piazza hinaus musste mitsamt dem Stock erneuert werden, die Tür war im Moment nur ein Provisorium, nachdem man die zugemauerte Öffnung zur Straße hin wieder aufgebrochen hatte. Doch die Phantasie sah ja bekanntlich Dinge, die für das Auge noch gar nicht sichtbar waren: ein Tisch für hübsche Kleinigkeiten hier und ein Pult für die Schreibwaren und die Papeterie dort … Es würde wunderbar werden! Natürlich brauchte sie Licht. Viel und gutes Licht! Keine Funzeln, aber auch nichts Grelles, Kaltes. Und sie würde vielleicht leise Musik im Hintergrund laufen lassen. Ja, das würde sie. Schon stellte sie ihre ganz persönliche Playlist zusammen: Alle Songs, die ihr passend erschienen, vielleicht auch ein wenig Klassik? Schließlich war das hier ein Museum, da sollte es nicht zu modern werden. Aber eben auch nicht zu verstaubt. Zauber! Das war es, was sie sich für ihren kleinen Laden wünschte: Er musste einen gewissen Zauber haben, dann würde sich alles andere wie von selbst ergeben.

Und die alte Radierung von Anghiari, die sie in dem Antiquariat in Florenz erworben hatte, würde sie hinter der Kasse an die Wand hängen. Wer ihr über die Schulter blickte, würde auf die Stadt sehen. Schon sah sie es selbst, obwohl keiner von all den schönen Gedanken bisher verwirklicht war.

Voraussetzung für all diese schönen Ideen allerdings würde sein, dass die »Expertenkommission«, die sich um Leihgaben anderer Museen zu kümmern hatte, irgendwann mehr als ein paar fragwürdige Stiche von Raimondi und eine nahezu mikroskopische Zeichnung von Vasari ergatterte. Und leider gab es von der Seite noch wenig Ermutigendes zu hören.

***

Gerne wäre Fabio wieder in der kleinen Pension an der Piazza Baldaccio untergekommen. Doch diesmal waren alle Zimmer besetzt. Immerhin hatte man im Gianni's Rat gewusst: eine Tante des Wirts vermietete Zimmer, jedenfalls manchmal. Mit Hilfe eines guten Worts von »Gianni« (der in Wirklichkeit Riccardo hieß) war man schnell einig geworden, und Fabio hatte seine Sachen ins oberste Stockwerk geschafft, in eine Kammer, die kaum größer war als das Bett, das in ihr stand, die aber immerhin über einen kleinen Schreibtisch am Fenster, das obligatorische Kruzifix und – nicht zu unterschätzen! – einen eigenen Zugang zum Dachgarten verfügte (auch wenn man dazu über die Brüstung steigen und für einen Meter Nerven beweisen musste). Außerdem gab es eine Kommode unbestimmten, aber jedenfalls hohen Alters, die in einem Winkel neben der Tür stand.

Auf einem einzelnen Regalbrett über dem schmalen Nachtlager hatte Fabio seine Bücher aufgestellt:

zwei Werke der Fachliteratur, die er weniger zu Studienzwecken als vielmehr um sich endlose Diskussionen mit der Bauleitung zu ersparen, mitgebracht hatte; einen Roman über eine magische Reise durch die Nacht; ein Werk über Leonardos technische Arbeiten – und natürlich sein Notizbuch, das weniger Notizen, dafür aber zahllose Zeichnungen enthielt.

Daneben war noch Platz für einen Talisman: einen kleinen gläsernen Fuchs, den er von einer Venedigreise mitgebracht hatte, und der ihn seither überallhin begleitete, um ihn daran zu erinnern, dass es klüger war, länger über die Dinge nachzudenken, als sie schnellschnell zu erledigen.

Fabio mochte das Zimmer, und er mochte die Vermieterin, eine freundliche, rundliche Dame, die ihn mit mütterlichem Blick betrachtete, beinahe als wäre er der Sohn, den sie nie gehabt hatte. Vor allem aber mochte er die Atmosphäre, die in diesem etwas engen, düsteren Haus und insbesondere in der Kammer herrschte, die man ihm zugewiesen hatte. Hätte er einige Phiolen, Kolben und Brenner aufgestellt, so hätte dies hier auch das Kabinett eines Alchimisten sein können, wozu gewiss auch die leicht verblichenen Radierungen in ihren dunklen Holzrahmen beitrugen, die zu beiden Seiten neben der Tür hingen und obskure Szenen mit geheimnisvollen, schwarz gewandeten Herren zeigten, die ihre edlen Nasen über

Papiere und Bücher mit mindestens ebenso geheimnisvollen Zeichen und Formeln beugten. Fabio hatte die Blätter lange betrachtet und kehrte immer wieder zu ihnen zurück. Vielleicht waren es freimaurerische Abbildungen, vielleicht auch nur Szenen aus dem Wesen einer alten Handwerkszunft, jedenfalls erkannte er sich auf eigentümliche Weise darin wieder. Einige der Symbole hatte er sogar in sein Notizbuch gezeichnet, um gelegentlich zu recherchieren, was es damit wohl auf sich hatte. Einen nicht unbedeutenden Beitrag zu der verwunschenen Atmosphäre der kleinen Kammer leisteten allerdings zweifellos die Artefakte, die Fabio auf der kleinen Kommode aufgestellt hatte: Modelle aus Holz und Papier, an denen er arbeitete, seit er sich mit Leonardo befasste. Er hatte ganz beiläufig, beinahe unabsichtlich begonnen, Ideen des großen Florentiners in körperliche Gegenstände umzusetzen: den Flügel eines Flugapparats aus Pergamentpapier zu schneiden und über Strohhalme zu spannen; ein Wasserrad aus dünnen Holzplättchen zu modellieren … Arbeiten, die entspannend für ihn waren, ohne dass er damit einen besonderen Zweck verfolgte.

Fabio nahm eines seiner Bücher zur Hand und setzte sich an den Schreibtisch. Die Leselampe war kaum mehr als eine Funzel, aber zumindest lockte sie offenbar keine Insekten an. Dafür schien sie ihren Zauber auf jemand anderen auszuüben … Aus rätselhaften Gründen saß sie plötzlich auf seinem Fensterbrett. »Buona sera«, sagte Fabio leise, um sie nicht zu erschrecken, und blickte in ihre grünen Augen, die im Licht der Schreibtischlampe glänzten. »Was verschafft mir die Ehre?«

Die Katze betrachtete ihn ungerührt und ließ den Blick durch sein Zimmer gleiten, als wollte sie es ganz genau inspizieren. Musterte die Bilder an den Wänden, die unvollendeten Basteleien auf der Kommode, sein Bett, das – wie immer ungemacht – in der Ecke stand: eine armselige, einsame Schlafstätte, darüber das Kruzifix, daneben an einem Haken an der Wand seine Jacke, in der (aber das konnte die Katze natürlich nicht sehen) die Serviette steckte, mit dem Vittoria am Abend ihres Kennenlernens den Kaffeefleck weggewischt hatte (oder wusste sie es, *witterte* sie es).

»Wie hast du herausgefunden, dass ich hier wohne?« Vermutlich hatte die Katze ihn verfolgt. Oder hatte entdeckt, wie er das Haus betreten hatte. Und nun saß sie da wie eine Botin seiner Angebeteten. Er konnte sie streicheln und ihr Fell berühren, das vielleicht vor ganz Kurzem erst auch *ihre* Fingerspitzen berührt hatten. Und wenn er mit ihr sprach, so drangen seine Worte in ihr Ohr, um dort auf jene zu treffen, die *sie* ihr vielleicht vor ein paar Minuten noch ins Ohr geflüstert hatte, würden seine Träume sich womöglich mit ihren vermischen …

Fabio schüttelte den Kopf über seine unwissenschaftlichen Gedanken. Seit er sich mit Leonardo beschäftigte, verschwammen die Kategorien, löste sich die vermeintlich scharfe Trennlinie zwischen Fakten und Phantasien zunehmend auf. Fabio stellte sich vor, wo die Menschheit heute stünde, wäre ein Genie wie Leonardo nie gestorben! Hätte er einfach weitergelebt, was hätte er alles noch erfunden, geschaffen, vorbereitet! Nun, zumindest war er nicht wie Jesus oder Mozart in jungen Jahren verschieden. Unwillkürlich wandte sich Fabio bei diesem Gedanken um und betrachtete das Kruzifix. Signora Pozzi hätte sich wahrscheinlich bei einem solchen Gedanken bekreuzigt. Signora Tedeschi vermutlich ebenso. Er blickte wieder zu der Katze hin, die reglos auf dem Fenstersims saß, und zwinkerte ihr zu. »Leider kenne ich deinen Namen nicht. Aber wenn ich es mir so recht überlege, kannst du eigentlich nur nach der Mona Lisa benannt worden sein, was? Der geheimnisvolle Blick, das Haus, in dem Leonardo eingekehrt ist … Ich werde dich Gioconda nennen.«

Die Katze schwieg.

»Entschuldige«, sagte Fabio. »Ich bin ein schlechter Gastgeber. Warte.«

Kurz darauf stand er in der Küche, in der – wie beinahe immer – seine Vermieterin arbeitete, und klagte: »Signora Perazzo, entschuldigen Sie. Mein

Magen … Hätten Sie vielleicht eine Tasse Milch für mich?«

»Aber natürlich, Signore. Ich mache Ihnen sofort eine warm.«

»Nicht nötig!« Er hob abwehrend die Hände. »Kalt ist sie wunderbar.«

»Aber Ihr Magen …«

»Ich lasse sie noch ein paar Minuten stehen. Versprochen.«

»Wie Sie meinen.« Aber ihr Gesichtsausdruck verbarg nicht, dass sie seine Unvernunft missbilligte. Sie holte Milch aus dem Kühlschrank und schenkte ihm eine große Tasse ein. Viel zu viel für eine Katze. Aber wenn er davon abtrank, würde Gioconda nicht gut daraus trinken können.

»Ob Sie wohl einen Unterteller hätten? Sie wissen ja, meine Schusseligkeit …«

Zurück in seinem Zimmer goss er einen Schluck von der Milch in die Untertasse und stellte sie der Katze hin. Die ließ sich nicht lange bitten. Mit einer einzigen fließenden Bewegung stand sie auf und hüpfte von der Fensterbank auf Fabios Schreibtisch, wo sie, den Schwanz wellenartig bewegend, um das Tellerchen streifte und dann, ihrem Gastgeber und Betrachter zugewandt, die Zunge in die Milch steckte. Entzückt beobachtete der junge Ingenieur dieses Wunder der Natur, ein Meisterwerk von Geschick und Eleganz.

Nachdem sie ihre Mahlzeit beendet hatte, leckte Gioconda sich über die Schnauze, gähnte und kam dann an den Rand des Tisches, um an seiner Kante ein wenig auf und ab zu tigern. Fabio griff nach ihr. Sie ließ es geschehen, blieb aber nicht stehen, sondern wanderte – hin und her – unter seiner sie streichelnden Hand hindurch, bis sie plötzlich stehen blieb und ihn ansah. Da war es wieder, dieses rätselhafte Lächeln, das ihr den Namen eingetragen hatte. »Du durchschaust uns alle, was?«, murmelte Fabio. »Du bist die Einzige, die die Geheimnisse kennt, mit denen wir uns herumplagen. Vermutlich sind wir für dich alle deine Haustiere ...«

Und wie zur Bestätigung sprang die Gioconda vom Tisch auf Fabios Schoß und erlaubte ihm gnädig, sie zu kraulen.

***

Es war weit nach Mitternacht, als Vittoria das Licht löschte. Von der Straße her drang noch ein schwacher Schein der Laternen durch die verhängten Fenster. Erschöpft lehnte die junge Frau an der Wand neben der Tür und blickte in den dunklen Raum. Leer. Er war immer noch leer. Immer noch fehlte ein Regal, obwohl ihr Ex-Schwager Roberto Phantastisches geleistet hatte. Denn auch wenn die Baumeister des späten Mittelalters in der Lage gewesen waren, Häuser für die Ewigkeit zu errichten, Felsblöcke aus den entferntesten Regionen des Landes herbeizuschaffen und als Meister von Ästhetik und Proportion geglänzt hatten – der rechte Winkel war ihnen offenbar völlig unbekannt gewesen.

Immer noch fehlte eine funktionierende Kasse! Immer noch war die Schwelle an der Tür für Rollstuhlfahrer unpassierbar und für Fußgänger lebensgefährlich. Und die Handwerker, die Lieferanten und die Druckerei, bei der sie Plakate in Auftrag gegeben hatte, hielten Vittoria hin. Ließen sich zum Kaffee einladen, fragten nach der Toilette und dem Telefon. Aber keiner machte Anstalten, das zu tun, dessentwegen er hier war, während doch der Tag der Eröffnung unaufhaltsam näherrückte. Eine Woche noch, dann sollten hier die ersten Besucher ihre Eintrittskarten bezahlen und im Laden nach Postkarten und Mitbringseln stöbern. Aber was war eine Woche, wenn man sich als Frau alleine mit allen Problemen einer solchen Eröffnung herumschlagen musste!

Gewiss, es war viel geschehen in den zurückliegenden Monaten. Sogar eine Reihe von Leihgaben aus anderen Museen war mittlerweile zugesagt worden, und Vittoria fragte sich, ob es damit zu tun haben mochte, dass Signor Rossi (der Bürgermeister) neulich einige Straßenbauaufträge an eine Firma vergeben hatte, die zufällig der Familie des regionalen Europa-Abgeordneten gehörte. Hätten nicht die Kommunalwahlen vor der Tür gestanden, man hätte Jahre gebraucht, womöglich Jahrzehnte, um ein solches Museum auf die Beine zu stellen. Doch da bekanntlich ein Weg war, wo es einen Willen gab, und da die Hoffnung auf Wiederwahl Politikern nicht nur unbeugsamen Willen, sondern geradezu Flügel verlieh, war entgegen jeder Wahrscheinlichkeit das geplante Museum vorangetrieben worden wie nur weniges in den zurückliegenden Jahren in Anghiari. Überall lehnten nun Tafeln mit Texten und Bildern an den Wänden (übrigens von Signora Tuttibelli erdichtet), bereit, demnächst aufgehängt zu werden. Man hatte es geschafft, zwei Zeichnungen Leonardos aus der Sammlung des englischen Königshauses, genau genommen aus der Bibliothek von Windsor Castle, als Dauerleihgabe zu ergattern! Nicht, dass die Bilder – übrigens beide kaum größer als eine Postkarte – zu den besonders herausragenden Werken gezählt oder gar irgendetwas mit dem Rhombenkuboktaeder zu tun gehabt hätten! Aber allein der Umstand, dass sie hier in diesem alten Palazzo (es muss an der Stelle erwähnt werden, dass man sich bei einem Palazzo wie dem der Familie Tedeschi keinesfalls ein palastartiges Gebäude vorstellen darf, sondern einfach nur ein altes Gemäuer, das seinen Charme vor allem daraus zieht, dass es so »malerisch« und eben sehr alt ist), allein dieser Umstand also würde bewirken, dass die Skizzen einen ganz eigenen Zauber entfalteten. Denn waren sie auf Windsor Castle nur zwei wenig glanzvolle Blätter unter Dutzenden weit aufregenderen, so waren sie hier die einzigen beiden Originale Leonardos, die man in der ganzen Region zu sehen bekam! Sie waren darüber hinaus eine Art Heimkehr des Gastes, der sein Haupt einst in diesem Gemäuer zur Ruhe gebettet hatte – wenn man der traditionell zu Übertreibungen neigenden Familienlegende glauben wollte.

Freilich waren auch diese beiden Blätter (übrigens ein Pferdehintern in Rötel und ein Faltenwurf aus Lampenruß auf bläulich grundiertem Papier) noch nicht im neuen Museo Leonardo eingetroffen. Der Bürgermeister hatte sogar eigens nach London reisen und von einer vielköpfigen Delegation von örtlichen Honoratioren (seiner Frau, seinem Bruder samt Familie, dem Wirt des Scerzo, Signor Panchetti von der Banca dell'Umbria, dessen Schwager von der Assecurazione Verità und einigen anderen bedeutenden Persönlichkeiten) begleitet werden müssen, um die Formalitäten unter Dach und Fach zu bringen (Vittoria oder ihre Mutter waren dazu nicht benötigt worden). Und soweit man es nachvollziehen konnte, standen der Einlieferung der Kunstwerke lediglich noch einige transport- und vor allem zolltechnische Details im Wege, aber, wie Signore Rossi (der Bürgermeister) zu versichern pflegte: »Am Ende wird alles zur rechten Zeit am rechten Ort sein, vertrauen Sie auf mein Wort.«

Und auch wenn es in Anghiari und Umgebung (vom Rest der Welt abgesehen) keinem Menschen auch nur im Traum eingefallen wäre, Salvatore Rossis Wort zu vertrauen, fügten sich die alte und die junge Tedeschi in ihr Schicksal und warteten – schon weil ihnen gar nichts anderes übrig blieb.

Es gab, darauf war Vittoria stolz, einige Leihgaben aus den Archiven der Biblioteca Ambrosiana in Mailand, wohin der Antiquar, den sie in Florenz kennengelernt hatte, einige gute Kontakte pflegte, die er für seine neue Bekannte aus Anghiari zu nutzen bereit gewesen war: Blätter, die mit dem Vermerk »aus dem Umfeld Leonardos« oder »vermutl. Schüler Leonardos« gekennzeichnet waren. Auch einige technische und architektonische Skizzen aus der »Werkstatt Vasari« würde das kleine Museo Leonardo aufweisen können, Zeichnungen, die sonst in den Archiven der Uffizien verstaubt wären, die aber auf nicht wirklich nachvollziehbaren Wegen ihre Reise in die kleine Ortschaft bei Arezzo angetreten hatten, wo sie vorläufig dem Rhombenkuboktaeder im Safe der Banca dell'Umbria Gesellschaft leisteten.

So war über die Monate eine Sammlung entstanden, die man zwar mit einigem Recht als wirr bezeichnen konnte, die aber gleichwohl über eine gewisse Magie verfügte: zarte Originale aus ferner Vergangenheit, großflächige Reproduktionen der Skizzen zur verschollenen »Anghiari-Schlacht« von Leonardo, Schautafeln, Informationsmaterialien und das Highlight: das kleine Artefakt, an dem schon Generationen von Tedeschis ihre ersten Zähnchen freigeknabbert hatten.

So erschöpft Vittoria am Ende eines weiteren Tages war, an dem sie sich mit Arbeitern und Lieferanten, mit Kuratoren, Bankern, Versicherungsleuten und der Stadtverwaltung herumgeschlagen hatte, so stolz war sie doch, wenn sie bedachte, welche wundervollen Werke sie demnächst in diesen alten Wänden umgeben würden. Mit diesen tröstlichen Gedanken legte sie sich zu Bett und schlief bereits, kaum dass ihr Kopf das Kissen berührt hatte.

SECHSTES KAPITEL

Die Widrigkeiten des Lebens warfen sich ihr entgegen
wie Wellen eines gewaltigen Ozeans, und nichts
schien diesem Ansturm Einhalt gebieten zu können.
Doch wo die Verzweiflung wächst,
da blüht auch die Hoffnung.

DER SOMMER ALLER SOMMER

Es scheint ein Naturgesetz am Bau zu sein, dass die zu errichtenden Räumlichkeiten keineswegs mit jedem Schritt, den die Arbeiten ihrer Vollendung näherkommen, ansehnlicher werden, sondern im Gegenteil das Chaos bis nahezu zum allerletzten Augenblick immer noch größer wird. Nachdem Vittoria die alten Möbel aus dem kleinen Zimmer geräumt hatte, das zum Museumsshop werden sollte, war zunächst wie durch ein Wunder ein relativ großer Raum daraus geworden. Die frische Farbe an den Wänden hatte dann dazu geführt, dass die Fenster in all ihrer jahrzehntealten Erbärmlichkeit blind und schief erschienen. Also hatte man die

Fensterstöcke herausgerissen und durch neue ersetzt (wofür nicht unerhebliche Summen an das Amt für Denkmalschutz abgezweigt werden mussten). Natürlich mit dem Ergebnis, dass der ganze Raum noch einmal vollständig neu gestrichen werden musste. Vittoria hatte sich beim zweiten Mal für ein sehr helles Apricot entschieden, weil es sie ein wenig an die Röteltönung von Leonardos Zeichnungen erinnerte. Als dann die Regale geliefert wurden, stand alles so voll mit Kisten, Schachteln und Brettern, dass kaum mehr ein Durchkommen war. Und als die Regale aufgebaut waren, war es noch schlimmer, denn die Verpackung brauchte noch mehr Platz und hatte zugleich weniger! Die Handwerker breiteten nicht nur ihr Werkzeug aus, sondern auch sich selbst: Offenbar bereitete es ihnen Vergnügen, in der Enge dieses Zimmers ihre Pausen zu machen und bei einer guten Flasche Rotwein mit der jungen Hausherrin zu plaudern, die verzweifelt versuchte, dem Staub und Dreck Herr zu werden. Manchmal ließ sich der eine oder andere zu einer Handreichung hinreißen, bevorzugt dazu, die Leiter zu halten, solange Vittoria darauf stand, oder sie in die Küche zu begleiten, wenn sie ein paar belegte Panini für die Männer holte.

Kaum waren die Möbel aufgestellt und die Verpackungsreste endlich fortgeschafft, da standen bereits die ersten Kisten mit Waren in dem zukünftigen Laden, und alles, alles begann von vorne, nur dass Vittoria die Arbeiter aus ihrem Raum verbannt hatte. Von nun an sollte alles so sauber wie möglich bleiben. Unvorstellbar, die Regale noch einmal so verschmutzen zu lassen, während all die filigranen und empfindlichen Stücke darauf standen.

Von frühmorgens bis in die späten Abendstunden packte die zukünftige Ladenbesitzerin aus, suchte die idealen Plätze, stellte um, sortierte hier, rückte dort zurecht, packte vorübergehend wieder ein, um schließlich alles von vorne zu beginnen. So vergingen Tage, in denen immer neue Lieferungen eintrafen. Man konnte kaum einen Fuß vor den anderen setzen in dem Raum, der mit einem Mal so klein wirkte wie nie. Manchmal ließ sich Vittoria verzweifelt hinter der Theke auf den Boden sinken und starrte aus dem Fenster, das jetzt zwar klar und makellos, aber natürlich immer noch von einer Plane verhängt war. Manchmal lief einer der Arbeiter draußen auf dem Gerüst vorbei, manchmal beugte er sich dann herunter und blickte zu ihr herein (eigentlich immer). Dann winkte sie, und der Arbeiter winkte zurück, grinste und machte eine Geste, die wohl so viel bedeuten sollte wie »Mamma mia!«, was als Kompliment gemeint sein konnte oder ein Ausdruck des Erstaunens, wie groß das Chaos war.

Und manchmal ließ es sich auch nicht vermeiden, dass Vittoria die Augen überliefen. So viel Arbeit, so viel Schmutz, so wenig Fortschritt … Irgendwann aber – sie hatte die Tage nicht mehr gezählt, hatte längst nicht mehr über das Eröffnungsdatum nachgedacht, hatte sich wie Sisyphos in ihr Schicksal gefügt – stand sie plötzlich vor ihrem Werk und überlegte, was als Nächstes zu tun sei. Doch es war nichts mehr zu tun. Der kleine Museumsladen war fertig! Die Möbel waren aufgestellt, die Regale waren gefüllt, auf der Theke standen einige Verkaufsboxen mit Kleinigkeiten, ihr Lieblingsbuch über Leonardo lag in einem Stapel daneben. Nur eine Kasse fehlte noch. Aber die würde am nächsten Morgen geliefert und aufgestellt werden, drei ganze Tage vor der Eröffnung, dazu brauchte sie selbst nichts mehr tun – ihre Arbeit war vollendet!

Dachte sie zumindest.

***

»Buono«, sagte der Mann, der die Kasse in einer Kiste hereintransportiert hatte, in die ohne Weiteres auch ein Gefrierschrank gepasst hätte. »Und wo ist der Strom?«

»Strom?« Vittoria, die noch ganz schockiert die Größe der Lieferung betrachtete, ahnte in dem Moment nicht das Ausmaß dieser Frage.

»Der Strom, ja«, erklärte der Händler. »Wo soll die Kasse stehen?«

»Auf der Theke natürlich«, sagte Vittoria, halb verwirrt, halb ahnend, dass sich hier gerade etwas Dunkles auftat.

»Aber auf der Theke gibt es keinen Strom. Und wenn ich es richtig sehe, dann haben Sie überhaupt nur an den Wänden Strom. Dort!« Er zeigte auf die Steckdose neben der Eingangstür. »Und vielleicht noch hinter einem der Regale. Aber wo …« Er zuckte die Achseln, denn in der Tat: Alle Wände waren vollständig mit Regalen und Vitrinen vollgestellt und alle Regale mit Waren.

»Können wir nicht ein Kabel …«, versuchte es Vittoria, aber auch ihr war in dem Moment klar, dass es vollkommen sinnlos war. Man konnte nicht ein Kabel von der Tür quer durch den Raum zur Theke ziehen, um dort die Kasse anzuschließen. Viel zu gefährlich. »Aber ich … ich …« Sie rang um Fassung. War irgendwo hinter den Regalen noch eine zweite Steckdose? Und wenn ja: hinter welchem? »Und wenn ich eine andere Kasse …?«

»Eine … andere …« Der Mann musste lachen. »Eine andere Kasse?« Er lachte noch einmal. »Sie meinen, eine … ohne … Strom?« Schallendes Gelächter schüttelte ihn, und er wiederholte die Frage, die er selbst formuliert hatte, noch mehrere Male, bis er endlich wieder die Kontrolle über sein Zwerchfell erobert hatte. »No, Signorina, so leid es mir tut. Aber im einundzwanzigsten Jahrhundert werden Sie keine Kasse mehr finden, die ohne Strom funktioniert. Es wäre auch gar nicht mehr erlaubt.« Als er erkannte, wie bestürzt die junge Frau war, seufzte er. »Va bene, ich kann Ihnen helfen …« Doch auch sein Blick war voller Zweifel angesichts des fertig eingerichteten Ladens. »Sie müssten nur …«

Ob es ein Schluchzen war oder ein Aufheulen, das hätte Vittoria im Nachhinein selbst nicht mehr zu sagen vermocht. Dass ihr der freundliche Händler mit einem Taschentuch zur Seite sprang, immerhin daran konnte sie sich später noch erinnern. Und dass er ihr ein Glas Wasser organisierte, woher auch immer, nachdem sie endlich aufgehört hatte zu hyperventilieren.

Und dann begann die Arbeit von Neuem: Während die junge Ladenbesitzerin Regal um Regal wieder frei räumte und alles vorsichtig von einem Ort zum andern bewegte, schraubte einer der Bauarbeiter (der eigentlich mit den losen Dachziegeln beschäftigt gewesen war) die Möbel wieder von der Wand und rückte sie nach vorne. Der Lieferant baute inzwischen die Kasse auf der Theke auf und schaffte zumindest seine Verpackung wieder nach draußen. Bei einem Blick auf die Neuanschaffung stellte Vittoria mit einer gewissen Erleichterung fest, dass sie längst nicht die Maße hatte, nach denen es zunächst ausgesehen hatte. Und dann war die Steckdose gefunden – in der Mitte der rückwärtigen Mauer.

Erneut seufzte der Lieferant. »Scusi, Signorina, aber wenn wir von da ein Kabel verlegen …« Er hob hilflos die Hände.

»Kein Problem!«, rief der Dachdecker. »Ich hole meinen Cousin Emilio. Er wird sich kümmern.«

Eine halbe Stunde und ein paar Gläser Grappa später stand Emilio mit einem Moped vor der Tür, an dem er einen Anhänger nach sich zog, darauf ein Gerät, das Vittoria mit Schrecken als das erkannte, was es war: einen Presslufthammer! »No, no, no, no, no!«, protestierte sie. »Auf gar keinen Fall!«

»Es dauert nur ein paar Minuten«, beruhigte der Dachdecker seine Auftraggeberin. »Machen Sie sich keine Sorgen.«

»Aber der Dreck! Und der Lärm!«

»Aber nein!«, widersprach Emilio. »Ich mache das ganz vorsichtig. Kein Dreck. Und kein Lärm. Sie werden sehen.«

Und tatsächlich war es kein Dreck. Es war ein Inferno! Und auch kein Lärm. Sondern eine Apokalypse. Wäre nicht noch eine halbe Flasche Grappa übrig gewesen, Vittoria hätte nicht gewusst, wie sie den Albtraum überleben sollte. So fügte sie sich in ihr Schicksal, setzte sich, die Flasche und ein gelegentlich volles, meist aber leeres Glas in der Hand, vor die

Tür und versuchte, hinter der Abdeckplane verborgen zu bleiben und sich daran zu erinnern, wie schön alles gewesen war, während der Tag verging und die Abendstunden anbrachen.

Es waren dann doch etwas mehr Minuten geworden, bis Emilio wieder herauskam und den Presslufthammer auf seinem Anhänger verstaute. »Finito!«, sagte er grinsend. »Sie werden staunen. Es ist wunderschön geworden!« Vittoria konnte nur nicken und versuchen, nicht erneut in Tränen auszubrechen. »Ciao, Signorina!«, grüßte Emilio, winkte ihr von seinem Moped aus noch einmal zu, dann brauste er davon, und die junge Ladenbesitzerin versuchte, nicht allzu unsicher zu gehen, als sie wieder über die Schwelle nach drinnen trat. Wie gesagt, es scheint ein Naturgesetz am Bau zu sein, dass die zu errichtenden Räumlichkeiten keineswegs mit jedem Schritt, den die Arbeiten ihrer Vollendung näherkommen, ansehnlicher werden, sondern im Gegenteil das Chaos bis nahezu zum allerletzten Augenblick immer noch größer wird. Und so war es auch hier: Die Rückwand war in der Mitte aufgerissen, wo einst eine ordentliche Steckdose gewesen war, klaffte nun ein Loch, aus dem ein Kabel ragte.

»Hier können wir jetzt eine Leitung zur Ladentheke verlegen lassen«, erklärte ungerührt der Lieferant, der seine Kasse vorsichtshalber zum Schutz vor Staub und Geröll mit einer Plastikfolie abgedeckt hatte – sehr sinnvollerweise! Denn alles andere im Raum war von einer dicken gräulich-weißen Schicht überpudert, als hätte in der Gegend ein Vulkanausbruch stattgefunden. Aber so ähnlich hatte es sich ja auch angehört.

Fassungslos stand die junge Ladenbesitzerin da und starrte auf ihr Werk: All die Waren! Die schönen Dinge. Die Spiele. Die Schalen, Dosen, Vasen. Die Bücher! »Morgen«, flüsterte sie. »Morgen.« Dann schob sie den Lieferanten nach draußen und zog die Tür hinter sich zu, als könnte sie damit alles ungeschehen machen. »Morgen«, murmelte sie, als sie die Treppe zu ihrem Zimmer hochstieg. »Morgen«, als sie auf ihr Bett sank, die geleerte Grappaflasche immer noch in der Hand. »Morgen«, als sie durch das kleine Dachfenster auf den Mond blickte, der sie mit breitem Grinsen auslachte. »Morgen«, als sie endlich einschlief, das Bild von einem Laden im Kopf, in dem sich Armeen von presslufthammerschwingenden Wahnsinnigen Schlachten lieferten.

***

Die Ansichten über das neue Museum waren im Ort sehr gemischt: Während die einen es für eine Schnapsidee hielten, betrachteten die anderen das Projekt wahlweise als Unfug oder als Affenzirkus. Entsprechend drehten sich die meisten Diskussionen in jenen Tagen um dieses neue Lieblingsprojekt des Bürgermeisters, wobei allen Diskutanten (und auch allen, die zu dem Thema schwiegen) klar war, dass es – zumindest falls das Museum tatsächlich jemals eröffnen sollte – seine Wiederwahl garantierte. Denn schließlich war man in Italien! Ein Großunternehmen, egal wie unsinnig oder gefährlich es sein mochte, genoss hier höchsten Respekt. Der größte Betrüger, der schlechteste Entertainer, der untreueste Ehemann hatte hier die Chance, höchste Ämter zu erobern – die Kombination dieser Superlative hatte schon Premierminister und Präsidenten hervorgebracht (von Päpsten ganz zu schweigen)! Wo andere sich mit Tugenden aufhielten, genügte in diesem Land nun einmal der Umstand, dass man sich deutlich über das Mittelmaß hinaushob, und sei es in einer oder mehreren kriminellen Disziplinen. Das war seit dem antiken Rom so und würde sich vermutlich in den nächsten Jahrhunderten kaum ändern. Niemand wollte einen Niemand als Repräsentanten haben – und die Größe einer Persönlichkeit zeigte sich im Zweifel lieber in der Größe seiner Verfehlungen als gar nicht.

Salvatore Rossi verstand es, mit seinem neuen Projekt die Gespräche in den Trattorien, den Läden, auf dem Markt und in der »Coiffure Lisa« (die angesichts des demnächst anstehenden Leonardo-Booms bereits ein Schild in Auftrag gegeben hatte: »Coiffure Mona Lisa«) zu beherrschen.

»Ciao, Alfonso!«

»Capitano, buon giorno!« Niemand wusste, weshalb sich Salvatore Rossi Capitano nennen ließ, aber es hatte sich so weit eingebürgert, dass es auch niemand mehr in Frage stellte. »Das Übliche?«

»Bitte.« Der Bürgermeister ließ seine von Pasta, Prosciutto und Barolo gestählten fünfundneunzig Kilogramm ächzend in den Friseurstuhl fallen. »Aber lass die Koteletten, wie sie sind, das wirkt markanter.«

»Ah, der Capitano hat ein Photoshooting!«

»Du sagst es, Alfonso.«

»Ich werde Ihnen den besten Haarschnitt verpassen, den Sie je hatten, Capitano!«

»Va bene. Hauptsache, du lässt mich meinen Geschäften nachgehen.«

Die Geschäfte, denen der Bürgermeister beim Friseur nachging, waren Gespräche mit wichtigen Persönlichkeiten: Wählern.

»Signora Trotti! Was macht Ihr Ischias?«

»Die Gicht.«

»Die Gicht.«

»Ich kann mich kaum bewegen, Signor Rossi. Wenn ich die Treppen in meine Wohnung hochsteige, dann muss ich dreimal eine Pause machen.«

»Wir werden einen Aufzug für Sie bauen, Signora! Das ist ein gutes Projekt.«

»Wir haben einen Aufzug, Bürgermeister. Aber er funktioniert schon seit vier oder fünf Jahren nicht.«

»Va bene, wir lassen ihn reparieren. Gleich nach der Wahl. Ich darf doch auf Ihre Stimme zählen, damit wir das hinbekommen?«

»Aber natürlich, Capitano! Ich würde sie immer wählen!« Sie dachte, sagte es aber nicht, dass sie ihn immer wählen *würde,* wenn sie denn jemals zur Wahl ginge. Was sie nicht tat, weil sie wusste, dass es keinen Unterschied machte. Der Aufzug war schon vor den letzten Wahlen defekt gewesen. Und damals hatte Salvatore Rossi auch versprochen, praktisch die ganze Ortschaft über Nacht vollständig zu sanieren.

»Und … Giulio! Wie geht es dem Sohn bei der Armee?«

»Der Tochter.«

»Der Tochter natürlich.«

»Sie ist Krankenschwester.«

»Bei der Armee?«

»Nein, drüben im Altenheim.«

»Ah, das sind junge Leute, auf die wir stolz sein können, was?«

»Sie ist jetzt zum zweiten Mal geschieden.«

»Dio mio! Da hast du aber einen Teufelsbraten, was? Wahrscheinlich macht sie alle Männer verrückt.« Der Bürgermeister lachte.

»Sie hat jetzt entdeckt, dass sie lesbisch ist.«

Und hustete.

»Mamma mia! Was ist da los? Warum sind unsere jungen Leute so? Schick deine Tochter zu mir, dann spreche ich mit ihr.«

Giulio Franciuli wiegte den Kopf. »Capitano, ich fürchte, das wird nichts nützen.«

»Aber ich bin immerhin der Bürgermeister … au!« Alfonso hatte das Rasiermesser etwas zu salopp gehandhabt. »Bist du verrückt? Willst du mir den Kopf abschneiden?« Aus der winzigen Schnittwunde am Ohrläppchen quoll ein Tröpfchen Blut und fiel auf das Tuch, das Alfonso seinem Kunden übergeworfen hatte. »Scusi, Capitano!«, beeilte sich der Barbier dem Bürgermeister zu versichern. »Ich bin untröstlich!«

»Mach es gut mit deiner Stimme«, erklärte Salvatore Rossi gnädig und warf einen Blick in den Spiegel. »Immerhin macht es was her.«

»Absolut, Capitano! Es sieht so … männlich aus!«

»Willst du behaupten, ich sähe sonst nicht männlich aus?«

Der Friseur murmelte etwas Unverständliches und tupfte die Wunde vorsichtig ab, ehe er etwas Rasierwasser darauf gab, den gellenden Fluch des Bürgermeisters abwartete und dann weiterarbeitete.

»Du schickst sie zu mir, ist das klar?«, knurrte Rossi, als er sich wieder im Griff hatte, und Signor Franciuli, der eigentlich seinen Frieden mit der Situation seiner Tochter gemacht hatte, nickte ergeben, während er – schließlich war er eigentlich gerade an der Reihe gewesen – spürte, wie ihm der Schaum im Gesicht trocknete.

»Alfonso, warum stellst du nicht ein paar Leute ein?«, wollte der Bürgermeister wissen. »Wir brauchen Jobs in unserer Gemeinde.«

»Aber Capitano, es gibt nicht genug Arbeit für zusätzliche Mitarbeiter.«

»Pah, das wird sich jetzt bald ändern. Mit dem neuen Museum werden wir ganz andere Besucherzahlen haben. Die Leute müssen schließlich auch rasiert werden oder brauchen einen neuen Haarschnitt.«

»Vielleicht …«

»Vielleicht? Ganz sicher!«

»Man weiß nicht, Capitano, ob das Museum … ich meine, *wann* es eröffnen wird!«

»Wann? Das steht doch auf den Plakaten! Demnächst!«

»Auf den Plakaten …«

»Was?«

»Auf den Plakaten steht immer viel, Signor Rossi«, stellte die alte Signora Trotti fest. »Unten am Ortseingang hängt immer noch ein Schild, dass demnächst mit dem Bau der Umgehungsstraße begonnen wird.«

»Ja … und?«

»Das hängt da aber schon seit drei Jahren.«

»Weil demnächst damit begonnen wird, basta!« Der Bürgermeister riss sich den Umhang vom Hals. »Passt so, Alfonso. Ich bin fertig.« Keine Minute später rauschte er hinaus, nicht ohne alle Anwesenden noch einmal an ihre Bürgerpflicht zur Wahl erinnert zu haben.

»Haben Sie denn Zweifel, dass das Museum eröffnet wird?«, fragte der junge Mann aus Mailand, der seit einiger Zeit als Ingenieur die Arbeiten am Palazzo del Vicario leitete.

»Sie sind noch nicht lange bei uns, Signore«, seufzte der Barbier und widmete sich wieder dem vernachlässigten Giulio Franciuli, indem er ihm das Gesicht mit einem feuchten Tuch abrieb und neu einseifte. »Wenn Sie dieses Örtchen kennen, werden Sie es zwar lieben, aber auch nie mehr wieder erwarten, dass irgendetwas geschieht, nur weil das jemand behauptet.«

Eine Zustandsbeschreibung, die für viele Städte, nicht nur in Italien, gilt, die sich aber in dem Fall als völlig falsch herausstellen sollte.

***

Eine Weile schon hatte Fabio den alten Herrn beobachtet. Er hatte sich mit einem prächtigen Sandwich aus der nahegelegenen Macelleria auf ein Mäuerchen gesetzt und machte seine Pause auf der Piazza Baldaccio. Und während das Leben um ihn her tobte, genoss er es, nicht aktiv daran teilnehmen zu müssen, sondern einfach die anderen Leute betrachten zu können: die Mütter mit ihren ungezogenen Kindern, die Lieferanten mit ihren widerspenstigen Paketen, die Passanten in ihrer Hast, die alten Männer, die vor dem Gianni's saßen und all das kommentierten. Er hatte sich einen Strohhut gekauft, der ihm notdürftig Schatten spendete, weshalb ihn Signor Bergoglio erst erkannte, als Fabio den Hut hob und ihm zuwinkte.

»Ah, Signor …«

»Contagno.«

»Signor Contagno, buon giorno.«

»Buon giorno. Sie haben eine beeindruckende Fotoausrüstung dabei.«

Der alte Mann lächelte vergnügt. »Ist nicht auf dem neuesten Stand. Aber bestens in Schuss. Und ich mag die Bilder der alten Kameras sowieso lieber.«

»Weil sie mehr Charakter haben?«

»Ah!«, rief der alte Herr. »Ich sehe schon, Sie kennen sich aus.«

Fabio lachte. »Das war nur geraten.«

Der alte Mann betrachtete den Ingenieur mit forschendem Blick. »Sagen Sie, dürfte ich ein Foto von Ihnen machen?«

»Von mir? Ich bin sicher, Sie finden bessere Motive.«

Signor Bergoglio winkte ab. »Wie oft soll ich den alten Talloni noch aufnehmen? Oder die Silhouette der Stadt? Ma no, Sie sind perfekt! Sie müssen nur Ihren Hut wieder aufsetzen.«

Fabio tat, wie ihm geheißen, und saß also dem Nachbarn der Signora Tedeschi Modell, während um ihn her das Leben auf dem Platz tobte und irgendwo ein Radiogerät lärmend Fußball übertrug. Und auch wenn ihm bewusst war, dass er hier als Exot posierte, weil er nun einmal fremd war in Anghiari, wurde ihm in diesem Augenblick klar, wie gern er hier war, ja dass er sich in dem kleinen Nest zwischen Arezzo und Perugia inzwischen heimischer fühlte als im glitzernden, aber kalten Milano.

***

Jenseits der alten Stadtmauer saß eine Dame, die sich mit ihren Lektüren gerne aus dem Gewirr der mittelalterlichen Gassen und dem Geschrei ihrer Bewohner zurückzog. Es gab da einen Platz in einem kleinen Olivenhain, wo ein Unbekannter (womöglich der Bauer?) vor vielen Jahren ein Bänkchen aufgestellt hatte, das inzwischen zwar sehr verwittert war, eine eher zierliche Person aber immer noch sicher zu tragen vermochte. An der Stelle, an der die Bank stand, spendete ein Streifen späten Sonnenlichts so lange

Wärme wie sonst nirgendwo auf dem ganzen Hügel, und Signora Tuttibelli (denn um sie handelt es sich natürlich, wie wir alle längst wissen) genoss diesen tröstenden Gruß des Tages im Angesicht des nahenden Abends. Manchmal, wenn sie ganz leise war, konnte sie von ihrem Platz aus sogar einen Fuchs beobachten, der unweit seinen Bau haben musste und sich in den Dornenhecken unterhalb der Mauer herumtrieb. Doch jetzt war es erst früher Nachmittag, und die Bibliothekarin klappte seufzend ihr Buch zu. *Ein Kuss im Regen.* Was für eine wundervolle Geschichte (auch wenn sie den Umschlag von Dostojewskis *Schuld und Sühne* darum geschlagen hatte)!

Ach, könnte sie doch auch so schreiben wie Carla Carlucci. Es wäre ihr … nein, es war ihr Traum. Immer schon gewesen! Zu schreiben, statt nur zu lesen. Und nun, da sich das Unheil über ihr und der kleinen Gemeindebibliothek von Anghiari zusammenballte, nun wäre doch eigentlich der richtige Zeitpunkt gekommen. Wann, wenn nicht jetzt, sollte sie endlich versuchen, das Ungeheuerliche zu wagen. Zumal sie sogar schon eine Idee hatte, worüber sie schreiben könnte. Es wäre natürlich heikel, das schon, ja geradezu delikat! Andererseits: Machte das nicht gerade den ganz besonderen Reiz des Erzählens aus? Dass man sich in Gefilde vorwagte, die man sonst niemals im Leben zu betreten gewagt hätte? Ganz ähnlich wie beim Lesen – nur eben viel freier, weil man nicht den Pfaden der Phantasie eines anderen Menschen folgte (und sei es Carla Carlucci), sondern der eigenen?

Auch wenn es sie mit einem gewissen Stolz erfüllte, dass man sie gebeten hatte, die Korrespondenz des Expertengremiums für das neue Museum zu besorgen (und wenn sie sich dabei einige Freiheiten genommen hatte, um die Dinge endlich voranzubringen), so war es doch eine Sache, sich in den Dienst einer – und sei es auch noch so spannenden – Realität zu stellen. Und es war eine ganz andere Sache, bisher unentdeckte Welten zu bereisen, ja durch die Macht der eigenen Worte zu erschaffen! Vielleicht war es gerade die vermeintliche Unbedeutendheit einer ältlichen Bibliothekarin aus der Provinz, die diesem besonderen Lebenstraum eine so große Macht verlieh.

***

Es dauerte bis zur buchstäblich letzten Minute, um die Leitung zu verlegen, die Mauer wieder zu verputzen, die Bodendielen wieder zu verlegen, die Regale wieder an die Wand zu dübeln, all die unzähligen Teile zu nehmen und von Hand abzustauben und nochmals und nochmals abzustauben (weil ja jedes Mal aufs Neue sich eine – wenn auch immer dünner werdende – gräulich-weiße Schicht über alles legte), die Bücher einzeln nach draußen zu bringen und vorsichtig abzupusten, die Kasse endgültig zu installieren, den Glauben wiederzufinden und sich bei allen Arbeitern, die sich von Vittoria hatten überreden lassen, ihr bei alledem zur Hand zu gehen, zu bedanken.

Und dann war es so weit. Die Nacht vor dem großen Ereignis! Die Planen vor dem Haus waren abgenommen, die Gerüste abgebaut, die Böden gefegt. Die Werkzeuge waren fortgeschafft und der Schuttberg, der sich über Wochen im Treppenhaus aufgehäuft hatte, auf den winzigen Hinterhof geworfen worden. Die Arbeiter hatten sich von Signora Tedeschi auf ein üppiges Abendessen und einige Kisten Wein einladen lassen, und die alte Dame hatte es nicht versäumt, in der Kirche mehrere Kerzen anzuzünden, um dem lieben Gott zu danken, dass alles hinter ihr lag, das Haus noch stand, sie selbst noch lebte und auch sonst nichts Schlimmes passiert war. Endlich sank Vittoria auf ihr Kissen und schloss die Augen, um die Ruhe zu genießen, die in das Anwesen eingekehrt war. Nun würde alles gut werden.

Dass sie am nächsten Morgen dennoch vor einem Berg Arbeit stehen würde, war ihr am Abend zuvor zum Glück nicht klar gewesen. Denn wie sie erst feststellen sollte, wenn sie den kleinen Museumsladen gegen neun Uhr wieder betreten würde, hatten die

Arbeiter alles, was sie nicht mitnehmen wollten, und alles, wovon sie nicht wussten, wohin sie es schaffen sollten, einfach in den Laden gestapelt. Und das waren unvorstellbare Mengen von Kisten, Schachteln, Tüten, angebrochenen Packungen (Zement, Gips, Fugenmasse, Bodenplanken, Dachziegeln, Kacheln, Plastikplanen, gebrauchte Pinsel, Farbrollen, Eimer mit vertrockneter Spachtelmasse, Lackdosen, Dämmfolie, Bretter, Kabel, kurz: Zeug!), die sich von der Tür bis zu den Regalen stapelten, achtlos hingeworfen oder kunstvoll drapiert. Aber es war ja keine neue Erkenntnis mehr, dass die zu errichtenden Räumlichkeiten keineswegs mit jedem Schritt, den die Arbeiten ihrer Vollendung näherkommen, ansehnlicher werden, sondern im Gegenteil das Chaos bis nahezu zum allerletzten Augenblick immer noch größer wird.

SIEBTES KAPITEL

Lügen begleiten uns durch unser ganzes Leben.
Oft sind es gut gemeinte Unwahrheiten,
manchmal bösartige Täuschungen. Den meisten Lügen aber
begegnen wir unbewusst – nicht der Lügner
noch der Belogene erkennen sie: Sie glauben sie beide.
DER SOMMER ALLER SOMMER

Es war die Woche vor den Kommunalwahlen, in der das Museo Leonardo endlich eröffnet wurde. Ein ebenso berechnender wie gewagter Termin. Berechnend, weil er dem amtierenden Bürgermeister die Gelegenheit zu einem großen, weithin beachteten Auftritt bot, der die Kraft seiner Amtsführung belegen und den Stolz auf das Erreichte schüren würde. Gewagt, weil in Italien jeder Termin, der auch nur entfernt mit baulichen Maßnahmen zu tun hat, etwas ganz anderes ist als das, was man im Rest der Welt als Termin zu betrachten pflegt. Er war eher so etwas wie eine Absichtserklärung, eine unverbindliche Inaussichtstellung, eine vage Vision. Wenn überhaupt. Gewiss war es dem nicht unbeträchtlichen Einfluss des Bürgermeisters Rossi auf den nur zufällig mit ihm verwandten Bauunternehmer Rossi geschuldet, dass in diesem Fall der Termin mit einer geradezu peinlich – oder sagen wir: deutsch – zu nennenden Pünktlichkeit eingehalten wurde (wenn man Philharmonien oder Flughäfen einmal ausnahm).

Und so fand sich denn alles, was Rang und Namen hatte in der kleinen Gemeinde, nebst einer prominenten Delegation aus Rom, einer zwar nicht prominenten, aber ansehnlichen Abordnung aus dem Nest Vinci, einigen Mitarbeitern der Florentiner Uffizien sowie allerlei Honoratioren aus Politik, Wirtschaft und Kultur auf der Piazza Baldaccio, dem heimlichen Hauptplatz von Anghiari ein, der zum Glück nur wenige Meter von Signora Tedeschis Haus entfernt lag. Leider sandte neben wichtigen Vertretern der Region und des Staates auch Petrus einen Gruß an die Anwesenden – in Form eines Platzregens, wie man ihn sich den ganzen langen Sommer über ersehnt hätte. Das Blasorchester ging buchstäblich in den Fluten unter, die Dekoration der eigens von Pino Rossis Handwerkern zusammengezimmerten Tribüne wurde davongespült, und alle Redemanuskripte wurden ein Opfer der himmlischen Gewalten. Im Gegensatz zu Signor Bergoglio, der seiner Fotoausrüstung das Leben und Signora Tedeschi durch den beherzten Raub eines herrenlosen Schirms die Frisur rettete, hatte es Signora Rossi nicht rechtzeitig unter die schützenden Bögen des nahegelegenen Ristorante Banni geschafft, weshalb ihre Robe von Giambattista Colonna, für die sie sogar das Schweizer Konto ihres Mannes hatte plündern müssen, schon nach Sekunden aussah wie ein Badeanzug aus den 1920er-Jahren (und ihr Hut entsprechend wie eine Badehaube aus der nämlichen Zeit). Der Bürgermeister immerhin war von zweien seiner Getreuen mit einem Sonnenschirm überspannt worden und so dem Schlimmsten entgangen. Alles in allem kann man sagen, dass die Sonntagsgarderobe der Einwohner von Anghiari und ihrer Gäste nach dem Eintritt der himmlischen Sturzfluten nur noch zum Spenden für gute Zwecke zu gebrauchen war.

Umso dankbarer waren die Anwesenden, als endlich der zweite Teil der Veranstaltung begann: die Führung durch das neu eingerichtete Museum. Vittoria hatte es irgendwie geschafft, einen roten Teppich aufzutreiben (genau genommen hatte sie sich an den Besitzer des alten, längst geschlossenen Kinos gewandt, der ihr bereitwillig dieses Requisit aus den 1950er-Jahren überlassen hatte), sodass nun etwa fünfhundert schmatzende Schuhpaare darüber hinweg wanderten, um ihre Träger in den neuen Hort des Wissens und der Erkenntnis zu befördern – natürlich nicht, ohne dass Signor Rossi ein eigens zu diesem Zweck vor die Eingangstür gespanntes seidenes Geschenkband vorher mit einer goldenen Schere durchschnitten hätte.

Während draußen das Regenwasser in kleinen Bächen übers Pflaster an dem alten Anwesen vorbeiplätscherte, um schließlich in den ebenso alten Kanälen zu verschwinden, dampfte eine enggedrängte Menschenmenge in den Fluren und Räumen des nunmehr endlich und glücklich eröffneten Museo Leonardo vor sich hin und betrachtete mit beiläufigem Interesse die Vitrinen und Schautafeln, unverkennbar auf der Suche nach dem Wichtigsten: einem Buffet. Oder wenigstens einigen freundlichen Servicekräften, die lächelnd Häppchen und Getränke reichten. Allein, es stellte sich weder das eine noch das andere ein. Stattdessen schoben die Nachdrängenden die Vorangegangenen immer tiefer in den Bauch des Gebäudes, bis die Ersten schließlich – an dieser Stelle sei ein Chor von »Ahs« und »Ohs« vermeldet – vor einer gläsernen Installation landeten: dem Allerheiligsten des Museums, dem Rhombenkuboktaeder, der, hinter doppeltem Panzerglas und von einer speziellen Alarmanlage gesichert (die allerdings noch nicht funktionierte, was aber niemand wusste), auf einem blauen Seidenkissen thronte (das übrigens alles andere als ein Seidenkissen war, was indes auch niemand wusste).

»Und hier, Signore e signori«, hub der Abgesandte der Uffizien an, die Besucher an seinem Wissen teilhaben zu lassen, »hier darf ich Ihnen nun die Jahrhundertsensation präsentieren, das weltweit einzige erhaltene Objekt von Leonardos eigener Hand! Durch umsichtige Aufbewahrung und diskrete Pflege ist es der Familie Tedeschi gelungen, dieses einzigartige Erbe der Menschheit in unsere Zeit zu retten …« Vittoria musste heimlich grinsen: Die Pflege war in der Tat sehr diskret gewesen, so diskret, dass selbst die Tedeschis nichts davon gemerkt hatten. Aber vielleicht war ja Babyspucke die beste Pflege für altes Holz. »Ich kann nur hoffen«, fuhr der Museumskurator fort, »dass der neue Hort dieses Kleinods es ermöglicht, dieses filigrane Kunstwerk weitere fünf Jahrhunderte lang für die Menschheit zu erhalten. Die Voraussetzungen dafür sind ausgezeichnet. Signor Rossi hat sich darum bemüht, das Objekt nicht nur vor Licht und Luft optimal zu schützen, sondern auch vor dem Zugriff von Vandalen und Verbrechern. Man kann sagen, dass selbst in den Hallen der Uffizien oder in den Vatikanischen Museen kein Kunstwerk besser geschützt wird als Leonardos Rhombenkuboktaeder hier. Und das ist einer besonderen Erwähnung unbedingt wert! Denn die Herausforderung liegt ja darin, das Werk gleichzeitig zu zeigen und zu konservieren. In diesem Sinne danken wir den umsichtigen Planern dieses neuen Museums und ganz besonders Signor Rossi, der das alles möglich gemacht hat.« Und mit diesen Worten nickte der Abgesandte der Florentiner Institution dem Bürgermeister zu, der es geschafft hatte, irgendwoher ein Champagnerglas zu bekommen, das er nun seinerseits hob, um zu erwidern: »Hört, hört!«

Allgemeines Murmeln, zögerliches Klatschen. Man wusste nicht so recht, ob die Ansprache beendet war. Für Signor Rossi ein untrügliches Zeichen, dass man noch einigen Worten von ihm lauschen wollte. »Liebe Gäste, liebe Freunde der Kunst und der Wissenschaft!«, rief er also, halb launig, halb ergriffen. »Welch ein wundervoller Tag! Ich möchte Sie noch darauf aufmerksam machen, dass die Banca dell'Umbria ganz maßgeblich zum Gelingen dieses Projektes beigetragen hat. Auch möchte ich nicht versäumen, darauf hinzuweisen, dass Sie neben dem Ausgang einen bezaubernden Museumsshop finden, in dem Sie bei der bezaubernden Signorina Tedeschi einkaufen können …« Die Ehe, und den Umstand, dass aus der Signorina längst eine Signora geworden war, unterschlug der Bürgermeister, und Vittoria hatte sehr deutlich das Gefühl, dass es eines seiner fragwürdigen Komplimente sein sollte. »Um es kurz zu machen«, schloss er seine Worte: »Die Casa Leonarda ist hiermit eröffnet!«

»Casa Leonarda?«, zischte Signora Tedeschi ihm zu, die im Rücken des Bürgermeisters stand und spontan bedauerte, kein Küchenmesser zur Hand zu haben. »Das hier ist immer noch die Casa Tedeschi. Wenn überhaupt.«

Der Bürgermeister drehte sich halb zu ihr um, ohne den Blick von seiner Wählerschaft abzuwenden. »Für Sie wird sie das auch bleiben, Signora. Aber man muss auch ans Volk denken«, erklärte er leise.

»Ans Wahlvolk, meinen Sie wohl.«

»Pah, jedes Volk ist Wahlvolk.« Damit winkte er den tropfenden Besuchern und gleichzeitig den in einer rückwärtigen Tür wartenden Kellnerinnen zu, die sogleich mit Tabletts voller Fingerfood und Prosecco den Raum betraten, während alle Aufmerksamkeit für den runden Würfel Leonardos augenblicklich erlosch und die »Ahs« und »Ohs« wieder erklangen.

»Greifen Sie zu, meine Herrschaften«, verschaffte sich der Bürgermeister noch mühsam Gehör. »Wir haben keine Kosten und Mühen gescheut, die Gastfreundschaft Anghiaris mit köstlichen Häppchen zu beweisen!«

»Die Salsiccia stammt von meinem Bruder Benedetto«, erklärte Signora Tedeschi dem Kurator aus Florenz, den der Zufall neben sie geschoben hatte. »Die Bruschette hat meine Tochter Vittoria geröstet.« Sie schnaubte abschätzig dem immer noch vor ihr stehenden Ortsvorsteher ins Genick und zwängte sich dann zwischen den Gästen hindurch Richtung Ausgang. Im Vorübergehen bemerkte sie ein loses Kabel aus dem Sockel des Rhombenkuboktaeders ragen. »Das fängt ja gut an«, knurrte sie leise. »Man wird uns das Ding stehlen, ehe wir noch das Licht ausgeknipst haben.«

»Es wäre mehr als tragisch, Signora«, hörte sie neben sich eine ebenso leise Stimme.

»Ah, Signore Contagno. Sie sind doch Ingenieur! Können Sie nicht für die Sicherheit unseres Artefaktes sorgen?« Sie nickte zu dem Kabel hin, dessen Ende aus einer kleinen Öffnung baumelte.

Fabio zuckte die Schultern. »Vermutlich könnte ich das, Signora«, erklärte er. »Aber nicht ohne zu wissen, was man hier überhaupt verbaut hat und wie die Kabel verlaufen …«

Signora Tedeschi zuckte die Schultern. »So sind sie, die Männer«, erklärte sie sich selbst, während sie Fabio stehen ließ. »Wenn man sie braucht, gibt es immer einen Grund, warum es gerade nicht geht oder passt oder …« Der Rest ihres Monologs verschwamm im Schnattern und Kichern der zahlreichen Gäste, die sich inzwischen den kulinarischen Genüssen zugewandt hatten und das Objekt der Veranstaltung keines Blickes mehr würdigten.

Auch Fabio entschied sich, das Feld der Reichen und Schönen diskret zu verlassen, und wandte sich –

einen letzten Blick hinüber zu dem geheimnisvollen Objekt werfend, das er in diesen Mauern entdeckt hatte – den übrigen Räumen der Ausstellung zu. Man hatte noch einige vor allem technische Zeichnungen »aus dem Umfeld Leonardos« zusammengetragen und präsentierte sie hinter Glas und in sehr nüchternen Rahmen, die wohl wissenschaftlich wirken sollten, vor allem aber billig schienen. Auch Nachbauten einiger anderer Objekte, die der große Sohn des kleinen Örtchens Vinci skizziert hatte, waren zu sehen und erinnerten Fabio eher an Modellbauspielzeug (was sie wohl teilweise auch waren). Auf großen Tafeln wurden die Arbeiten Leonardos zu Technik und Mechanik erklärt, sein Verhältnis zur Physik (das ein überaus ehrgeiziges, nutzenorientiertes war) und die praktische Umsetzbarkeit seiner Erfindungen (die dagegen eher bescheiden war). Dennoch bewunderte Fabio die Phantasie und das technische Verständnis des großen Landsmanns und verneigte sich innerlich vor dessen Entwürfen. Denn als Mann der Wissenschaft wusste er, dass der entscheidende Schritt zur Erkenntnis war, die richtigen Fragen zu stellen. Und darin war Leonardo unübertrefflich gewesen!

Als er bemerkte, dass die ersten Gäste sich mit ihren Spumantes und Bellinis aus dem Hauptsaal in seine Richtung bewegten, ging er weiter, um schon nach wenigen Schritten festzustellen, dass vor dem

Ausgang nur noch ein Saal kam – und dass dieser Saal auf den ersten Blick alles andere war als ein Ausstellungsraum. »Signor Contagno!«, grüßte ihn Vittoria Tedeschi, die sich in ihr eigenes kleines Reich zurückgezogen hatte, erstaunt.

»Signorina Tedeschi!« Verwirrt trat Fabio ein und ließ den Blick über die Regale und Vitrinen schweifen, die hier – perfekt ausgeleuchtet – den Raum füllten und unzählige Objekte präsentierten. »Ah, natürlich! Der Museumsshop! Der Bürgermeister hat ihn in seiner Ansprache erwähnt. Sehr schön, wirklich … sehr schön.« Sein Blick kehrte wieder zu der Inhaberin zurück. »Aber Sie sehen nicht glücklich aus, Signorina.« Er hielt inne und fügte hinzu: »Verzeihung.«

»Schon gut, Signore«, erwiderte Vittoria. »Ich bin glücklich.« Sie schenkte ihm ein etwas gequältes Lächeln. »Es ist nur so, dass ich …«

»Ja?«

»Nun ja, ich … ich weiß kaum mehr, welcher Tag heute ist. Oder … ach, ich weiß auch nicht.« Sie lachte verzweifelt und hielt sich unauffällig an der Ladentheke fest. »Weil ich so müde bin«, flüsterte sie.

Fabio sah diskret auf seine Armbanduhr. Kurz vor einundzwanzig Uhr. »Das tut mir leid«, sagte er. »Sie sollten schlafen gehen.«

Vittoria nickte. Ihre Augen flackerten und suchten die Tür. Es war unüberhörbar, dass sich die Gäste der

Museumseröffnung langsam näherten. Bald würden die ersten da sein. Und dann musste der kleine Laden geöffnet sein. Sie *konnte* schlicht nicht ins Bett gehen! Dass sich Fabios Hände um ihre Oberarme legten, spürte sie nur wie durch einen Schleier. Dass er sie zur Tür schob und sanft Richtung Treppe, ließ sie eher willenlos geschehen. »Heute Abend übernehme ich den Laden«, sagte er, selbst überrascht von seinem Mut. »Und Sie gehen jetzt schlafen.«

***

Fabio hatte sich nie groß Gedanken über Museumsläden gemacht. Sie waren einfach da. Manchmal waren sie inspirierend, manchmal lächerlich. Musste man tatsächlich *irgendetwas* in einem Museum kaufen? Wohl kaum. Aber als legitime und vielleicht auch dringend nötige Einnahmequelle waren sie wohl so etwas wie notwendige Einrichtungen. Und manchmal gab es in den Shops ja auch hübsche Dinge zu finden. Er erinnerte sich, wie er einmal an einem Sonntag zum Flughafen von Milano gefahren war, weil er es nicht rechtzeitig geschafft hatte, ein Geburtstagsgeschenk für seine kleine Nichte zu besorgen. Zunächst hatte er an etwas aus dem Zeitschriftenladen gedacht, eines von diesen Kindermagazinen vielleicht, in denen immer noch zusätzliches Spielzeug steckte. Oder ein kleines Plüschtier aus dem Souvenirladen. Doch dann war er an einem Geschäft hängen geblieben, das als »Museumsshop« firmierte. Und auch wenn das Sortiment wenig Museales an sich hatte, so gab es doch eine Menge origineller Waren, die zwar kein Mensch brauchte, bei denen aber auch Fabio den Impuls des Habenwollens nicht gänzlich unterdrücken konnte: Kaleidoskope, die ganz bezaubernde Bilderwelten fabrizierten, filigrane Leporellos und Pop-Ups mit Stadtansichten von Mailand, Rom und Florenz, Kinderbücher zum Ausmalen und allerlei andere Überraschungen, die es mit sich brachten, dass er am Ende eher zu viele Geschenke für die kleine Alessandra hatte. Seither erwartete sie allerdings stets, von ihm mit Geschenken überhäuft zu werden.

Als die letzten Besucher das Haus verlassen hatten, machte Fabio die Kasse (was leider geringer Aufwand war) und sortierte alles, was neugierige Hände in Unordnung gebracht hatten, wieder sorgfältig in die Regale. Er wischte mit einem Brillenputztuch über die Scheiben der Vitrinen, stellte die Karten in den Drehständern wieder an die richtigen Plätze und blieb schließlich neben der Tür stehen, um den ganzen kleinen Laden auf sich wirken zu lassen. Und da war er wieder: der Zauber, den er an jenem Tag am Flughafen von Mailand erlebt hatte. In einer prächtigen bunten Schale lagen wunderhübsche Kreisel aus Holz, größere und kleinere, ein Kunstwerk jeder einzelne. In einer durchsichtigen Bodenvase stand ein Bündel Regenschirme, deren jeder ein weltberühmtes Kunstwerk über seinem Besitzer aufspannte: Sonnenblumen von van Gogh und Seerosen von Monet, Geometrie von Delaunay und Nautik von Hokusai …

»Ich denke nicht, dass es noch einmal regnen wird«, stellte Signora Tedeschi trocken fest, die plötzlich hinter ihm stand.

Verlegen zog Fabio den Regenschirm wieder zu, den vierten, den er geöffnet hatte. »Scusi«, sagte er. »Eine schöne Auswahl.« Er räusperte sich.

»Ja. Und was machen Sie noch hier?«

Dass ältere Herrschaften manchmal etwas sonderbar waren, kannte Fabio. Auch er hatte Eltern und Großeltern gehabt, auch er hatte erkennen müssen, dass das Leben bisweilen die Freundlichkeit oder den guten Ton abschliff. Dennoch fühlte er sich von der schroffen Art der Signora etwas gekränkt. »Ich habe den Laden gehütet«, erklärte er deshalb stolz. »Die Signorina war zu erschöpft.«

»Die Signorina ist eine Signora«, sagte die Hausherrin und nahm ihm den Schirm ab, stellte ihn in den Ständer und drängte den jungen Mann dann rückwärts aus der Tür Richtung Museumsausgang. »Und Sie sollten jetzt auch nach Hause gehen.«

Fabio nickte. »Buona sera«, sagte er, dann wandte er sich zum Gehen.

»Sera«, erwiderte Signora Tedeschi und drückte die Pforte hinter ihm ins Schloss.

***

Als Vittoria am nächsten Morgen in den Laden kam, fand sie einen Zettel vor: *Zwei Zitronenspitzer, ein Päckchen Taschentücher, eine Ansichtskarte.*

Das war alles, was Hunderte von Gästen gekauft hatten?

Ratlos ließ sie sich auf den Hocker sinken, der diskret hinter der Theke stand. Sie drehte das Papier um und fand noch eine weitere Notiz:

Gratulation zu dem entzückenden Sortiment! Ich habe die Stunden in Ihrem Laden sehr genossen und wünsche Ihnen viel Glück und Erfolg damit.
Herzlich
Fabio Contagno

Dahinter eine winzige Zeichnung, die wohl einen Rhombenkuboktaeder darstellen sollte. In einer Mischung aus Rührung, Dankbarkeit und Traurigkeit über die ernüchternde Bilanz des Eröffnungsabends blickte Vittoria aus dem kleinen Fenster auf die Gasse hinaus. Inzwischen war – endlich! – das gigantische Tuch, das ihr Haus monatelang verhüllt hatte, entfernt.

Der Blick von hier war Vittoria noch ganz fremd, denn das alte Fenster war, solange sie denken konnte, blind gewesen, und sie war ohnehin kaum jemals in diesem Teil des Hauses gewesen.

Zehn Euro, dachte sie. Genau zehn Euro. Nicht Gewinn, sondern Umsatz! Eine Postkarte und ein Päckchen Taschentücher für jeweils einen Euro und – sie musste lachen, weil es ihr so absurd erschien – zwei Bleistiftspitzer in Form einer Zitrone für jeweils vier Euro. Die Ausbeute eines rauschenden Eröffnungsfestes.

Sie hatte die ganze Tragweite dieses Misserfolgs noch nicht verkraftet, da hörte sie das diskrete Signal, das anzeigte, dass jemand das Museum betreten hatte. Als sie zur Tür blickte, stand dort der Ingenieur und lächelte sie freundlich an. »Buon giorno, Signora.«

»Buon giorno, Signor Contagno.« Sie stand auf. »Danke nochmals, dass Sie gestern den Laden übernommen haben. Ich bin sehr beschämt.«

»Weshalb das? Es war eine Ehre für mich! Und außerdem sehr interessant.«

Vittoria seufzte. »Wohl eher sehr langweilig«, stellte sie fest. »Wenn ich mir ansehe, wofür Sie Stunden hier zugebracht haben …«

»Oh, das! Ach, wissen Sie, ich hätte auch nicht erwartet, viel zu verkaufen.«

»Tatsächlich? Nun, wir hatten immerhin ein paar hundert Gäste im Museum. So viele werden es vermutlich nie wieder sein.«

»Ja, vielleicht. Aber das waren ja auch ganz besondere Besucher, nicht wahr?« Und auf ihren fragenden Blick: »Nun, ich meine, die kamen nicht, weil sie an Leonardo oder an seinem kleinen Meisterwerk sonderlich interessiert gewesen wären.«

»Sondern?«

»Sondern um gesehen zu werden?«, schlug Fabio vor. »Um zu zeigen, dass sie zu den wichtigen Persönlichkeiten gehören, nämlich denen, die eingeladen werden. Solche Besucher kaufen nichts.«

Vittoria nickte. »Vielleicht haben Sie recht. Ich kann nur hoffen, dass es die anderen Besucher anders machen. Sonst kann ich den Laden gleich wieder schließen.«

Einen Moment schwieg Fabio verlegen. Dann schien ihm etwas einzufallen. »Ach ja, weshalb ich komme: Ich hatte vergessen, dass ich selbst noch etwas kaufen wollte!«

»Sie? Hier bei mir?«

»Aber ja!« Sein Blick wanderte suchend durch den kleinen Laden. »Hier! Einen von diesen Schirmen nämlich. Sie wissen ja, ich habe ein Talent, im Regen zu stehen.« Er griff nach Monet und öffnete das Seerosenpanorama. »Ist es nicht wunderhübsch?«

»Unbedingt«, stimmte Vittoria zu. »Deshalb habe ich es ja in mein Sortiment aufgenommen. Und es gefällt Ihnen?«

»Ausgezeichnet sogar. Wenn man unter einem solchen Schirm spaziert, dann kann einem der Regen nichts mehr ausmachen, finden Sie nicht?«

»Genau meine Meinung. Soll ich ihn einpacken?«

»Nein, nein, es ist ja ein Stockschirm. Mit dem lässt sich wunderbar spazieren.«

»Va bene. Dann wünsche ich trotzdem allzeit schönes Wetter.« Die Ladenbesitzerin machte keine Anstalten, zur Kasse zu gehen.

»Dann müsste ich nur noch bezahlen.«

»Bezahlen? Ich bitte Sie! Der Schirm ist ein Geschenk.«

Fabio schüttelte energisch den Kopf. »Das kann ich unmöglich annehmen. Natürlich werde ich ihn bezahlen.«

»Nehmen Sie ihn als Entschädigung für Ihren Einsatz gestern Abend«, sagte Vittoria und bemerkte zum ersten Mal, wie tiefdunkel seine Augen waren.

»Nein, Signora, das geht wirklich nicht«, protestierte er. »Wenn Sie Ihre schönen Waren verschenken, können Sie wirklich gleich zusperren. Außerdem: Ich habe es gerne gemacht … für Sie.« Die letzten Worte kamen ihm leise und mit einem kleinen Zögern über die Lippen.

»Grazie, Signor Contagno. Sie sind ein sehr besonderer Mensch. Und deshalb werde ich kein Geld von Ihnen annehmen.«

Er zuckte mit den Achseln. »Tja, dann …« Ein wenig linkisch, ein wenig altmodisch vielleicht verbeugte er sich. Hätte er einen Hut getragen, vermutlich hätte er ihn in dem Augenblick gehoben. Vittoria musste lachen, und dieses Lachen ließ sein Herz noch größer werden. Als er wenige Augenblicke später die Piazza Goffredo Mameli hinablief, fiel weder ihm noch der Inhaberin des Museumsshops auf, dass er den Schirm im Laden vergessen hatte.

***

»Ich möchte Ihnen ein Kompliment machen, Loredana!« Signor Bergoglio war so plötzlich auf dem Balkon gegenüber ihrer Dachterrasse aufgetaucht, dass Signora Tedeschi erschrak. »Dio mio, Signore! Müssen Sie sich so anschleichen?«

»Scusi.«

»Ein Kompliment? Nun lassen Sie schon hören.«

»Gestern Abend …«, sagte der alte Herr und verbeugte sich sogar ein wenig. »Sie waren perfekt.«

»Ich? Perfekt? In was?«

»In allem, Loredana. Sie waren eine vollendete Gastgeberin.«

»Sie scheinen noch nicht wieder ganz nüchtern zu sein, Signor Bergoglio.«

Signor Bergoglio nickte. »Gut möglich«, sagte er. »Vielleicht hätte ich es sonst für mich behalten.«

Das war das Problem! Dass die Männer einfach nicht an sich halten konnten. Komplimente. Schöne Augen. Das ganze Tralala, mit dem sie einem den Kopf verdrehen wollten. Sogar so ein alter Lump wie Bergoglio, der doch nichts anderes im Sinn hatte als …

»Möchten Sie sich mal meine Orchideen ansehen, Loredana?« Er blickte ganz harmlos herüber. *Orchideen*, dachte Signora Tedeschi. *Das würde ihm so passen.* Sagte aber dann doch: »Vielleicht … nachher.« Denn wenn sie ehrlich zu sich selber war, wollte sie wissen, ob der alte Schwerenöter tatsächlich ein Händchen für Blumen hatte oder ob er sich nur vor ihr produzieren wollte.

»Ich mache uns einen Tee«, rief der alte Herr über den Hof. »Schwarz oder lieber grün?«

Signora Tedeschi lachte. »Mandel«, rief sie zurück. »Mit mindestens dreißig Prozent.«

»Ah! Ich verstehe!« Seine Augen blitzten, als hätte er sie in Champagnerlaune erwischt. Dabei wollte sie nur prüfen, ob er wenigstens einen guten Amaretto im Hause hatte.

Er hatte. Den besten, den sie je getrunken hatte! Weshalb Loredana Tedeschi ganz entgegen ihrer Absicht nicht nur die Orchideen betrachtete (um erstaunt festzustellen, dass sie beinahe wie künstlich wirkten, so perfekt sahen sie aus), sondern auch mehr als das übliche Gläschen Likör (und das übliche zweite Gläschen hinterher) trank. Und sie musste außerdem feststellen, dass Eduardo Bergoglio ganz anders eingerichtet war, als sie es sich vorgestellt hatte. Eher … nun ja … geschmackvoll. Dass sie auf diese Überraschung hin gerne noch ein Gläschen Amaretto kippte (und das übliche zweite Gläschen hinterher), war nur konsequent. Ebenso, dass sie sich bereit erklärte, einmal von den Cantuccini des alten Herrn zu kosten: »Nun sagen Sie nicht, dass Sie auch noch backen, Eduardo?«

»Weshalb? Mein Großvater war Konditor! Ich mochte das immer.«

»Gar nicht mal übel. Ich finde nur, sie sind etwas zu wenig gewürzt. Eine Prise Paprikapulver hätte dem Teig gutgetan.«

»Paprikapulver? In die Cantuccini?«

»Natürlich kein edelsüßes, Gott bewahre … nein, rosenscharf! Ja, das wäre es.«

So wurde aus einem eher gewöhnlichen Nachmittag, den Signora Tedeschi (und auch Signor Bergoglio) allein im Haus zu verbringen sich angeschickt hatten, dann doch ein ausgesprochen geselliges Beisammensein, das mit einem letzten Gläschen des vorzüglichen Amarettos (und dem üblichen zweiten Gläschen hinterher) beschlossen wurde, ehe sich die alte Dame wieder in ihre eigene Wohnung zurückzog. Vielleicht nicht mehr gänzlich in der Balance – doch das entsprach letztlich durchaus ihrer inneren Verfassung.

***

»Darf ich Sie stören, Signorina?« Der Ingenieur steckte den Kopf zur Tür des Museumsladens herein.

»Sie stören nie, Signor Contagno! Bitte!« Vittoria freute sich ehrlich über die kleine Abwechslung. Wieder einmal war sie seit Stunden in ihrem Shop, und niemand bequemte sich, vorbeizukommen oder gar etwas zu kaufen. »Was kann ich für Sie tun?«

Fabio stellte seine Tasche auf die Theke und lächelte geheimnisvoll. »Vielleicht kann ich ja etwas für Sie tun, Signorina!« Vorsichtig hob er eine längliche, flache Schachtel heraus und legte sie vor Vittoria hin. »Öffnen Sie es!«

»Sie machen es spannend«, sagte Vittoria und zupfte an dem Paketband, mit dem die Schachtel zugebunden war. Als sie den Deckel hob, fand sich darunter Seidenpapier, und als sie das Seidenpapier auseinanderschlug, kam ein Apparat zum Vorschein, der irgendwie aussah wie der Teleskoparm eines Badezimmerspiegels – nur ohne den Badezimmerspiegel. »Okay – und was ist das?«

Fabio nahm das Gebilde heraus und platzierte es mitten auf die Verkaufstheke. »Haben Sie etwas Papier?«

»Sicher. Bitte schön!« Vittoria riss ein Blatt von ihrem Quittungsblock ab. »Reicht das?«

»Im Prinzip ja. Aber ich bräuchte bitte zwei davon.«

Dann legte Fabio eines der beiden Blätter links und eines rechts neben den ausziehbaren Apparat, drehte das Objekt, sodass es auf beiden Seiten über eines der Papiere ragte, und schob durch eine Öffnung an jedem Ende einen Bleistift.

»Ein Zirkel?«, fragte Vittoria neugierig.

»Sie können es natürlich auch als Zirkel benutzen«, erwiderte Fabio. »Doch eigentlich ist es zu viel mehr fähig.«

»Aha? Und zwar?«

»Lassen Sie mich etwas versuchen.« Ganz langsam, ganz behutsam schrieb Fabio mit dem linken Bleistift in einer etwas altertümlichen Schrift das Wort:

airottiV

Und die junge Ladenbesitzerin beobachtete, wie auf der rechten Seite des Teleskoparms vor ihren Augen ein anderes Wort entstand:

Vittoria

Sie musste lächeln. »Ist das ein Geschicklichkeitsspiel?«

»Wenn Sie wollen, ja. Oder eine Spielerei alla Leonardo.«

Verwirrt blickte Vittoria auf das Gebilde mit den beiden Bleistiften. »Das müssen Sie mir erklären.«

»Nun«, sagte Fabio. »Leonardo hat doch immer in der für ihn so typischen und geheimnisvollen Spiegelschrift geschrieben.«

»Damit die Tinte nicht verwischt«, sagte Vittoria. »Weil er Linkshänder war.«

»Ja, das ist eine Theorie. Die andere ist, dass er es anderen nicht so leicht machen wollte, seine Aufzeichnungen zu lesen.«

»Eine Art Geheimschrift also?«

»In gewisser Weise ja. Mit diesem Apparat …« Fabio deutete auf seine Konstruktion. »… können Sie genauso schreiben wie Leonardo, nämlich spiegelverkehrt. Sie schreiben auf der linken Seite ganz normal – und auf der rechten bewegt sich der Stift im Teleskoparm immer genau entgegengesetzt.«

Vittoria beugte sich über das Objekt. »Faszinierend«, flüsterte sie.

»Eigentlich ganz einfach.«

»Aber genial!«

»Wie die meisten einfachen Dinge.« Er schob seinen Apparat über die Theke. »Ich möchte es Ihnen schenken. Vielleicht findet sich ein Käufer.«

»Oh, ganz sicher würde sich für etwas so Ungewöhnliches ein Käufer finden«, sagte Vittoria. »Aber Sie können es mir doch nicht einfach schenken!«

»Ich wüsste nicht, was ich sonst damit anfangen sollte.«

»Tja dann … Aber wenn ich es verkaufe, teilen wir uns den Erlös.«

Fabio hob die Arme. »Wie Sie möchten. Jedenfalls würde ich mich freuen, wenn wir auf die Weise ein bisschen Umsatz erzeugen.«

Am meisten aber freute ihn, dass er der jungen Frau ein Lächeln aufs Gesicht gezaubert hatte. Ein Lächeln, an das er auf dem Nachhauseweg denken musste und von dem er in der Nacht träumen würde – auch wenn er sich daran am nächsten Tag freilich nicht mehr erinnerte.

ACHTES KAPITEL

Der Sommer dehnte sich in aller Pracht
und Buntheit übers Land,
deren ein italienischer Sommer fähig ist.
DER SOMMER ALLER SOMMER

Ein Satz, wie geschaffen auch für diese Geschichte: Der Sommer dehnte sich in aller Pracht und Buntheit übers Land, deren ein italienischer Sommer fähig ist. Auch Anghiari litt nur mäßig unter der Hitze, sondern freute sich auf einen weiteren Spitzenjahrgang der Weine aus der Umgebung – und machte Platz in den Kellern, indem man frühere Jahrgänge großzügig auf den Terrassen der Lokale ausschenkte. Es waren lebenslustige Monate eines lebenslustigen Volkes. Dennoch fiel dem einen oder anderen unter den Männern des Ortes auf, dass die reizende Signorina Tedeschi (kein einziger Mann und kaum eine Frau nannte sie Signora) sich nur selten zeigte. Hatte man sie sonst häufig im Panificcio Barotto gesehen, bei Gianni's auf einen Caffè oder gelegentlich auch in der Bar Barbara, wo des Abends mitunter sehr gute Musiker zum Tanz aufspielten, so schien sich die junge Frau seit einiger Zeit geradezu zurückgezogen zu haben. Dafür konnte es nach Ansicht der männlichen Bevölkerung Anghiaris nur einen Grund geben: einen Mann, von dem sie sich nicht trennen konnte. Während die weibliche Bevölkerung einen ganz anderen Grund ausgemacht hatte: einen Mann. Von dem sie sich getrennt hatte.

Dass nichts weiter entfernt von der Wirklichkeit liegen konnte, lässt sich aus der Entfernung der geneigten Leserin beziehungsweise des geneigten Lesers leicht erkennen. Doch manchmal sind die offensichtlichsten Dinge aus der Nähe nur sehr unklar zu sehen. Und so war es beinahe unvermeidlich, dass auch ein junger Gast der Kommune, der Ingenieur Fabio Contagno, dessen segensreichem Wirken mancher Besucher des Palazzo del Vicario – freilich ohne es zu wissen oder auch nur zu ahnen – die Unversehrtheit seines Kragens, wenn nicht gar des Kopfes verdankte, zu eben diesem Befund gelangte: dass also Vittoria ganz offensichtlich keinen Sinn für Gesellschaft hatte, weil sie in Liebesdingen engagiert war. Zumindest meinte er das deutlich aus den Bemerkungen der anderen Besucher des Gianni's herauszuhören, die sich oft und gerne über die junge Frau in dem alten Gemäuer verbreiteten.

»Weiß man denn, wer der Glückliche ist?«, fragte er einmal, scheinbar beiläufig.

»Pah, wenn man weiß, mit wem sie vorher verheiratet war, dann kann es jeder sein«, erwiderte der siebzigjährige Pietro Zucchalo, der nicht weniger Anteil am Leben der Museumsladenbesitzerin nahm wie sein Nachbar Benedetto Bertozzi, 56, der allerdings dagegenhielt: »Oder keiner.«

»Na, keiner ist ja wohl ausgeschlossen«, knurrte Zucchalo.

»Ich habe Talloni neulich bei ihr gesehen«, raunte der Kellner im Vorbeigehen.

»Den alten oder den jungen?«

»Den alten oder den jungen was?«, fragte ein Mann, der durch die Tür trat.

»Oh, Talloni, buona sera«, entgegnete Bertozzi. »Nichts von Bedeutung.«

Talloni, der alte, ließ sich ächzend auf dem Stuhl neben Fabio nieder. »Sie haben über mich gesprochen, richtig?«, fragte er ihn.

Fabio zuckte die Schultern. »Ich habe keine Ahnung.«

»Also doch.« Talloni schob ein leeres Glas, das vor ihm auf dem Tisch stand, beiseite und erklärte. »Schandmäuler sind sie. Alle miteinander. Kommen ja doch nur hierher, um Klatsch auszutauschen wie die Weiber.«

»Eh, und warum bist du hier, Talloni?« Zucchalo blickte ihn mit einem schrägen Lächeln an, dass man seine Zahnlücke sehen konnte.

»Um aufzupassen, dass ihr nicht zu viel Unsinn verbreitet.«

»Es ging gerade um Signorina Tedeschi«, sagte Fabio leise.

»Um wen sonst.« Talloni winkte dem Kellner. »Weiß der Geier, warum alle so verrückt sind nach ihr. Einen Rosso d'Avola«, orderte er. »Die Frau hat es nicht gerade leicht, ich finde, man sollte sie in Ruhe lassen.«

»Aha!«, rief Bertozzi. »Du weißt also mehr.«

»Was soll ich denn wissen, Etto?«, fragte Talloni müde.

»Wer es ist!«

»Wer wer ist?«

»Der Mann in ihrem Leben.«

Talloni schnaubte kopfschüttelnd. »Ein Laden ist es. Einer, der nicht geht. Dieser blödsinnige Shop in diesem blödsinnigen Museum, das kein Mensch braucht. Die Frau taucht doch nirgendwo mehr auf, oder?«

Bertozzi nickte. »Das stimmt schon. Deshalb dachten wir ja …«

Talloni winkte ab. »Für einen Mann hat sie doch gar keine Zeit mehr. Und wahrscheinlich auch keinen Sinn.« Er nahm seinen Wein entgegen und hob das Glas Richtung Fabio. »Das wäre mal eine Aufgabe für Sie, junger Mann!«

»Haben wir nicht genügend eigene junge Männer in Anghiari?«, fuhr ihn Zucchalo an. Aber Talloni winkte nur ab. »Nicht in der Liga, Pietro. Schau dir doch an, was bei uns geboten ist.«

»Das sagt der Richtige. Dein Sohn trägt seinen Hosenboden bei den Knien, Madonna mia!«

Talloni zuckte die Schultern und nahm einen weiteren Schluck Wein. »Da siehst du, was ich meine.«

***

Fabio mochte die Leute von Anghiari. Sie waren bodenständig, aber kultiviert. Sie verstanden sich auf guten Wein und gutes Essen und nahmen Dinge, von denen sie weniger verstanden, nicht so wichtig. Ganz selbstverständlich betrachteten sie ihren Flecken Erde als den Mittelpunkt der Welt, ohne großes Aufheben darum zu machen. Gäste waren stets willkommen und wurden großzügig bewirtet, doch man riss sich nicht um Tourismus oder gar Menschenmassen. Und so gingen die Jahrhunderte ins Land, ohne dass sich allzu viel änderte. Immer noch gab es eine gewachsene Struktur, kannte man sich, schätzte sich und stritt miteinander. Immer noch zog es viele junge Leute wegen der besseren Jobs in die Städte, immer noch blieben genügend, um alles am Laufen zu halten. Und die meisten Krankheiten, an denen Italien, die Schöne, seit jeher litt, hatte man gelernt, sich entweder vom Leib zu halten oder klaglos durchzustehen.

Eigentlich hätte Fabio Contagnos Arbeit in Anghiari längst beendet sein können. Doch »eigentlich« war etwas sehr Typisches in Italien, das galt hier wie fast überall sonst. Man hatte nicht alle notwendigen Baugenehmigungen eingeholt, sodass Arbeiten hatten verschoben werden müssen, so zumindest die offizielle Begründung. Und so war natürlich der Zeitplan völlig aus dem Ruder gelaufen. Als es nun endlich weitergehen sollte in der kleinen Gemeinde in Umbrien, war natürlich die Frage im Raum gestanden, wie das Büro das organisieren sollte. Die naheliegende Antwort war in dem Fall eine gewesen, die Fabio Contagno sehr entgegenkam: geradeso als wäre nichts geschehen. Rücke vor auf Los.

***

Halb war Fabio irritiert, halb amüsiert über die junge Frau, die von einem Tag auf den anderen ihren Platz an der Kasse des Museo Leonardo gefunden hatte. Er kannte sie nicht – natürlich, da er ja nicht aus dem Ort stammte – und war eigentlich stets darum bemüht, anderen Menschen nicht mit Vorurteilen zu begegnen. Aber in ihrem Fall fiel es ihm schwer, sie nicht für unkultiviert zu halten. Oder zumindest: für sehr anders kultiviert. Denn die junge Frau, sie mochte um die zwanzig sein, mochte zwar zierlich und zurückhaltend sein, sah aber ziemlich martialisch aus. Große Tätowierungen zierten ihren Körper und sogar ihre Wangen. Sie trug ein enges, dunkles Top, das den Körperschmuck erst richtig zur Geltung brachte. Aber immerhin schien sie über ein gewisses Maß an Humor zu verfügen. Denn als sie Fabios Blick bemerkte, lachte sie und sagte: »So schlimm?«

Der Ingenieur räusperte sich. »Nein«, sagte er. »Nicht schlimm. Nur … ungewohnt.«

»Und Sie haben kein Problem damit?«

»Wieso sollte ich? Das stünde mir auch gar nicht zu.«

»Stünde mir auch gar nicht zu«, wiederholte die junge Frau leise, als wundere sie sich über die gestelzte Ausdrucksweise, was sie ja womöglich sogar tat. »Und? Wollen Sie eine Eintrittskarte?«

»Eigentlich will ich zu Signorina Tedeschi«, erklärte Fabio.

»Hm. Würde mal sagen, das gibt es hier nicht.«

»Entschuldigung?«

»Eine Signorina Tedeschi. Es gibt eine Signora Tedeschi. Genaugenommen gibt es zwei davon. Aber falls Sie die junge Signora Tedeschi meinen, dann wäre das vielleicht die Signorina, die Sie suchen?«

Fabio hob in einer hilflosen Geste die Arme. »Sie wissen mehr als ich. Ich meine die junge Frau, die den Shop betreibt.«

»Also Vittoria.«

»Genau die.«

»Die ist noch ein paar Besorgungen erledigen gegangen. Kann ich Ihnen helfen? Ich betreue den Shop, wenn sie weg ist.« Sie blickte sich um. »Ist hier ja sonst nicht so wahnsinnig viel zu tun.«

»Klar.« Er hielt ihr die Hand hin. »Ich bin übrigens Fabio Contagno«, stellte er sich vor. »Und habe hier ein bisschen mitgeholfen, als das alles noch in der Planung war.«

»Okay.« Sie guckte seine Hand an wie ein seltsames Exponat, dann nahm sie sie doch, und Fabio wunderte sich über ihren zarten Händedruck. Scheinbar waren in ihrem Fall äußeres Erscheinungsbild und innere Verfassung sehr gegensätzlich. »Ich bin Gigi. Soll ich ihr etwas ausrichten?«

»Vittoria? Nein. Ich würde ihr nur gerne etwas dalassen.« Fabio legte ein kleines Kästchen auf die Theke. »Wären Sie so nett, ihr das zu geben?«

»Wenn's keine Bombe ist …«

»Sicher nicht. Es ist ein Flugapparat. Nach den Plänen Leonardos gefertigt.«

»Wow. Klingt cool.«

»Möchten Sie ihn mal ansehen?«

Gigi mochte. Und sie war nicht nur ausgesprochen neugierig, das Prinzip dieses kleinen Wunderobjekts zu erfahren, es stellte sich auch heraus, dass sie ein ausgeprägtes physikalisches Verständnis hatte. »Sie waren vermutlich sowas wie das naturwissenschaftliche Wunderkind in Ihrer Klasse«, schlug Fabio vor, und er meinte es nur halb im Scherz.

»Im Gegenteil«, erklärte die Kassiererin. »In Mathe und Physik bin ich zweimal durchgefallen.«

»Oh. Das tut mir leid.« Ein wenig kam Fabio bei seinen Erklärungen aus dem Tritt. Doch dann nahm seine Begeisterung wieder Fahrt auf. Als Vittoria eine Viertelstunde später endlich durch die Tür des Museo Leonardo trat, waren sie mitten in einer Diskussion über die Fragen der Aerodynamik, des Auftriebs und der Luftdichte. »Sie sollten Physik studieren«, sagte Fabio, und er meinte es kein bisschen im Scherz. »Oder Ingenieurin werden. Ist sowieso schade, dass so wenige Frauen in dem Beruf arbeiten. Immer noch.«

Doch Gigi winkte ab. »Ist nett, dass Sie das sagen. Aber wenn ich studieren wollte, müsste ich erst einmal ein bisschen Geld auf die Seite bringen. Und wenn ich erst einmal Geld habe, möchte ich wahrscheinlich nicht mehr studieren. Ist wie mit dem Huhn und dem Ei: Man braucht das eine für das andere.«

»Hm. Vielleicht haben Sie recht. Andererseits: Wenn Sie es gar nicht versuchen, wie wollen Sie jemals wissen, was Sie verpassen? Studieren, also studieren, um sein Leben zu gestalten, das können Sie doch eigentlich nur in jungen Jahren …«

»Während ich Geld verdienen immer kann?« Gigis Mundwinkel zuckten. »Klingt einfacher, als es wahrscheinlich ist. Aber Sie haben natürlich irgendwie auch recht. Ach, ich weiß nicht …«

»Sie haben Gigi wirklich zum Sprechen gebracht!«, stellte Vittoria erstaunt fest. Denn wenn man die junge Frau für eine Eigenschaft kannte, dann war es eine ausgeprägte Verschlossenheit, um nicht zu sagen: Verstocktheit.

»Gut wäre, ich brächte sie dazu, sich für das Huhn zu entscheiden«, lachte Fabio und zwinkerte der Kassiererin freundlich zu, die sich aber schon wieder kaugummikauend hinter ihre Kasse zurückgezogen hatte.

***

Fabio Contagno kam seit der Eröffnung des Museums und vor allem: seit er von Vittoria erfahren hatte, wie schwer es war, mit dem kleinen Laden Umsatz zu machen, häufiger vorbei – und immer wieder hatte er etwas dabei, was er sich ausgedacht hatte, wobei eine seiner Erfindungen entzückender war als die andere. Manches Mal war Vittoria ganz bezaubert von seinen kleinen Kostbarkeiten. Er hatte eine Kuckucksuhr entworfen, aus der nicht ein einzelner Vogel auftauchte, sondern aus den unterschiedlichsten Türchen eine ganze Vogelhochzeit! Er hatte Leonardos Florenz als faltbares Leporello gezeichnet und als Scherenschnitt zu einem filigranen dreidimensionalen Wunderwerk gemacht! Aus der Zeichnung, mit der da Vinci ein hubschrauberartiges Fluggerät entworfen hatte, hatte er ein kleines Gerät erschaffen, in das man eine Kerze stellen konnte: Es flog zwar nicht (was Leonardos Konstruktion, wie er erklärte, übrigens auch nicht getan hätte), aber der Rotor drehte sich in der aufsteigenden heißen Luft.

So wurde Vittorias Laden nach und nach auch zu Fabio Contagnos Laden, und es gab durchaus Besucher, die speziell an den besonderen, oft skurrilen Entwicklungen des Ingenieurs ihre besondere Freude hatten, ja womöglich sogar überhaupt nur ihretwegen in den kleinen Museumsshop kamen und Dinge kauften, die sie zwar nicht brauchten, in denen sie aber den Geist des Jahrtausendgenies wirken sahen, weil Leonardo die Spielereien mit seinen Ideen inspiriert hatte.

Oft saß Fabio abends noch lange an seinem Tisch am Fenster und entwarf mit Stift und Block neue

Objekte, um sie Vittoria Tedeschi zu zeigen. Oft versuchte er sich selbst in der Umsetzung seiner Konstruktionen. Manchmal auch suchte er die Hilfe von Spezialisten: der Schreinerei von Signor Totti etwa, des alten Hutmachers in der Via delle Logge oder des Elektroladens an der Straße nach Arezzo. Und nicht selten bekam er dabei Besuch eines Katers, der ihm auch im Museumsladen immer wieder um die Beine streifte und der unerwartet, aber stets willkommen auf der Balustrade vor dem Fenster zum Hinterhof auftauchte und es sich gegen ein Schälchen Milch gerne gefallen ließ, Gioconda genannt zu werden, während der Herr Ingenieur ihm das Fell kraulte und ihn ohne Hoffnung auf Antwort nach der Signorina fragte.

***

Der Bürgermeister würde nicht besonders amüsiert sein über die Bilder – und das amüsierte umgekehrt Signor Bergoglio ganz außerordentlich. Auf einem Bild, auf einer Fotografie zumal, ging es schließlich nicht in erster Linie um Schönheit, sondern um Wahrhaftigkeit. Und die war hinsichtlich des »Capitano« aufs Trefflichste gelungen. Mal wirkte er wie ein Tenor beim hohen C, mal wie ein Pavian beim Balzen. Nur die würdige Gestalt, die er stets zu geben versuchte, war auf den Bildern, die der alte Herr von den Eröffnungsfeierlichkeiten gemacht hatte, nirgendwo festgehalten. Weil es nun mal keine gab. Der Bürgermeister war ein Aufschneider und Wichtigtuer, ein Populist und Intrigant, dem alles recht war, solange es nur seine Wahl sicherte. Entsprechend gerne sah Signor Bergoglio den Wahlkämpfer auf den Fotos entlarvt.

Entlarvt fand er auch Signora Tedeschi: Sie hatte sich in vermeintlich unbeobachteten Augenblicken müde an eine Säule der nahegelegenen Arkaden gelehnt. Einmal hatte sie versonnen vor sich hingelächelt, ganz offenbar das Geschehen vor Ort ignorierend. Und einmal war es dem alten Herrn gelungen, ihren Blick einzufangen, als würde sie geradewegs in die Kamera schauen: leicht melancholisch und fast ein wenig mädchenhaft (ihr Blick war, wie er anhand anderer Bilder, die er von der gegenüberliegenden Seite aus geschossen hatte, offenbar auf Vittoria gerichtet gewesen). Ja, Loredana Tedeschi mochte eine Frau mit Prinzipien sein, sie mochte ein strenges Regiment in ihrem kleinen Reich führen und sich gerne mit bissigen Kommentaren vor allzu großen Vertraulichkeiten schützen. Aber letztlich war sie doch, und das wusste Signor Bergoglio schon lange, sehr lange, eine empfindsame Frau, vielleicht sogar – und das galt es wohl noch herauszufinden – eine romantische.

Vittoria sah natürlich wie immer fabelhaft aus. Einer Fotografie konnte ja nichts Besseres passieren, als diese junge Frau einzufangen. Auf einem Bild warf der Ingenieur aus Mailand ihr einen so schmachtenden Blick zu, dass Signor Bergoglio, als er es entdeckte, laut auflachen musste. Die Frau des Bürgermeisters hatte es beim einsetzenden Regen so unglücklich erwischt, dass dem alten Herrn (er hatte sich da schon unter die Arkaden zurückgezogen) ein Jahrhundertfoto von ihr gelungen war – das er natürlich auf ewig in der Giftküche seines Archivs würde verwahren müssen, wenn er nicht riskieren wollte, lebenslänglich aus Anghiari verbannt zu werden.

Und so ergaben die Bilder jenes Nachmittags ein außergewöhnliches, aber sehr treffendes Panorama der Gesellschaft dieses kleinen Ortes, der sich seiner selbst erfreute und zugleich an sich selbst verzweifelte. Die Hoffnung auf Anerkennung und Bedeutung durch die Einrichtung des Museums spiegelte sich ebenso auf den Gesichtern wie das Desinteresse an der Veranstaltung selbst, den Reden und ihren Protagonisten. Die Bürgerinnen und Bürger ließen sich ihre Befindlichkeiten an den Augen ablesen. Man mochte sich herausgeputzt haben (was einigen der Bilder eine unerwartete Eleganz verlieh), aber man konnte oder mochte den Groll auf den Nachbarn nicht verbergen (was anderen Fotos besonderen Witz verlieh). Es war eben bei allem Pomp nichts anderes als das, was es war: eine provinzielle Veranstaltung anlässlich der Eröffnung eines provinziellen Museums in einer provinziellen Stadt. Und genau dafür liebte Signor Bergoglio Anghiari und seine Bewohner. Manche mehr, manche weniger, gewiss, aber doch aus tiefstem Herzen.

***

Erschrocken fuhr Vittoria herum, als es an die Fensterscheibe klopfte.

»Wie lange brauchst du noch bis Feierabend, bella?«, rief von draußen Pino Rossi, der Bauunternehmer, der sich zwar etwas strecken musste, um über die Brüstung zu schauen, es aber dennoch irgendwie schaffte, die üppigen Haare zu zeigen, die aus seinem etwas zu weit geöffneten Hemd wucherten. Ehe er auf die Idee verfiel, das Museum zu betreten, gab die schöne Ladenbesitzerin ihm ein Zeichen, dass sie nach draußen kommen würde.

Pino Rossi hatte seinen gelben Lamborghini wie stets auf dem Bürgersteig vor dem Haus geparkt. Wer das Museum verlassen wollte (es waren allerdings keine Besucher mehr da), musste sich um das Fahrzeug herumwinden.

»Ciao, bella!«, rief Rossi und beugte sich vor, um Vittoria mit Küsschen zu bedenken, die allerdings vorgab, etwas im Auge zu haben, und sich deshalb die Hand vors Gesicht hielt, sodass seine Bemühungen im Leeren landeten.

»Was gibt es, Pino?« Vittoria hatte ihn schon in der Schule lächerlich gefunden. Sie waren ein Jahr lang in dieselbe Klasse gegangen, obwohl Pino (den seine Mitschüler wegen eines ausgeprägten Hangs zur geschönten Wahrheit Pinocchio nannten) zwei Jahre älter war als sie. Am Ende hatte er seinen Abschluss ein Jahr nach ihr gemacht – wenn er denn tatsächlich einen gemacht hatte (darüber gingen die Meinungen auseinander). Dass er ein gut geöltes (viele behaupteten: ein gut geschmiertes) Unternehmen geerbt hatte, war sein Glück gewesen. Immerhin ließ er eine Menge Menschen an diesem Glück teilhaben: Wirte, Buchmacher, Mailänder Herrenschneider, Auto- und Uhrenhändler, vermutlich auch einige junge Frauen, die das Pech gehabt hatten, auf der falschen Seite Europas zur Welt zu kommen, aber immerhin mit gewissen natürlichen Attributen ausgestattet waren (oder nachgeholfen hatten) …

Heute Abend nun hatte er offenbar beschlossen, Vittoria mit seiner Aufmerksamkeit zu beglücken.

»Bella! Ich finde, du musst einmal rauskommen aus diesem alten Kasten.« Er deutete vage auf das Anwesen, das mächtig in den Abendhimmel ragte. »Ich habe uns einen Tisch reserviert. Bei *Donata* in Perugia.« Ein Blick auf seine goldene Rolex. »Wir müssen uns beeilen! Komm, sperr deinen Laden zu und lass uns fahren.«

Vittoria lachte. Eine so dreiste Einladung bekam man nicht oft. So lächerlich Pino Rossi war, ein klein wenig nötigte ihr sein Selbstbewusstsein Bewunderung ab. »Wie kommst du darauf, dass ich mit dir zum Abendessen gehen will?«

»Hallo? Das *Donata*? Im Lamborghini? Mit deinem alten Freund Pino? Da kannst du doch nicht Nein sagen, cara!« Er strahlte, dass seine gebleichten Zähne funkelten.

»Vielleicht habe ich schon eine Verabredung, Pino.«

»Sag sie ab! Ich bin jetzt hier! Wir machen uns einen wunderschönen Abend. Ich lade dich zum Essen ein, vielleicht gehen wir tanzen. Es gibt da einen phantastischen Club, das glaubst du gar nicht. Und wer weiß …«

Vittoria hob die Hände. »Das *Wer weiß* kannst du gleich vergessen.«

»Aha!«, rief Rossi, der mit dem göttlichen Talent gesegnet war, stets nur den Teil einer Botschaft zu hören, den er hören wollte. »Wir gehen also jedenfalls essen. Perfetto! Ich rufe schnell bei Donata an, dass wir etwas später kommen. Zieh dir was Nettes an.«

Einen Moment war Vittoria perplex. Das hätte man gut und gerne als Beleidigung verstehen können. War sie ihm etwa nicht präsentabel genug? Doch dann blickte sie an sich herab, gestand sich ein, dass das Kittelkleid, das sie an diesem Tag trug, in der Tat nicht perfekt war für ein Abendessen im Sternerestaurant, und nickte. »Bin in einer Minute wieder da.«

Als sie sich umwandte, rief Rossi: »Und nimm diese heißen Schuhe, die du neulich getragen hast! Die roten!« Sprachlos blieb sie auf der Schwelle stehen. Die hochhackigen Schuhe, natürlich, die musste ein Pino Rossi ja unwiderstehlich finden. Alle Männer eigentlich. Vermutlich hätte sie die auch genommen. Aber jetzt würde sie sie auf keinen Fall anziehen! Im Gehen hörte sie, wie ihr Kavalier in sein Handy sprach: »Ciao, Salvatore, hier Pino. Habt ihr noch einen Tisch für zwei Personen heute Abend? No, no no no, … si! No … den Tisch am Nebeneingang, auf der Terrasse … Egal, gib ihnen einen anderen Tisch … Okay. In zwanzig Minuten …"

Lachend stieg sie die Treppe hoch in ihre Kammer und machte sich rasch fertig. Ein dunkelblaues Etuikleid, eine silberne Halskette ohne Anhänger, die Haare rasch hochgesteckt, etwas Lippenstift … Rouge? Nein, nicht für Pino Rossi, der würde das unbedingt falsch verstehen. Und die cremefarbenen Pumps, zu denen die bessere von ihren Handtaschen passte. Va bene, so gefiel sie zumindest sich selbst.

Offensichtlich aber auch Pino Rossi, der seinen Wagen gewendet hatte und nun so dastand, dass Vittoria direkt aus der Haustür tretend einsteigen konnte – und dass sie erst einmal eine Runde durch die Ortsmitte drehen mussten, um den Weg nach Perugia zu nehmen. Er pfiff laut, als sie herauskam, und Vittoria hatte beinahe den Eindruck, dass er sich mit der Zunge über den Mundwinkel leckte. Aber vermutlich war das nur eine Idee, die sie von ihm im Kopf hatte.

Nein, Vittoria Tedeschi ging nicht mit jedem Beliebigen aus. Aber die Zeiten waren wenig erfreulich, und Pino Rossi versprach immerhin einen amüsanten Abend. Er war auf alberne Art witzig, strotzte so vor Selbstbewusstsein, dass er nie verletzt war, wenn man sich über ihn amüsierte: Er fasste es als Bestätigung auf, hielt sich für geistreich, charmant, umwerfend, kurz: den geborenen Womanizer. Vittoria kannte ihn schon seit frühester Kindheit. Pino hatte sich nie verändert. Vermutlich würde er sich auch nicht mehr verändern: Er würde immer ein Kind bleiben, nur dass er heute nicht mehr Limonade trank, sondern Champagner, und nicht mehr mit Bauklötzen spielte, sondern mit Immobilien. Und mit Sportwagen.

Als sie vor dem Gianni's vorfuhren, versäumte Pino Rossi nicht, ein paarmal kräftig – und vor allem völlig unnötigerweise – aufs Gaspedal zu treten, damit der ganze Ort zu ihnen hersah. Da saßen sie, die Zwerge, und schlürften ihren Averna, während er, Pino Rossi, Bauunternehmer und Lebemann, die schönste Frau von Anghiari zum Essen in das feinste Restaurant im Umkreis von hundert Kilometern einlud! Er grüßte, indem er sich lässig mit dem Zeigefinger an die Stirn tippte, grinste, setzte sich die Sonnenbrille auf (die er ins schon etwas schüttere Haar geschoben hatte) und röhrte dann mit seinen 350 PS aus der Stadt, während Vittoria durchatmete und versuchte, sich nicht darüber zu ärgern, dass sie vergessen hatte, ein Kopftuch umzubinden. Jetzt würde ganz Anghiari auf die unmögliche Idee verfallen, sie könnte sich mit Pino Rossi eingelassen haben. Einen Moment lang war sie im Begriff, sich von diesem Gedanken die Laune verderben zu lassen. Doch dann beschloss sie, dass jeder denken sollte, was er wollte, ihr konnte es schließlich völlig egal sein.

***

Auch Fabio Contagno saß im Gianni's, das heißt: auf der Terrasse des Lokals, und konnte, ja *musste* den gelben Lamborghini vorbeiröhren sehen, das breite Grinsen des Fahrers, das Kennzeichen: PG PINO 1, die neidvollen Mienen der Männer im Gianni's – und die Beifahrerin, die er – auch wenn sie in die andere Richtung geblickt hatte – immer und unter allen Umständen erkennen würde.

Nun, es gab keinen Grund, weshalb eine attraktive, junge Frau nicht umschwärmt sein und weshalb sie nicht den einen oder anderen Verehrer erhören sollte! Man lebte nicht mehr im neunzehnten Jahrhundert, Vittoria Tedeschi war erwachsen, Italien war ein freies Land. Auch wenn er deshalb kein Recht hatte, die offensichtliche Liaison mit dem Bauunternehmer zu missbilligen oder sich zu beklagen, fiel es Fabio schwer, den Stich zu ignorieren, den ihm das Bild der von einem testosterongeladenen Playboy in den Abend entführten Märchenprinzessin zufügte.

Und eine Märchenprinzessin war sie. Für Fabio. Er gestand es sich nicht gerne ein, aber seit seine Beziehung zu Laura in die Brüche gegangen war, hatte er sich zu keiner Frau mehr so hingezogen gefühlt. Das mochte auch daran liegen, dass er es nicht verwinden konnte, dass Laura eine Karriere in einer Kanzlei in San Francisco der Partnerschaft mit ihm vorgezogen hatte. Vor allem aber lag es daran, dass er in Vittoria alles das erkannte, was ihm bei Laura (bei aller Liebe) gefehlt hatte: Humor vor allem. Lebenslust. Das Talent, Dinge nicht so ernst zu nehmen. Laura war immer sehr zielstrebig gewesen, hatte keine Kompromisse gekannt und jederzeit gewusst, was für sie wichtig war. An einem entscheidenden Punkt ihrer Beziehung war das genau einer nicht gewesen: ihr Lebensgefährte. Als Fabio erkannt hatte, dass sie im Begriff war, das gemeinsame Leben abzuwickeln, hatte er sie zur Rede gestellt: »Willst du mich nicht in deine Pläne einweihen?«

»Oh, du bist schon zurück!«

»Ich habe gesehen, dass du unser Sofa zum Verkauf anbietest.«

»Ja.« Sie hatte die Augen verdreht, als würde es gar nicht in ihre Pläne passen, nun tatsächlich eine völlig überflüssige Diskussion führen zu müssen. »Sie haben mir angeboten, die Niederlassung in Frisco zu übernehmen.«

»Du gehst nach Amerika?«

»Du kannst natürlich gerne mitkommen«, erklärte Laura, während sie weiter in ihren Papieren blätterte. »Aber dann brauchen wir das Sofa erst recht nicht mehr, oder?«

»Wann hattest du denn vor, mir das zu verraten?« Obwohl er zutiefst getroffen war, bemühte er sich um Fassung.

»Was? Das mit dem Sofa?«

»Dass du nach Amerika gehen willst.«

Sie zuckte die Achseln. »Ich hätte es dir schon noch gesagt. Hör mal, ich muss diesen Schriftsatz noch bis Mitternacht vorbereiten. Fristsache.«

Es war klar, dass das Gespräch damit beendet war. Fabio nickte und schloss die Tür ihres Arbeitszimmers. Dann ging er durch Schlaf- und Wohnzimmer, suchte seine bevorzugten Kleider zusammen, die Wäsche und ein paar persönliche Stücke, holte den Bialetti-Espressokocher aus der Küche, stopfte eine Tasche mit Schuhen voll und verließ die Wohnung ein letztes Mal. Mieterin war ohnehin Laura, er hatte nichts mehr hier verloren. Im Aufzug nach unten tippte er noch eine Nachricht an sie: »Ciao.« Als er vor die Haustür trat, schickte er sie ab. Dann rief er sich ein Taxi und ließ sich zu einem kleinen Hotel in der Nähe des Doms fahren, wo er gelegentlich Freunde aus dem Ausland einquartierte.

Nun war er der Fremde – in der eigenen Stadt. Im eigenen Leben. Eine bittere Erkenntnis. Aber auch eine Befreiung. Denn in den drei Jahren, die er mit Laura verbracht hatte, war er immerhin einer Wahrheit nähergekommen: Von der Leidenschaft abgesehen, mit der sie die ersten Monate verbracht hatten, gab es nicht viel, was sie wirklich verband. Eigentlich gar nichts, wie er feststellte, als er das Fenster seines Hotelzimmers öffnete und auf den großen Platz blickte, an dessen Ende der gewaltige gotische Bau des Mailänder Doms sich erhob. Denn er hatte nicht viel Ahnung und auch nicht sehr viel Interesse an den Rechtswissenschaften – und Laura hatte schlicht nichts an dem geschätzt, wofür er sich interessierte. So hart die Trennung nach Jahren eines gemeinsamen Lebens ist, so leicht wird das Leben, wenn man es von den Zumutungen einer falschen Partnerschaft befreit.

***

Pino Rossi war das, was man einen Alleinunterhalter nannte: Er bespaßte das ganze Restaurant – ob freiwillig oder nicht, das hätte er vermutlich nicht einmal selbst zu sagen gewusst. Sein Pfauengehabe, seine grandiosen Bestellungen, seine unüberhörbare Lautstärke, sie amüsierten Vittoria. Und sie amüsierten auch die meisten anderen Gäste, wie sie aus den Augenwinkeln immer wieder wahrnahm. Gewiss gab es auch einige Anwesende, die sich eigentlich einen romantischen Abend bei Kerzenschein, Gourmet-Dinner und deliziösen Weinen erhofft hatten und nun neben einem neureichen Großmaul zu sitzen gekommen waren, der jede prickelnde Champagnerlaune in ein grelles Brausebad verwandelte, aber entsprechende dezente Hinweise des Personals beliebte Pino Rossi mit einem Hinweis auf das Trinkgeld, das sie erwarten würde, wegzubügeln – nur um sogleich die nächste Show abzuziehen.

»Einmal wollte mir Toto Natale eine Palette chinesischen Billigmarmor als Carrara-Ware verkaufen.

Toto! Mir! Ha! Wir hatten das Zeug schon auf dem Hof stehen, da habe ich ihm die ganze Palette persönlich mit der Raupe zu ihm nach Hause gefahren und in den Pool gekippt! Ich bin einfach durch den Gartenzaun gefahren.« Pino Rossis goldener Eckzahn blitzte, als er diese Geschichte erzählte. »Einfach rein. Mit der Raupe. Alles niedergewalzt. Seinen Zaun. Die Thujenhecke. Quer über den Rasen. Und dann – kipp! – voll rein in den Pool. Mitten auf seine Koi-Karpfen. *Da hast du deinen Carrara-Marmor, du Betrüger!*« Pino lehnte sich zurück und griff nach dem Weinglas (Barolo mit Eiswürfeln). »Der wird mich nie wieder betrügen.« Er hob sein Glas, als wollte er sich selbst zuprosten, zwinkerte Vittoria zu und trank es in einem Zug leer. Während er noch dem Ober winkte, damit ihm nachgeschenkt würde, erklärte er, einen Eiswürfel in der Backe: »Wir machen ja jetzt den neuen Palazzo für den Familienminister«, als hätte diese Geschichte irgendetwas mit der vorangegangenen zu tun. »Guter Mann, der Dottore.« Er beugte sich vor, als wollte er etwas Vertrauliches zum Besten geben, wobei er aber kaum die Stimme senkte, als er sagte: »Und sooo ein Herz für die Frauen!« Pino Rossi machte eine Handbewegung, die eher anzeigte, dass es mehr um schwerwiegende sekundäre weibliche Geschlechtsmerkmale ging als um das zentrale Organ des menschlichen Kreislaufs. »Mamma mia!«

»Nun, er ist ja auch der Familienminister, nicht wahr?«, warf Vittoria ein. »Da muss er doch möglichst vielen Frauen bei der Familienplanung helfen.«

»Du sagst es«, entgegnete Pino Rossi, dessen Sinn für Ironie offenbar im Gleichklang stand mit seinem Selbstbewusstsein. »Giovanni! Warum schenkst du meiner Begleiterin nicht nach?« Er wedelte den Ober vom Nebentisch herbei und hielt ihm dann zunächst sein eigenes Glas unter die Nase. »Sag Alfredo, er soll mir eine Flasche von dem selbstgebrannten *Inferno* bringen.«

»Inferno?«, merkte Vittoria skeptisch an.

»Keine Ahnung, woraus er den macht«, erklärte Pino Rossi und holte ein Päckchen Zigaretten aus seiner Brusttasche. »Auch eine?«

Vittoria schüttelte den Kopf.

»Jedenfalls ein geniales Tröpfchen, mamma mia! Sicher sechzig oder siebzig Prozent. Ich schätze, es ist Kirsche. Und irgendwas, was er nicht verrät, der alte Ganove. Aber so sind sie, die Neapolitaner, was?«

Alfredo war ein kleiner, unscheinbarer und eher schüchterner Mann, der seinen Schnaps brachte, im Übrigen aber versuchte, sich schnell wieder aus der Affäre zu ziehen. Sympathisch, wie Vittoria fand. »Ich muss in die Küche«, entschuldigte er sich und war schon dabei, wieder das Weite zu suchen, da packte ihn Pino Rossi an der Schürze und trug ihm auf: »Sei so gut und mach uns zwei von deinen genialen Tiramisus, ja?«

»Zwei Tiramisu, si.«

»Eines reicht«, sagte Vittoria, die den Abend lieber schneller zu Ende bringen wollte.

»Du hast recht!«, pflichtete Pino Rossi ihr bei. Und trug Alfredo auf: »Ein Tiramisu. Aber ein schön großes. Mit zwei Löffeln.« Und er zwinkerte Vittoria zu, dass sie sich auf die Lippe biss.

Es war für ihn kein Problem, dass seine Begleiterin den selbstgebrannten Neapolitanischen lieber nicht probierte – er trank einfach auch ihr Glas aus. Und ließ sich seines noch einmal vollschenken. Mit dem Alkoholpegel stieg auch Rossis Lautstärke. Und als er begann, sich über Vittorias Körbchengröße zu äußern, beschloss sie, dass nun Schluss sei.

»Ich muss gehen, Pino. Es war sehr nett, dass du mich eingeladen hast. Aber ich muss jetzt nach Hause.«

»Aber bellissima! Der Abend fängt doch gerade erst an!«, protestierte Rossi. »Wir haben noch keinen Digestivo getrunken. Und überhaupt: Schau nur, wie schön die Sterne leuchten!« Er deutete vage zum Himmel, man saß ja auf der legendären Terrasse des *Donata*, da mussten ja irgendwo über ihnen die anderen Anwohner der Milchstraße funkeln. »Wir können noch eine kleine Spritztour in die Hügel machen …«

Sein Grinsen war so vieldeutig, dass Vittoria sich lieber nicht vorstellen wollte, was er bei diesem Vorschlag alles im Sinn hatte. »Va bene«, sagte sie. »Du hast recht. Aber dafür muss ich mich noch einmal frisch machen.« Sie stand auf. »Wenn du mich einen Moment entschuldigst, Pino?«

»Ma certo, bella!«, gab er grinsend zu verstehen, während er mit der Zunge etwas aus seinen Zähnen pulte. »Ich bleibe hier, und wenn ich warten müsste bis zum Jüngsten Tag!«

Dass er den Tatsachen damit näherkam als gedacht, ahnte er in dem Moment freilich nicht. Womöglich ahnte er es, als Vittoria vor dem *Donata* stand und auf ihr Taxi wartete. Oder als sie die Lichter von Anghiari in der Ferne entdeckte. Sicher dämmerte ihm, dass seine Wartezeit in der Tat sehr anders bemessen war als nach den üblichen Maßstäben, als ihm der Ober die Rechnung präsentierte und bemerkte: »Eine sehr attraktive Frau, die Sie dabeihatten, Signor Rossi.«

»Wieso hatten?«, fragte der junge Bauunternehmer. Diesmal war es der Kellner, der sich ein Grinsen nicht verkneifen konnte, und Rossi beschloss, das Trinkgeld zu streichen. Va bene, dachte der Kellner, umso besser, dass ich ihm eine Flasche Brunello zu viel berechnet habe.

***

Als Vittoria wieder in ihrem Zimmer war und über die Dächer ihrer lieben kleinen Stadt blickte, konnte sie einen leichten Ärger nicht unterdrücken. Weniger über Pino Rossi, der nun einmal war, wie er war. Vielmehr über sich selbst, die sie sich auf solche Einladungen schlicht nicht einlassen sollte. Auch wenn es ihr egal war, ob andere dachten, sie stünde dem angeberischen Bauunternehmer als Spielzeug zur Verfügung – sie selbst war es, die weder in jemandem falsche Hoffnungen wecken noch sich selbst mit Rendezvous abgeben wollte, von denen sie wusste, dass sie einen Nachgeschmack hinterlassen würden. Und bei Pino war das von vornherein klar gewesen. Jemand mit seinem Geltungsbedürfnis, seinem Mangel an Stil und dieser Art von Humor musste sich immer falschen Hoffnungen hingeben. Vittoria hatte einmal einen Mann gehabt, der unterhaltsam war, aber sonst nicht viel taugte. Leider hatte sie ihn geheiratet. Diese Überdosis machte eigentlich jeden weiteren Mann von derselben Art völlig indiskutabel – vor allem machte sie gegen diesen Typus immun.

***

Die Stadtverwaltung hatte die Bilder, die Signor Bergoglio vom Festakt zur Eröffnung des Museo Leonardo gemacht hatte, ins Netz gestellt. Ein wenig sahen sie für Fabio aus wie aus einem Film der Don-Camillo-Reihe – nur dass sie natürlich in Farbe waren. Man sah wichtigtuerische Provinzpolitiker, Männer in Anzügen, Frauen in Kleidern, Kinder, die ungeduldig darauf warteten, endlich die Luftballons zu bekommen … Fabio war nun oft genug in Anghiari gewesen, um das eine oder andere Gesicht zu erkennen. Es gab einige ältere Herren, die er gelegentlich im Gianni's traf und deren böse Zungen ihm Vergnügen bereiteten. Das Lästern gehörte in Orten wie diesem zu den großen Künsten: zu wissen, was niemand wissen soll, zu ahnen, was ungeahnt bleiben will – es war eine besondere Art von Einfühlungsvermögen, die einherging mit beißender Kritik am Außergewöhnlichen, in dem sich wiederum ein gravierender Mangel an Empathie zeigte: wenn jemand sich nicht an die übliche Kleiderordnung hielt, ob nun im wörtlichen oder übertragenen Sinne. Wer mitlästern konnte, gehörte dazu. Selbstredend wurde ein jeder Ziel des Spotts, sobald er den Platz verließ. Kehrte er indes zurück, beteiligte er sich selbst sogleich wieder rege an den Lästereien.

Man konnte sich über diese eigentümliche Art von Verschworenheit amüsieren, doch natürlich wohnte ihr auch etwas Gefährliches inne. Denn die Zielpersonen litten mitunter an der üblen Nachrede und manches Unverständnis war in Wahrheit nur ein

Missverständnis, das jedoch kaum jemals aufgedeckt wurde. Entsprechend machte Fabio zu den Sprüchen der Herrenriege im Gianni's gute Miene, unterhielt sich dabei prächtig, spielte aber selbst nicht mit, obwohl auch ihm manches Mal eine kleine Boshaftigkeit auf der Zunge gelegen hätte. Etwa als dieser Bauunternehmer mit seinem Lamborghini vorbeigeröhrt war, die schöne Vittoria neben sich. Schönheit und Anmut vereint, war ihm durch den Kopf gegangen – allerdings beides auf dem Beifahrersitz. Die Lacher wären sicher auf seiner Seite gewesen. Aber Hohn und Spott waren seine Sache nicht, auch hätte er sich zweifellos Verdächtigungen ausgesetzt, dass er selbst Ambitionen bei der bezaubernden Museumsladenbesitzerin hätte. Obwohl das ja nun gar nicht ...

Auf einem der Fotos, offenbar kurz vor dem fatalen Platzregen aufgenommen, war Vittoria abgebildet. Sie hatte eine viel zu große Sonnenbrille auf und einen eleganten Hut, der aber noch mehr von ihrem Gesicht beschattete, sodass man wissen musste, wer da stand. Lediglich die Figur war eindeutig zu erkennen, diese zwar schlanke, aber doch sehr wohlgeformte Linie. Ob es ein besseres Bild von ihr im Internet zu finden gab? Fabio tippte ihren Namen ein. Die erste Seite war voll von Vittorias, mehr oder weniger bekleideten. Manche Abbildung bezog sich auf ungenannte »Secrets«. Überraschend viele Fußballspieler und das ein oder andere gekrönte Haupt tauchten auf. Aber keine Vittoria Tedeschi. Jedenfalls nicht die, die Fabio kannte.

Er probierte es noch mit einer genaueren Suche, fand sich im selben Kosmos wieder, klickte sich durch mehrere Seiten – und entdeckte plötzlich eine Schulklasse in ihrem Abschlussjahr, und inmitten dieser Klasse Vittoria. Jünger, aber nicht weniger hübsch. Mit etwas dunklerem Haar und einem Mädchenkleid, vor allem aber: mit Brille. Und gerade diese Brille war es, die sie ganz besonders zauberhaft erscheinen ließ. War nicht dies das Geheimnis wahrer Schönheit, dass sie niemals gänzlich makellos war? Das vollkommene Ebenmaß mochte nach den Maßstäben der Ästhetik perfekt sein, nach menschlichem Empfinden war es das nicht. Hingerissen betrachtete Fabio das Foto, von dem ihm dieses Mädchen, gerade erst erwachsen und von der Welt noch nicht enttäuscht, durch eine strenge Brille entgegenblickte, die doch den Sanftmut in ihren Augen nicht zu verdecken vermochte – und auch nicht den Schalk. Denn das war Fabio sehr schnell aufgefallen an dieser Frau: Sie hatte einen ausgeprägten Sinn für Ironie.

Tatsächlich gab es noch zwei weitere Treffer, wobei das eine Bild Vittoria Tedeschi nur am Rande einer Preisverleihung zeigte (Anghiari war unter den mittelitalienischen Städten zu einer der schönsten gewählt worden, und man hatte die schönsten Töchter des Ortes die Auszeichnung entgegennehmen lassen), das andere alles, nur nicht die junge Ladenbesitzerin.

Fabio machte seinen Computer aus und blickte in die Nacht hinaus. Inzwischen war es dunkel geworden über Anghiari. Irgendwo lief ein Fernseher, doch der Besitzer konnte sich offenbar nicht entscheiden zwischen einer Liebesschnulze und einem Western voller Testosteron und schlechten Dialogen. Im Hof saßen Signora Perazzo und jemand, den Fabio nicht kannte, zumindest nicht an der Stimme, und unterhielten sich leise, wobei nur gelegentlich ein paar Wortfetzen zu identifizieren waren: »Vesuvio … die Cosa Nostra … Signora Loren … zu viel grün, viel zu viel … wäre schön …. Wenn ich noch einmal jung wäre …«

Und dann läutete plötzlich sein Telefon.

Er konnte die Stimme am anderen Ende der Verbindung kaum verstehen, so aufgeregt klang sie.

»Wir haben es verkauft!«

»Sie haben was?« Es war Vittoria Tedeschi! Fabio versuchte, einen ruhigeren Ort zu finden, was nahezu unmöglich war, weil der Presslufthammer praktisch das ganze Gebäude durchdrang.

»Wir haben Ihren Schreibapparat verkauft!«

»Meinen was?«

»Die Schreibmaschine nach Leonardo!«

»Oh! Sie haben sie verkauft?«

»Ja!«

»Wie schön!«

»Und für richtig viel Geld.«

An dem Punkt war es Fabio egal, alles zu verstehen, er wollte ja ohnehin nichts abhaben.

»Sie haben gefragt, ob wir davon mehr liefern können.«

»Mehr liefern? Wovon?«

»Von den Apparaten.«

Tja, konnten sie? Fabio würde eindeutig viel zu lange brauchen, um eine halbwegs interessante Auflage herzustellen. Dazu bedurfte es eigentlich einer Manufaktur. Aber wer konnte so etwas machen? »Ich muss mich umhören. Wie viele bräuchten Sie denn?«

»Na ja, sie hätten sie gerne für den Online-Shop der Uffizien«, erklärte Vittoria. Endlich schwieg der Presslufthammer und Fabio musste innehalten, um nicht in der gleichen Lautstärke weiterzubrüllen, mit der er bis eben gerade telefoniert hatte. »Sie? Wer?«

»Na, die Museumsshops der Uffizien und einiger anderer Museen.«

»Ach. Wie sind die denn auf unseren Schreibapparat gekommen?«

»Jemand hat ihn im Laden fotografiert und hat das Bild wohl online gestellt. Und dann haben die angerufen. Und gleich das erste Exemplar gekauft!«

Sie klang so aufgeregt, so glücklich, dass Fabios Herz ganz weit wurde.

»Das freut mich wirklich sehr für Sie«, sagte er und blickte hinüber Richtung Piazza Goffredo Mameli, wo das Museo Leonardo lag, auch wenn er es von hier aus natürlich nicht sehen konnte.

»Für uns!«, betonte Vittoria. »Schließlich sind Sie der Erfinder. Und außerdem an den Erlösen beteiligt.« Das schien sie auf einen Gedanken zu bringen. »Wir hatten gar nicht besprochen, wie wir das aufteilen, Signor Contagno.«

»Ach«, erklärte Fabio. »Das ist jetzt wirklich nicht wichtig, oder? Ich muss mich erst einmal schlaumachen, wo wir eine vernünftige Zahl dieser Dinger herstellen lassen können. Denn wenn wir damit einen so großen Museumsladen bestücken, dann brauchen wir mehr als das, was ich selber basteln kann. Viel mehr!«

***

Mit dem Bild der jugendlichen Vittoria Tedeschi im Kopf, legte Fabio sich auf sein Bett, genoss die milde Abendluft, die durch das weit geöffnete Fenster hereinströmte, schritt im Geiste den Laden ab, den sie drüben im Museum eingerichtet hatte, dachte an seine Mutter, die schon so lange tot war und die ein ganz ähnliches Kleid gehabt hatte, wie er es auf dem Foto gesehen hatte, und dämmerte langsam in einen leichten Schlaf hinüber, in dem sich seine Gedanken mit seinen Träumen vermischten und er wieder in dem kleinen Hotel am Mailänder Dom war, neben sich Vittoria Tedeschi, die aber nicht das Kleid von dem Foto trug und auch sonst …

***

Signora Tedeschi ging, wie es sich gehörte, niemals ohne ein ordentliches Nachtgebet zu Bett. Sie hielt den Rosenkranz in Händen, den sie von ihrer Großmutter geerbt hatte, einer sehr alten, sehr weisen und sehr gehässigen Frau, die mit großer Sorge auf die Welt geblickt und von allem, was ihren Lebensweg kreuzte, am Ende nur eines bedingungslos geliebt hatte: die Enkeltochter Loredana, ein engelsgleiches Wesen mit geradezu himmlischer Stimme, so gut und rein wie niemand sonst auf der Welt.

Dass auch die entzückendsten Püppchen eines Tages schwer an der Last ihrer zahllosen Tage tragen, gehört nun einmal zum Lauf der Welt, und es war auch Signora Tedeschi nicht anders ergangen. Sie war groß geworden, erwachsen, hatte ihr Leben gelebt, sie hatte selbst eine Tochter bekommen, war erblüht und irgendwann verwelkt, wie wir das alle tun. Die Stimme war längst nicht mehr himmlisch, und der Rest auch nicht mehr engelsgleich (wenn man außer Acht lässt, dass einige Engel ihrerseits schon einige Jahre auf dem Buckel haben). Vor allem aber war sie selbst gehässig geworden: unleidlich mit den Beschwernissen des Alters hadernd, mit der Mühsal des täglichen Lebens, mit den Zumutungen eines Körpers, der sich um ihre Wünsche längst nicht mehr kümmerte. Von allem aber, was ihr in den dreiundsiebzig Jahren ihres Lebens an Menschlichem und Allzumenschlichem begegnet war, liebte sie doch letztlich nur eines bedingungslos: ihre Tochter Vittoria, die nicht nur ihre einst so vollendete Stimme geerbt hatte und auch den Liebreiz, sondern eine Eigenschaft, die Loredana Tedeschi lieber ganz für sich behalten hätte: das Pech mit den Männern.

Rein naturwissenschaftlich mochte sich der gottlob schon vor etlichen Jahren verstorbene Arturo Tedeschi fünfzig Prozent der Gene dieser bezaubernden Tochter auf die Fahnen schreiben. Praktisch steckte zum Glück in Vittoria nichts, das auf den Tunichtgut hingewiesen hätte, an den die Mutter einst ihr törichtes Herz verschleudert hatte. Und er war ja (was im Übrigen freilich niemand wusste und auch niemand zu wissen brauchte) längst nicht der Erste gewesen, es hatte ja vor ihm Enzo gegeben, der für einen Sommer von seinen Eltern nach Anghiari geschickt worden war, um dort in der inzwischen längst geschlossenen Konditorei Piaggi zu arbeiten. Und natürlich Umberto, den sie hätte heiraten sollen. Aber wie es so ist: Die besten Chancen erkennt man erst, wenn sie vorüber sind.

Loredana hatte seinen Antrag abgelehnt. Eigentlich in der Annahme, er würde ihr schon noch einmal einen machen, den sie dann anzunehmen gedachte. Doch Anna Benedetti, das Luder von gegenüber, hatte keinen Augenblick gezögert, ihn zu trösten und ihm rasch ein Kind anzuhängen. So schnell, wie Anna damals schwanger geworden war, das ließ schon einen gewissen Verdacht zu …

Und dann war Arturo in den Ort gekommen, hatte mit seiner Vespa angegeben, hatte – manche Dinge musste man zugeben – vortrefflich Mandoline gespielt und dazu neapolitanische Schnulzen gesungen, dass die Frauen von Anghiari in Tränen zerflossen waren, auch Loredana. Für diese sentimentale Ader, die nun wirklich durch nichts zu begründen war, hatte sich die alte Dame auch in jüngeren Jahren oft genug selbst gescholten. Was ihre Tochter betraf, wusste sie zumindest, was sie zu tun hatte. Denn so viel war klar: Vittoria durfte es nicht so ergehen wie einst ihr, sie sollte sich nicht dem erstbesten Nichtsnutz und Herzensbrecher an den Hals werfen.

Und dann war Luigi Baliani gekommen. Zugegebenermaßen sah er umwerfend aus. Sein Auftritt war einigermaßen hinreißend gewesen. Natürlich hatten sofort alle Alarmglocken in Loredana Tedeschi geläutet. Von einem Mann mit solchem Charisma und so wenig Moral (er hatte buchstäblich am zweiten Tag, den er in der Stadt war, um Vittorias Hand angehalten) war nichts Seriöses zu erwarten.

Leider liegt es in der Natur der Natur, dass sie sich nicht immer um Seriosität schert. Gelegentlich will sie auch etwas anderes. Etwas, das auch Vittoria zu brauchen schien. Und während Loredana Tedeschi buchstäblich zusehen konnte, wie die Hormone in ihrer Dachkammer zu kochen begannen, segelte die kleine Mutter-Tochter-Familie geradewegs auf die nächste Liebeskatastrophe zu: eine Heirat mit dem falschen Mann.

Dies alles ging der alten Dame durch den Kopf, während sie ihren Rosenkranz wie jeden Abend behutsam an das Kruzifix über ihrem Bett hängte, sich bekreuzigte, die Kerze auf dem Nachttisch löschte und sich seufzend auf das Laken niederließ. Vom Fenster her spürte sie eine angenehme Brise. Die Nacht würde frisch werden, Gott sei Dank war Vittoria zu Hause. Gott sei Dank war sie nicht mit zu Pino Rossi gegangen und hatte sich auch nicht von ihm heimbringen lassen. Gott sei Dank war Luigi

Baliani Vergangenheit, und es hatte keine bleibenden Gründe gegeben, die sie lebenslang an diesen Nichtsnutz gebunden hätten.

Obwohl Loredana Tedeschi natürlich auch gerne Enkelkinder gehabt hätte, am liebsten ein halbes Dutzend! Mädchen, die Klavier spielen lernten und es den Jungs in der Schule zeigten. Jungen, die stolz und gescheit waren, aber nicht affig, wie die meisten Burschen aus den besseren Familien. Was hätte sie nicht dafür gegeben. Aber es war nun einmal ein Naturgesetz, dass zum Kinderkriegen zwei gehörten, und der Richtige war bisher nicht aufgetaucht. Zum Glück – und leider. Denn die alte Dame hatte ihre Tochter gerne um sich, fürchtete aber auch, es könnte für ein halbes Dutzend Enkelkinder zeitlich eng werden.

Vor allem aber galt es, dafür zu sorgen, dass Vittoria nicht wieder unvermittelt auf den Falschen hereinfiel. »Dio mio«, seufzte Loredana Tedeschi leise und warf einen vorwurfsvollen Blick auf Christus, der milde von seinem Kreuz zurücklächelte, »ich zähle auf dich.«

NEUNTES KAPITEL

Manchmal war sie erstaunt,
wie wenig sie die Menschen kannte.
In jedem schien ein unerwartetes Wesen zu existieren,
das – wenn man es entdeckte – die Frage aufwarf,
welches Wesen denn nun das wahre dieses Menschen war.
DER SOMMER ALLER SOMMER

»Du solltest Pino Rossi nicht ermutigen«, sagte Signora Tedeschi so leise, dass Vittoria zuerst nicht sicher war, ob sie sich nicht verhört hatte.

»Buon giorno, Mamma«, murmelte sie und betrat die Küche, in der ihre Mutter am Herd stand und – ohne sich umzudrehen – fortfuhr: »Du machst nicht nur ihn zum Gespött, sondern auch dich.«

»Aber Mamma!« Woher wusste sie überhaupt …

Nun wandte sie sich doch um. Die kleinen Augen hinter ihrer Brille wirkten müde. »Madonna!«, sagte sie. »Hast du mit Luigi nicht genug Erfahrungen gesammelt? Männer mit zu wenig Verstand sind nichts für dich.« Und während sie sich wieder ihrer Kaffeekanne widmete, murmelte sie: »Na ja, zumindest hätte Pino das nötige Geld.«

»Mamma!«, rief Vittoria, die spürte, wie ihr das Blut in die Wangen schoss. »Denkst du etwa, ich möchte etwas mit Pino Rossi anfangen?«

»Die ganze Stadt denkt das, Kind.« Die Alte zog die Kanne vom Herd und schaltete ihn aus. Dann holte sie zwei Tassen aus dem Buffet und goss eine für sich ein und eine für ihre Tochter. »Da … trink. Du siehst aus, als hättest du kein Auge zugetan.«

Vittoria seufzte. »So ungefähr stimmt das ja auch.«

»Wegen Pino?« Die Signora funkelte ihre Tochter an. »Willst du sagen, die Waschweiber haben recht?«

»Waschweiber?«

»Die Nachbarinnen! Quer über den Hof haben sie es mir zugerufen, als ich heute Morgen die Wäsche aufgehängt habe!« Es war unschwer zu erkennen, dass Signora Tedeschi kalt erwischt worden war vom Dorfklatsch, und dass ihre Tochter darin die Hauptrolle gespielt hatte. Genug, dass Vittorias Scheidung von Luigi Baliani monatelang das liebste Thema in der Nachbarschaft gewesen war. Wenn nun alles wieder von vorne begann, ausgerechnet mit Pino Rossi …

»No, Mamma, wirklich!« Ärgerlich schüttelte Vittoria den Kopf. »Pino ist unmöglich, das weißt du doch. Und ich weiß es übrigens auch. Er hat mich eingeladen, das ist alles. Ich hatte noch nichts vor. Und ins *Donata,* das hat mich interessiert. Außerdem ist Pino zwar ein Aufschneider, aber er ist wenigstens lustig, und das konnte ich gestern Abend einfach gut brauchen …«

»Ins *Donata*?« Signora Tedeschi blickte ihre Tochter entgeistert an. »Du gehst mit ihm ins *Donata*? Ist dir nicht klar, was so eine Einladung bedeutet?«

»Es war nur eine Einladung, Mamma!«

»Es war eine Einladung ins *Donata*! Männer laden Frauen nicht ins *Donata* ein, wenn sie nicht ganz bestimmte Absichten haben.« Sie durchbohrte Vittoria förmlich mit ihrem Blick. Doch die zuckte nur die Achseln. »Ich bin mit dem Taxi heimgefahren.«

Das nahm der Signora den Wind aus den Segeln. »Mit dem Taxi. Hm. Va bene. Vom Restaurant, ja?«, fragt sie zur Sicherheit noch einmal nach.

»Nein, von Pino zu Hause«, erwiderte Vittoria, nur um den schockierten Gesichtsausdruck ihrer Mutter zu genießen. »Scherz«, schob sie hinterher. »Natürlich vom Restaurant.«

»Dio mio, Kind, du bringst mich noch um mit deinen schlechten Scherzen.«

Vittoria nippte an ihrem Kaffee und blickte aus dem Fenster. Drüben auf der Piazza Goffredo Mameli bauten sie gerade den kleinen Markt auf, der jeden Dienstag dort abgehalten wurde. Ihre kummervolle Miene blieb Signora Tedeschi nicht verborgen. »Es ist nicht wegen Pino, richtig?«

»Nein. Es ist wegen dem Laden.«

Die alte Frau nickte. »Wir sollten ihn schließen.«

»Vielleicht«, seufzte Vittoria. »Aber nach allem, was wir reingesteckt haben …«

»Besser ein Ende mit Schrecken als ein Schrecken ohne Ende.«

Sprichwörter, dachte Vittoria. Sie klingen immer so schlau. Aber mit dem wahren Leben haben sie meist nicht viel zu tun. Und doch: Was sollte denn die Alternative sein? Das Geld war längst alle. Das Museum warf weniger ab, als es kostete. Und selbst wenn jeder der Besucher zwei oder drei Gegenstände im Laden erwarb, würden die Erträge nicht ausreichen, um davon irgendwie zu leben.

***

Es ist nicht bekannt, wer als Erstes die Idee hatte, in einem Museum auch einen Laden einzurichten. Mag sein, dass es zunächst wenig mehr war als der Wunsch, den Besuchern ein kleines Souvenir zuzugestehen, etwas, das sie an den Ort erinnerte, an dem sie einige Stunden zwischen Kultur und Geschichte zugebracht und ihren Horizont erweitert hatten. Und dies war ja auch eines der Geheimnisse der Museen: So eng umgrenzt der Raum ist, in dem die Ausstellungsstücke präsentiert werden, so weit wird der Geist durch den Kontakt mit ihnen – zumindest im Idealfall. Natürlich gibt es auch Museen der Engstirnigkeit und geistigen Beschränktheit, doch sind diese die Ausnahme. Ein Museum gewährt dem Besucher Eintritt in ein Reich der Phantasie, der Erkenntnis, der Wissenschaft oder am besten in alle diese Welten. Man wächst innerlich, lernt und entdeckt. Und dies sind auch die besonderen Fähigkeiten, die ein Museumsshop bisweilen mit sich bringt: Er denkt die Ausstellung weiter in die Lebenswelt der Besucher. Gewiss, nicht jeder wird zum Leonardo, nur weil er sich im Shop der Uffizien ein paar Aquarellfarben kauft, nicht jeder wird zu einem zweiten Watt, weil er im Shop des Deutschen Museums zu München eine Dampfmaschine zum Selberbauen entdeckt. Und doch, es sind diese Spielereien, die den Zauber und – mehr noch! – die besondere Wirkkraft von Museumsläden ausmachen. Wer hier nur Geschäftemacherei wittert (sei es auf Seiten der Betreiber oder der Kunden), hat das Prinzip nicht verstanden und kann keine Freude daran haben. Wer aber erkennt, dass sich in den Sortimenten der gut geführten Museumsläden die interessantesten Bücher, die raffiniertesten Spiele, die entzückendsten Dekoartikel finden sowie nicht zuletzt sehr oft eine erstaunliche Auswahl an kreativen Inspirationen, der wird mit staunenden Augen durch diese scheinbar sinn- und zwecklosen Geschäfte schlendern und sein Vergnügen finden.

So war es Vittoria ergangen, und so erging es auch Fabio Contagno, wenn er einen Blick in den Laden des Museo Leonardo warf: Seine erste Anschaffung (nach dem nicht bezahlten und prompt vergessenen Regenschirm) war, der Leidenschaft fürs Zeichnen geschuldet, ein großes Blankbuch, auf dem einige technische Darstellungen da Vincis abgebildet waren. Dazu ein Set Bleistifte unterschiedlicher Härtegerade. Außerdem hatte er sich ein Windlicht in Form der Altstadt von Florenz gekauft, in das er eine kleine Kerze platziert hatte, sodass in seinem Zimmer der Palazzo Vecchio, der Florentiner Dom, der Ponte Vecchio und diverse andere berühmte Gebäude um ihn her an den Wänden tanzten.

Natürlich gab es Kalender und Kühlschrankmagneten, Notizklötze und Puzzles. Es gab Fächer, Tragetaschen und Brieföffner. Auch Briefbeschwerer (unter anderem in Form von Caravaggios Medusenhaupt), Lupen, Kaleidoskope und magnetische Lesezeichen, Lineale, Fingerstempel und Geschenkboxen. Es gab Bücher darüber, wie Kunst das Leben verändern kann, welche Künstler an welcher Art von Wahn gelitten hatten, warum die Nike von Samothrake eigentlich eine Aphrodite und warum die Venus von Milo eigentlich eine Nemesis ist. Es gab Bücher über das wilde Leben im Paris der Belle Époque und über die romantischen Träumer vom Monte Verità, solche über van Goghs Ohr und solche über Picassos (nicht vorhandene) Haare. Zündhölzer konnte man bei Signora Tedeschi kaufen und Malbücher, Spardosen und Mappen mit Bildern von Mucha. Kartenspiele waren im Sortiment vertreten, Schlüsselanhänger und Tassen. Geldbörsen und sogar ein Katapult nach Leonardos Plänen, das man selber zusammenbauen konnte.

Am meisten aber faszinierte Fabio ein Ständer mit Drucken. In diesem Ständer nämlich gab es nicht nur die zwar beeindruckenden, aber eben doch nur reproduzierten Kunstwerke, die man sich gerne zu Hause in den Flur hängte oder vielleicht auch – je nach Motiv – ins Schlafzimmer, sondern ein Fach mit Originalen: Radierungen und Stichen, die tatsächlich von antiquarischem Wert waren! Einen dieser Stiche hatte die schöne Ladenbesitzerin hinter ihre Verkaufstheke gehängt, eine alte Stadtansicht von Anghiari, und sie verlieh dem Raum eine ganz besondere Aura. Fabio hatte sie bei seinem ersten Besuch nach der Eröffnung des Museums darauf angesprochen: »Eine schöne Ansicht.«

»Ja. Ich habe sie in einem Antiquariat in Florenz gefunden.«

»Man könnte meinen, es habe sich nichts verändert in dem Ort.«

Vittoria hatte die Achseln gezuckt. »Unser Haus jedenfalls stand damals genauso an diesem Platz wie heute.«

»Faszinierend. Kann man es auf dem Stich erkennen?«

»Leider nein. Wir sind ja sehr zentral. Man sieht hauptsächlich die Gebäude, die außen stehen.«

Fabio nickte. »Verstehe.« Er deutete auf den Ständer mit den Drucken. »Es gibt vermutlich nicht noch einen zweiten?«

»Stich von Anghiari?«

»Ja.«

»Nein … leider. Den habe ich nur einmal. Wie alle alten Originale.« Sie lächelte etwas süffisant: »Das ist das Besondere an antiken Werken.«

»In der Tat. Und an diesen Ort passt der Stich sowieso am allerbesten. Tja, also ich werde dann mal …«

»Sicher, Signore. Vielen Dank für Ihren Besuch!«

»Ich habe zu danken.«

»Und viele Grüße unbekanntermaßen an Ihre Frau.«

»Meine Frau? Oh, ich … bin nicht verheiratet. Also, ich habe … keine …«

»Scusi«, fiel ihm Vittoria ins Wort und blickte verlegen zu Boden. »Das hatte ich wohl falsch verstanden.«

Im nächsten Moment war Fabio auf der Straße und atmete tief durch. Wäre er nicht jedes Mal so befangen in der Gegenwart dieser Frau, dann wäre das eben wohl nicht so peinlich gewesen. Mit rotem Kopf schlenderte er über die kleine Piazza und wandte seine Schritte in Richtung seiner Pension, in der Hand die Stifte und das Blankbuch. Er hatte da eine Idee …

***

Die Gemeinde Anghiari hatte, auch das sollte an der Stelle noch einmal in Erinnerung gerufen werden, keine Kosten und Mühen gescheut, das Museum auch personell auszustatten, und zwar durch jene junge Frau, die man selbst durchaus als Kunstwerk betrachten konnte, wenn auch eher als eines von Giger als von Leonardo. Es handelte sich um die Tochter des Bürgermeisters, Gigi Rossi, von ihren Freunden Nera genannt. Ihren Spitznamen verdankte sie den Tattoos, mit denen sie überreich gesegnet war, insbesondere an den Armen, die sie deshalb regelmäßig textilfrei trug. Totenköpfe, aus deren hohlen Augen Schlangen krochen, konkurrierten auf ihren Oberarmen mit langzahnigen Phantasiegeschöpfen, die ihre Mordwerkzeuge in die Ellbogen zu hauen schienen. Dazu kam ein maskenartiges Tattoo über den Augenbrauen und die Schläfen herab, das an eine Ausgeburt aus Bram Stokers Welt erinnerte.

Bei alledem darf man Gigi Rossi als ausgesprochen liebenswerte, harmlose und vielleicht sogar ein wenig naive Person bezeichnen, ohne ihr damit zu nahe zu treten. Nur Fleiß oder Pünktlichkeit, also die fragwürdigsten aller Sekundärtugenden, gehörten nicht zu ihren ganz großen Stärken. Damit aber hielt nicht nur sie selbst sich nicht auf, auch die Damen Tedeschi hatten ihren Frieden mit der Situation gemacht, nachdem sie es einige Zeit mit Vorwürfen versucht hatten. Niemand konnte es auf Dauer aushalten, Gigi Rossi beim Weinen zuzusehen – und sie brach nun einmal unweigerlich in Tränen aus, wenn ihr jemand ihre Unzulänglichkeiten vorhielt. Sie war eben, bei aller martialischen Gestaltung der Epidermis, ein sensibles Mädchen. Und leider auch nicht besonders gut in Buchhaltung, wie sich schon nach wenigen Tagen abzeichnete. Mal vergaß sie zu kassieren, mal gab sie zu viel heraus. Mal lieh sie sich ein wenig Geld für Zigaretten, mal legte sie ein bisschen zu wenig wieder zurück. Alles ohne jeden bösen Willen, versteht sich.

Jedenfalls ergab es sich, dass auf die Erleichterung, jemanden zu haben, der sich mehrere Stunden täglich um die Kasse kümmerte, die Erleichterung folgte, dass dieser Jemand einen Gutteil der besagten

Stunden aus den unterschiedlichsten guten Gründen nicht anwesend war – etwa, weil er verschlafen hatte, vergessen hatte, dass nicht Montag (der Ruhetag des Museo Leonardo), sondern schon wieder Dienstag war, einen wichtigen, unaufschiebbaren Termin hatte (in der Regel mit dem Tattoostudio) oder aus anderen Anlässen die Kasse eben doch nicht hüten konnte.

Wenn sie da war, dann war es Vittoria stets ein Vergnügen, eine kleine Kaffeepause mit Gigi zu verbringen. Denn die junge Frau, sie mochte Anfang zwanzig sein (aber wer konnte das schon mit Sicherheit sagen bei jemandem, dessen Äußeres so zeitlos schrecklich wirkte), war von fröhlicher Natur und – wenn sie erst einmal aufgetaut war – vor allem äußerst gesprächig. Es gab kein Gerücht im Ort, das sie nicht kannte, und es gab offenbar auch kein Thema, das ihr peinlich gewesen wäre.

»Wenn der alte Vigilio demnächst an einem Zuckerschock stirbt, dann war es seine Frau.«

»Was war seine Frau?«, fragte Vittoria, reichte Gigi den Zucker und sah zu, wie sie sich Löffel um Löffel in ihren Espresso rührte.

»Na, dass er tot ist! Sie bringt ihn um. Das ist Mord, wie die ihn mit Süßigkeiten füttert. Aber schon klar, sie will ihn loswerden, um endlich den Metzger zu kriegen.«

»Marcello?«

»Marcello von der Marcellerie, richtig.«

»Der ist doch verheiratet«, winkte Vittoria ab und schüttelte lachend den Kopf.

»Noch«, erklärte Gigi bestimmt. »Aber das wird nicht mehr lange gehen. Sie hat schon die Scheidung beantragt.«

»Sagt wer?«, fragte Vittoria verblüfft.

»Alle, die es wissen müssen.«

Gigi musste es wissen. Sie wusste schließlich auch sonst alles. Trotzdem beharrte Vittoria: »Marcello und seine Frau sind seit zwanzig Jahren verheiratet. Sie sind ein glückliches Paar!«

»Das ist ein Widerspruch, oder?«, fragte Gigi, ohne dass es nach einer Frage geklungen hätte. »Jedenfalls haben sie schon seit fünfzehn Jahren nicht mehr miteinander geschlafen.«

»Also das kann wirklich niemand wissen.« Der Blick von Gigi besagte das Gegenteil, aber die junge Frau zuckte nur mit den Achseln.

»Aber das mit dem Mord ...«

»Er will sowieso nicht mehr Metzger sein.«

»Marcello?«

»Hat ihm noch nie Spaß gemacht. Heimlich hat er schon immer Glücksspiel gemacht.«

Verblüfft starrte Vittoria die junge Kollegin an. »Das glaube ich nicht.«

»Hast du dich noch nie gefragt, wie er sich den Mercedes leisten konnte?«

»Metzger verdienen nicht schlecht«, sagte Vittoria voll Überzeugung. »Er hat den Betrieb von seinem Vater geerbt und …«

Gigi winkte ab. »Ach was, der Betrieb ist schon seit den Zeiten seines Vaters überschuldet.« Und auf Vittorias ungläubige Miene: »Sagt sein Anwalt, und der muss es wissen, oder? Und der Mercedes hat immerhin über hunderttausend Euro gekostet, mit all dem Schnickschnack. Sogar eine Bar hat er sich einbauen lassen.«

»Und du denkst, er hat sein Geld mit Glücksspiel gemacht? Aber das wäre illegal!«

Die Museumskassiererin grinste. »Vielleicht denkt er ja, die Kunden in seinem Keller spielen um Murmeln.«

»In seinem Keller …« Das erklärte manches. Vittoria hatte selbst schon ein paarmal überrascht festgestellt, dass kein Kunde in der Metzgerei war, obwohl sie überzeugt gewesen war, jemanden vor sich den Laden betreten gesehen zu haben.

***

Ein Ort von der Größe Anghiaris bringt es mit sich, dass jeder jeden kennt und alle alles über alle wissen.

Was auf der einen Seite als eine Form von gesellschaftlicher Nähe und Anteilnahme gelten mag, wird auf der anderen Seite schnell zu einem Mangel an Distanz beziehungsweise – umgekehrt – Intimsphäre. Vittoria Tedeschi hatte es zur Genüge erlebt, weshalb sie versuchte, nie zu tief in Gigi zu dringen und den Respekt stets zu wahren. Was gingen sie schon die Eheprobleme anderer an, was hatten sie schon die Laster und Verfehlungen ihrer Mitbürger zu interessieren. War der Kaffee getrunken, verfügte sie sich deshalb schnellstens zurück in ihren Laden, während Gigi sich wieder ihrem Handy widmete – bis die alte Signora Tedeschi auftauchte, die ein untrügliches Gespür dafür hatte, ob eine Geschichte bereits auserzählt war oder nicht. Und was ihre Tochter an Zurückhaltung übte, bot sie im Gegenzug an gesunder Neugier und ausgeprägtem Forscherdrang oder nennen wir es vielleicht »Anteilnahme am Leben ihrer Mitbürgerinnen und Mitbürger«.

»Ein paar Cantuccini?« Wie die böse Hexe im Märchen von Schneewittchen den Apfel hielt sie der jungen Frau eine Schale mit Gebäck unter die Nase. Gigi ließ sich nicht bitten. Es war ohnehin ein Wunder, wie jemand, der praktisch ständig irgendetwas in sich hineinschob, dermaßen mager sein konnte. »Nicht viel los heute«, stellte die Patrona fest.

»Hm. Sonst ja auch nicht.«

»Eigentlich nie. Nur neulich, als die Schule da war. Sie werden sich bald nach einem neuen Job umsehen müssen.«

Gigi Rossi hustete, dass die Cantuccinibrösel nur so flogen, und es war nicht klar, ob es wegen der Aussage war oder wegen der Currygewürzmischung, die Signora Tedeschi in den Teig gegeben hatte. »Ich werde was?«

»War das eigentlich die Klasse von Signora Ortelli oder die von Signor Antali?«

»Signor Antali«, erklärte Gigi augenrollend.

Signora Tedeschi blickte missbilligend. »Er ist ein feiner Mann. Gepflegt, gebildet und gut gekleidet – was man nicht von vielen Männern im Ort sagen kann.«

»Hm. Höchstens von denen, mit denen er mal was hatte«, entgegnete Gigi trocken und räusperte sich noch etwas.

»Er mal was …« Die alte Dame seufzte. Weshalb hatte sie das eigentlich nicht gewusst? Immerhin wusste sie es jetzt: nämlich dass sie den Lehrer von der Liste der akzeptablen Schwiegersöhne streichen konnte. »Was sagt man eigentlich über den Ingegnere?«

»Den Ingegnere?«

»Der unser Objekt entdeckt hat.«

»Oh, den Signore aus Mailand! Ich glaube, er ist ein bisschen unglücklich.«

»Ach … und wie das?«

»Tja.« Gigi wich dem Blick der Seniorchefin aus. »Ich weiß nicht so genau.«

»Tatsächlich«, sagte Signora Tedeschi und nahm ihren Teller mit dem Gebäck wieder an sich. »Tja dann …«

»Ähm, und die Sache mit dem Job …«, rief Gigi ihr hinterher. »Was haben Sie denn damit gemeint?«

»Ach«, sagte Signora Tedeschi und hob die Hand, während sie den Museumsshop in Richtung ihrer Küche verließ. »Wo kein Geld ist, kann niemand bezahlt werden.«

»Aber die Gemeinde …«

»Die Gemeinde hat sich das schön ausgerechnet. Aber wenn wir keine Einnahmen haben, dann …« Die Hausherrin ließ den Rest ihrer Ausführungen im Vagen.

»Einen neuen Job?«, hauchte Gigi Rossi und öffnete die Kasse, als wüsste sie nicht, was sie darin finden würde: keine Einnahmen.

***

Wenn besonders wenig los war in dem kleinen Museum, nahm sich Vittoria etwas Zeit, andere Dinge zu erledigen: Einkäufe, Bürokram, Hausarbeiten. Auch wenn ihre Mutter darauf bestand, dass sie ihre Angelegenheiten sehr wohl immer noch selber erledigen konnte, war sie froh, ihr zur Hand gehen zu können. Das war ein Vorteil dessen, dass sie wieder zu Hause eingezogen war. Und so kam es, dass sie die Wäsche, die seit jeher im Keller gewaschen wurde, zum Trocknen die steilen Treppen hinauftrug, wo sie auf der Dachterrasse an die Leine kam. Es war ihr auch deshalb lieber, weil sie die ewigen Diskussionen darüber, ob ihre Unterwäsche sich für eine anständige Frau ziemte (wenn man ihre Mutter fragte: keinesfalls!), auf die Weise gelegentlich vermeiden konnte. Sie musste lediglich damit klarkommen, dass Signor Bergoglio von gegenüber buchstäblich jedes Mal etwas auf seinem Balkon zu tun hatte, wenn Vittoria die Wäsche aufhängte (oder sich zum Sonnenbaden auf die Dachterrasse setzte). »Buona sera, Signorina Vittoria!«, rief er herüber und winkte mit seiner Gießkanne.

»Buona sera, Signor Bergoglio.« Bloß kein Gespräch anfangen!

»Ihr Oleander ist wundervoll dieses Jahr!«

»Ja, danke. Wir freuen uns auch.«

»Aber Sie sollten ihn vielleicht festbinden. Er ist inzwischen so groß … wenn ein Unwetter kommt, könnte es gefährlich werden.«

»Ja, vielleicht.«

»Ich kann es gerne für Sie machen!«, schlug der alte Herr vor und stellte die Gießkanne weg, als wollte er unmittelbar herüberkommen.

»Nicht nötig, Signor Bergoglio«, wehrte Vittoria ab. »Das wird sicher klappen.« Hatte das etwas schroff geklungen? »Und wenn nicht, weiß ich ja jetzt, wo ich Hilfe bekomme.«

»Jederzeit, Signorina, jederzeit.« Er hatte sich schon abgewandt, da drehte er sich noch einmal um. »Und der Mamma geht es gut?«

»Aber ja, Signor Bergoglio. Alles in Ordnung.«

»Das höre ich gerne. Sie ist eine so gute Frau.«

»Das ist sie, ja.«

»Sie sollte nicht alleine leben.«

Auch wenn sie eigentlich kein Gespräch hatte führen wollen, musste sie ihm doch antworten: »Aber ich bin ja wieder hier.«

»Was sehr schön ist, Signorina. Aber das wird sicher nicht allzu lange dauern, nicht wahr?« Und er blickte sie an, als wüsste er mehr als sie selbst. »Und dann?« Er seufzte. »Aber ich bin ja auch hier«, sagte er dann mit einem leisen Lächeln, das Vittoria nicht so recht einzuordnen wusste. »Wann immer sie mich braucht.« Mit diesen Worten verschwand er in seiner Wohnung, ohne auch nur einen Blick auf die Unterwäsche der jungen Frau geworfen zu haben.

***

Natürlich war es Zufall, dass sein Weg zur Arbeit Fabio nun täglich an dem neuen Museum vorbeiführte – und also auch am Museumsladen. Und natürlich war es nichts weiter als ein Reflex, dass sein Blick bei der Gelegenheit jedes Mal das Fenster streifte, hinter dem Vittoria Tedeschi ihre Arbeit tat. Manchmal, wenn es am Abend etwas später geworden war und sich die Dämmerung bereits in die schmalen Gassen von Anghiari geschlichen hatte, konnte er die Signorina zwischen all ihren hübschen Waren erkennen. Und gelegentlich, ganz selten freilich nur, hielt er inne und tat, als suche er etwas in seinen Taschen oder müsse sich den Schnürsenkel zubinden oder bekomme einen Anruf auf seinem Handy oder eine Nachricht, die unbedingt in diesem Augenblick und ohne weitere Verzögerung beantwortet werden müsse. Dann konnte er der jungen Frau ein wenig zusehen, wie sie (meist) auf Kunden wartete oder (selten) Kunden bediente.

Einmal, aber das war selbstverständlich die große Ausnahme, wollte es der Zufall, dass Fabio ein Foto des neuen Museo Leonardo machte, auf dem durch das erleuchtete Fenster des Shops die Inhaberin zu erkennen war. Und der Zufall wollte es außerdem, dass sie gerade in dem Moment zum Fenster hin blickte, wodurch ihr an jenem Abend leicht melancholischer Blick sich auf einer Fotografie verewigte, die Fabio in der Folge nicht selten betrachtete – um nicht zu sagen: ständig.

Es konnte aber auch passieren, dass der Laden gerade leer und selbst bei etwas aufdringlicherem Hineinblicken niemand zu sehen war, insbesondere nicht die reizende Inhaberin. Was außerdem passierte, aber von Dritten, namentlich von Fabio Contagno gänzlich unbemerkt blieb, war, dass der Betrachter seinerseits betrachtet wurde, und zwar von einem Paar Adleraugen, die sich hinter einem dunklen Fenster im Nebengebäude verbargen.

Es war dies nicht einmal ein unfreundlicher Blick, weshalb auch, Signora Tedeschi, zu dem er, wie unschwer zu erraten ist, gehörte, hatte ja im Besonderen nichts gegen den jungen Mann aus dem Norden. Nur im Allgemeinen hegte sie eine gewisse Sorge, oder vielmehr: eine sehr gewisse. Die Sorge, dass sich ihre Tochter einmal mehr Hals über Kopf und vor allem in den falschen Mann verlieben könnte. Was es nun einmal zu verhindern galt. Und Loredana Tedeschi hatte sich klar zum Ziel gesetzt, die Zügel straff in der Hand zu halten.

Ein junger Mann, der von seinem Arbeitgeber mal hierhin, mal dorthin geschickt wurde, der mit seiner ständigen Zeichnerei geradezu wie ein Künstler wirkte, der … nun gut, ein solcher Verehrer kam schlicht nicht ernsthaft in Betracht. Und wer nicht *ernsthaft* in Betracht kam, der sollte lieber *gar nicht* in Betracht gezogen werden.

Es war nicht das erste Mal, dass der alten Dame der Verehrer ihrer Tochter aufgefallen war, wie er vor dem Museum herumlungerte. Er war dabei durchaus einfallsreich, was Signora Tedeschi amüsiert hätte, wäre es nicht um eine so ernste Angelegenheit gegangen. Einmal hatte er getan, als hätte er etwas verloren, um irgendwann – nach geraumer Zeit! – eine Münze in die Höhe zu halten, als müsse er aller Welt zeigen, dass die Suche kein Schwindel gewesen war. Ein anderes Mal hatte er sage und schreibe eine halbe Stunde dem Sermon der alten Bruna von gegenüber gelauscht, die ja jedem die Ohren vollschwätzte, der nicht schnell genug fliehen konnte, und so maßgeblich zum medizinischen Allgemeinwissen des Ortes beitrug (weil sie nun einmal buchstäblich alles schon gehabt oder immer noch hatte, was ein Lexikon der Allgemeinmedizin nur herzugeben imstande war). Und einmal hatte er sich schlicht an einen Weinstand am Wochenmarkt gestellt und sich durch Giovanni Gherardis gesammelte Werke verkosten lassen, bis der alte Gherardi seine Flaschen wieder zugekorkt und das Weite gesucht hatte. Eine denkwürdige Veranstaltung, nicht zuletzt, weil der Ingenieur an jenem Abend noch vier oder fünf weitere Male an der »Casa Leonarda« vorbeigelaufen war – und das nicht eben sehr gerade.

Nun also auch noch eine Fotografie! Ganz klar, dass er Vittoria geknipst hatte, der Lustmolch. Aber so leicht würde ihn Signora Tedeschi nicht davonkommen lassen. Keine Minute später stand sie draußen und schenkte ihm ihr schönstes und falschestes Lächeln.

»Ah, Signore Contagno! Sie können mir helfen!«

»Signora Tedeschi, buona sera!«

»Sie verstehen doch etwas von Technik.«

»Na ja …«

»Vielleicht können Sie sich mal mein Telefon anschauen.« Der Griff, mit dem sie ihn am Arm packte, hätte auch weniger empathischen Zeitgenossen verständlich gemacht, dass das keine Frage oder Bitte war, sondern eine klare Ansage.

»Nun ja, von Telefonen verstehe ich nicht besonders viel, wenn ich ehrlich bin.«

»Ach, Sie sind immer so bescheiden, Signore.« Schon schob sie ihn über die Schwelle ihres Hauses und schubste ihn in die ihm so wohlbekannte Küche. »Gleich dort drüben!« Sie deutete auf ein kleines Tischchen, auf dem – entzückend auf einem Spitzendeckchen arrangiert – ein altertümlicher Telefonapparat stand. »Und vielleicht können Sie mir Ihres solange leihen? Nur ein sehr dringender Anruf …«

»Gewiss, Signora … sicher.« Fabio nahm sein Handy heraus und hielt es ihr hin.

»Die PIN.«

»Bitte?«

»Sie müssen die Geheimnummer eingeben, damit ich es benutzen kann.«

»Natürlich … scusi.« Leicht errötend tippte Fabio seine Geheimnummer ein und reichte der alten Dame dann das Handy. »Wenn Sie telefonieren wollen, dann …«

»Das weiß ich alles«, winkte sie ab und wedelte mit der anderen Hand Richtung ihres Steinzeitapparats. »Kümmern Sie sich nur um mein Telefon.«

Was er dann auch tat, während Signora Tedeschi mit dem Handy wieder vor der Tür verschwand.

»Nur das Kabel«, erklärte Fabio, der zwei Minuten später zu ihr trat, und hob in einer fröhlichen Geste die Hände. »Es war irgendwie aus der Dose gerutscht.«

»Seltsam, nicht wahr? Manchmal könnte man glauben, es spukt in diesen alten Gemäuern.« Sie nickte ihm noch einmal zu, drückte ihm sein Smartphone wieder in die Hand und verschwand im Haus, ohne noch etwas zu sagen.

Dass die Aufnahme mit Vittoria Tedeschi aus seinen Fotos verschwunden war, fiel ihm nur wenig später auf, als er das Bild bei einem Glas Montepulciano im Gianni's betrachten wollte. Manchmal hätte man glauben können, es spuke auch in solchen modernen Kommunikationsmitteln.

***

Als am nächsten Morgen der gelbe Lamborghini von Pino Rossi vorfuhr und dessen Besitzer das Museum vom Ende her betrat, nämlich vom Shop aus, dachte sich Vittoria noch nicht sehr viel. Pino versuchte es einmal wieder bei ihr, er war eben unverbesserlich – und ein treuer Verehrer, trotz all seiner Fehler und Absonderlichkeiten.

Wie es der Zufall wollte, war auch Signor Contagno auf dem Weg zu seiner Arbeit in dem kleinen Laden vorbeigekommen, und er hatte gerade begonnen, Vittoria von einer Idee zu erzählen, indem er ihr seinen Skizzenblock (denselben, den er kürzlich bei ihr gekauft hatte) vorlegte und auf eine Zeichnung deutete, über der in feiner Schrift *Camera Oscura nach Leonardo* geschrieben stand. Das Bild stellte eine Art Schachtel oder Kiste dar, in die offensichtlich durch ein kleines Loch Lichtstrahlen fielen, die ein auf dem Kopf stehendes Abbild einer Frau erzeugten, die vor der Schachtel stand.

»Ich habe mir erlaubt, Sie hier als Modell zu nehmen«, erklärte Fabio lächelnd. »Und sehen Sie, wenn das Licht, das Sie ausstrahlen, also wenn Ihr Bild durch …« Vittoria hörte nur mit halbem Ohr zu, weil die Ankunft Pino Rossis eine Art Fluchtreflex in ihr auslöste. »… hat jedenfalls schon Leonardo benutzt«, schloss Fabio und klappte seinen Block zu. »Deshalb dachte ich, es wäre doch eine gute Idee, sozusagen Leonardos Camera Oscura in Ihrem Shop anzubieten. Soweit ich weiß, gibt es das nicht. Und es ist nicht schwer, sich am Kenntnisstand der Renaissance zu orientieren.«

»Ja«, murmelte Vittoria. »Jaja, das klingt großartig.« Wie gesagt, bei der Ankunft Pino Rossis dachte sie sich noch nicht sehr viel. Als aber auf der kleinen Piazza Goffredo Mameli kurz nacheinander zwei Reisebusse hielten, denen Senioren in großer Zahl entstiegen, war zumindest für gewisses Aufsehen gesorgt. Vittoria musste den Ingenieur mit einem entschuldigenden Schulterzucken vertrösten und ihren anderen Gast, der seinen ebenso weltmännischen wie kennerischen Blick über das Sortiment des kleinen Ladens schweifen ließ, für einen Moment alleine lassen, um sich ein Bild von der Lage zu machen. Denn es war ziemlich offensichtlich, dass all die Rentnerinnen und Rentner sich anschickten, dem Museo Leonardo zuzustreben.

Hundert Besucher, dachte Vittoria und überschlug im Kopf die Einnahmen, hundert, wenn nicht sogar mehr Menschen, die den Rhombenkuboktaeder zu sehen begehrten, die sich aber womöglich nachher auch noch in ihrem Shop drängen würden. Nervös fuhr sie sich über die Stirn. Sie würde an der Kasse aushelfen, ja, das würde sie, sonst wäre Gigi völlig überfordert. Rasch steckte sie ihren Kopf noch einmal in den kleinen Laden und rief Pino Rossi zu: »Entschuldige, ich muss an der Kasse aushelfen. Wir sehen uns später.«

»Was kostet so ein Daniel von Michelangelo?«

»Daniel? Du meinst David!«

»Okay, was kostet so einer?« Pino Rossi deutete auf den Miniaturdavid, der immer noch so groß war wie eine mittlere Tischvase.

»Sechzig, Pino. Ich muss rüber.«

»Sechzig? Kannst du mir davon …« Er überlegte kurz. »Fünfzig Stück organisieren?«

Vittoria hielt verwirrt inne. Fünfzig Repliken von Michelangelos David zu je sechzig Euro? »Was willst du denn mit fünfzig Skulpturen?«

»Ist wirklich nett, was du so alles im Angebot hast. Wenn ich alles auf einmal nehme, was würde mich das denn kosten?«

»Alles auf einmal? Ich … also, ich weiß wirklich nicht …« Vorsichtig trat Vittoria auf ihren ehemaligen Mitschüler zu, der sich immer noch mit Kennermiene umsah. »Ich finde ja dieses Standbild von dem Mann beim Kacken auch irgendwie cool«, stellte er fest und deutete auf die nicht ganz gelungene Gipsnachbildung der berühmten Bronze.

»Rodins Denker?«

»Auf dem Klo habe ich auch immer die besten Ideen«, erklärte Pino verständnisvoll. »Aber ich weiß nicht, ob man sowas den alten Leuten hinstellen kann. Ich meine, andererseits sind die sowieso den halben Tag auf dem stillen Örtchen …«

»Welchen alten Leuten? Wovon sprichst du überhaupt, Pino? Willst du mich auf den Arm nehmen?«

»Hör mal, bellissima, wir zwei müssen zusammen helfen, oder? Ich meine, du und ich …« Den Rest überließ er ihrer Phantasie, wobei er nicht zögerte, mit eindeutigen Blicken behilflich zu sein.

»Hast du was getrunken? Wovon sprichst du eigentlich, Pino?« Hinter Vittoria schoben sich nun ganze Rentnerhorden durch die Eingangstür in Richtung Kasse. Plötzlich kam ihr ein Verdacht: »Sind die von dir organisiert worden? Hast du die alle hierher gekarrt?« Endlich ging ihr ein Licht auf: Pinos Baugesellschaft unterhielt auch zwei Altenheime in Siena und in Perugia! Natürlich, er saß an der Quelle! Und er wusste, wie man diese Quelle zum Sprudeln brachte.

Mit einem Grinsen, das seine beiden Goldzähne nicht aussparte, breitete Pino Rossi die Arme aus und zwinkerte ihr zu. »Die wollen auch mal raus«, sagte er. »Ich mag es, wenn ich zwei Fliegen mit einer Klappe schlagen kann.«

Im Hintergrund ertönte zaghaft Gigis Stimme. »Vittoria? Vittoria? Signora Tedeschi?«

»Ich muss rüber«, sagte die Ladenbesitzerin. »Wir sprechen später.«

Und in der Tat hätte Vittoria das gerne getan. Doch als sie endlich wieder in den Laden kam, war Pino Rossi verschwunden. Dafür hatte sie in den E-Mails eine Bestellung der Betreibergesellschaft *Rossini Residences* über fünfzig Exemplare von Michelangelos Daniel zu je sechzig Euro sowie etliche andere Stücke aus ihrem Sortiment, insbesondere Untersetzer, Servietten, Vasen und Puzzles, jeweils in größeren Stückzahlen »zum nächstmöglichen Termin und gegen Vorkasse mit der Bitte um Rechnungstellung«. Vittoria fragte sich, ob sie diese Bestellung annehmen konnte oder ob ihr Verehrer sich in dem Fall etwas von ihr erwartete, was ihm zu bieten sie sicher nicht gewillt war.

***

Das Fass war voll. Endgültig. Und die Aktion mit den alten Schachteln und Tattergreisen hatte es zum Überlaufen gebracht. Vittoria mochte das abtun, wie sie wollte, Signora Tedeschi wusste es besser: Was zunächst noch wie ein Spaß aussah, wurde irgendwann ernst. Und diese Art von Ernsthaftigkeit konnte eine Frau wie Vittoria noch weniger brauchen wie die Art von Scherz.

Hastig packte die alte Dame ein paar Gläser selbstgemachter Marmelade (Blaubeeren mit Sellerie, Himbeer-Tomate und Gurke-Vanille) in einen Korb und huschte zur Tür hinaus, ehe die Busladungen von Uromas und Uropas es unmöglich machten. Vollkommen unabsichtlich schrammte sie mit ihrem Schlüssel über die Motorhaube des gelben Lamborghinis, der ein Durchkommen zwischen der Hauswand und dem am nächsten parkenden Bus kaum zuließ. Pech. Er hätte ja nicht vor dem Museum parken müssen. Aber was machte schon so ein Kratzer.

Keine zwei Minuten später stand sie im Büro der »First Lady« von Anghiari (den Frischling am Empfang hatte sie mit einem tödlichen Blick und ein paar umbrischen Flüchen ruhiggestellt). »Luisa! Wir müssen reden.«

»Loredana, meine Liebe! Wie schön, dich zu sehen!«

»Der Wahlkampf ist vorbei, du musst mir nicht mehr schmeicheln.«

»Also gut«, sagte die Frau des Bürgermeisters und setzte sich wieder hin. »Was willst du?«

Signora Tedeschi wartete nicht, ob ihr ein Stuhl angeboten würde. Sie setzte sich, stellte die Marmeladengläser auf den Tisch, registrierte verdrossen die hochgezogene Augenbraue von Luisa Rossi, nahm eine der ihr angebotenen Zigaretten und stellte klar: »Die Sache ist ernst.«

»Ich höre.«

»Es geht um deinen Mann.«

»Meinen Mann?«

»Er muss etwas für mich tun.«

»Va bene. Warum besuchst du ihn nicht selber?«

»Na, für mich wird er es nicht tun, oder?« Signora Tedeschi nahm einen tiefen Zug und lächelte wissend. »Aber für dich, nehme ich an.«

»Hm.« Die Frau des Bürgermeisters griff nach einem der Marmeladengläser. »Himbeer-Tomate? Willst du mich vergiften?«

Signora Tedeschi zuckte die Schultern. »Wenn du es nicht magst, verschenk es weiter.«

Luisa Rossi lachte, was immer ein wenig dreckig klang bei ihr. »Ich wüsste schon ein paar, die ich vergiften möchte«, sagte sie.

»Das gefällt mir an dir, dass du so ehrlich bist.«

Die Augenbraue wanderte sogar noch ein bisschen höher. »Bist *du* neuerdings im Wahlkampf, dass du mir schmeichelst?«

»Ach, das hast du gar nicht nötig«, erklärte Signora Tedeschi. »Und ich übrigens auch nicht.«

»Aha?«

Signora Tedeschi seufzte. »Also gut. Ich höre ja, dass das immer noch zwischen uns steht. Unausgesprochen. Irgendwie. Lass es uns ein für alle Mal vom Tisch räumen.«

Signora Rossi sagte nichts, sondern schien nur auf die nächsten Worte zu warten. Signora Tedeschi nickte und tat ihr den Gefallen: »Es tut mir leid. Ich kann nichts dafür, dass wir uns damals in die Quere gekommen sind. Ich wusste gar nicht, dass du ebenfalls ein Auge auf Tedeschi geworfen hattest. Im Nachhinein finde ich, du kannst dich nicht beschweren. Er war ein Windhund und hat mein Leben ruiniert.« Sie hob in einer hilflosen Geste die Arme. »Tempi passati. Wir können es nicht mehr ändern. Ich finde nur, du solltest froh sein, dass du ihn damals nicht bekommen hast. Denn der Schaden liegt ja bei mir.«

Immer noch schwieg die Frau des Bürgermeisters, nahm einen weiteren Zug von ihrer Zigarette, betrachtete die Einmachgläser auf dem Tisch, warf einen Blick auf ihre Rolex und frage schließlich: »Und jetzt willst du was?«

»Jetzt will ich, dass es meiner Tochter nicht auch so geht.« Unwillkürlich senkte Loredana Tedeschi ihre Stimme: »Es geht um den Neffen deines Mannes. Pino.«

ZEHNTES KAPITEL

Neunundsiebzig Monde hat Jupiter!
Einer nur wäre er so gerne gewesen.
Doch er fühlte, wie unüberwindbare Kräfte
ihn von ihr forttrieben. Wie ein unbekannter Meteor
würde er in der Dunkelheit des Alls versinken,
sobald er sich aus ihrem Abglanz gelöst hatte.
DER SOMMER ALLER SOMMER

Die Arbeiten am Palazzo del Vicario näherten sich ihrem Ende. Man hatte die Statik durch eine gewagte, aber zuverlässige Konstruktion von Stahlträgern austariert, die sich – unsichtbar und deshalb vertretbar – durch die ungenutzten Kaminschächte zogen. Man hatte die faulen Holzbalken aus den Decken gezogen und durch neue ersetzt, Pinienholz, wie es der regionalen Methode entsprach. Einige ausgebrochene Ziegel waren aufwendig erneuert worden (aufwendig, weil man das umgebende Mauerwerk hatte lockern und alle Steine neu ineinanderfügen müssen). Diese und einige andere Arbeiten sollten das Bauwerk über die nächsten Jahrhunderte retten. All die Arbeit und Mühe, die man sich antat: Man investierte sie in das Erbe, das man späteren Generationen weiterzugeben gedachte. Fabio Contagno liebte diese Art von Aufträgen. Sie bildeten eine Brücke zwischen der überlieferten Kultur und den modernsten Techniken des Ingenieurswesens und des Handwerks. Sein Vater war einfacher Maurer gewesen, aber ein kluger und ehrgeiziger Mann. In seinen späten Jahren waren ihm etliche Bauleitungen übertragen worden, darunter sogar die Rekonstruktion eines griechischen Amphitheaters auf Sizilien.

Und nun stand er im Schatten des gewaltigen Bauwerks aus dem sechzehnten Jahrhundert und konnte nicht umhin, es auch ein klein wenig als sein eigenes Werk zu betrachten. Wann immer er nach Anghiari zurückkehren würde, er würde das Gefühl haben, ein Stück weit nach Hause zu kommen – falls er denn jemals wieder hierher finden würde.

So sehr er sich dafür einsetzte, seine Arbeit gewissenhaft und nach Möglichkeit pünktlich zu Ende zu bringen, so sehr bedauerte er es oft, wenn sie vollbracht war. Es hieß dann Abschied nehmen, etwas hinter sich lassen – und darin war Fabio Contagno nie gut gewesen. Abschiede waren nicht sein Talent. Vielleicht lag es daran, dass ihm das Vertrauen fehlte. Immerhin war es der sizilianische Auftrag gewesen, der den Abschied von seinem Vater bedeutet hatte: Ernesto Contagno hatte seinem Sohn an einem Abend das Amphitheater gezeigt, hatte ihm erklärt, was sie dort taten und worauf es dabei zu achten galt. Beeindruckt von der Wichtigkeit dieser Arbeit, von der Atmosphäre im Dämmerlicht und vom heiligen Ernst seines Vaters war der zehnjährige Fabio mit ihm durch die Gänge gestreift und hatte sich schließlich neben ihn auf die Stufen des Baus gesetzt und auf den rötlichen Schimmer am Horizont geblickt. Dann hatte Ernesto Contagno seinen Jungen zum Bahnhof gebracht, wo die Mutter schon wartete. Es war – keiner von ihnen ahnte es damals – ein Abschied für immer gewesen. Am nächsten Tag war der Vater von einem herabstürzenden Steinblock erschlagen worden.

An jenem Tag war Fabio etwas früher fertig geworden als sonst. Er lenkte seine Schritte hinab ins Zentrum des kleinen Ortes. Nicht nur der Palazzo war ihm ans Herz gewachsen, auch Anghiari als Ganzes. Diese alte Stadt, einst bedeutend und reich, heute nur noch malerisch und verschlafen, aber nicht weniger stolz, war ein Juwel zwischen den berühmteren Schwestern, an denen sich Industrie angesiedelt hatte oder die dem Tourismus zum Opfer gefallen waren. In Anghiari gab es noch eine gewachsene Gemeinschaft, es gab kleine Läden, solides Handwerk, pragmatische Bürger, die sich nicht zur Schau stellten, sondern etwas auf ihre Eigenständigkeit hielten. Nun gut, inzwischen gab es ein zweites Museum. Fabio war – ohne es eigentlich zu beabsichtigen! – vor dem Museo Leonardo gelandet, dessen erleuchtete Fenster zur Gasse hin strahlten. Und im Rahmen eines dieser Fenster stand, wie hingemalt, die Besitzerin. Er spürte, wie sein Herz schneller schlug.

Kurzentschlossen betrat er das Museum und bog direkt zu dem kleinen Laden ab. »Buona sera, Signorina«, grüßte er und verbeugte sich leicht.

»Oh, buona sera, Signore Contagno!« Vittoria fuhr sich mit den Händen übers Gesicht und versuchte ein Lächeln.

»Was für ein schönes Stück«, würdigte Fabio die prächtige Theke, deren Mahagonicorpus von einer mächtigen Marmorplatte bedeckt war und hinter die die junge Verkäuferin getreten war. Unwillkürlich ließ er seine Finger darübergleiten.

»Sie stand früher im *Caffè Corso*«, erklärte Vittoria, die seine Bewegungen sehr genau registriert hatte.

»Aha? Gibt es das nicht noch?«

»Aber sicher, Signore! Man hat nur modernisiert.«

»Und dann mustert man ein solches Prachtstück aus? Wie dumm.«

»Na ja. Gut für mich.« Vittoria zuckte die Achseln.

»So gesehen …« Fabio suchte ihr Lächeln, doch die Melancholie in ihren Augen blieb ihm nicht verborgen. »Ich werde Anghiari bald verlassen müssen«, erklärte er.

»Oh! Das tut mir leid.«

»Ja«, erklärte der junge Mann. »Und leider habe ich noch niemanden gefunden, der mir eine größere Anzahl von Telescriptoren machen könnte. Also Ihnen.«

»Telescriptoren?«

»Den Schreibgeräten, mit denen man wie Leonardo schreiben kann.«

Vittoria lachte. »Ach, wenn Sie es so sagen, dann müssen wir uns wohl eingestehen, dass sowieso niemand wie Leonardo schreiben kann. Es sieht nur so aus, wenn man den Telescriptor benutzt.«

»Da sagen Sie ein wahres Wort«, stimmte Fabio in ihr Lachen ein. »Trotzdem tut es mir leid um den Auftrag. Des Internetshops der Uffizien, meine ich.«

»Ja, das wäre schon hilfreich gewesen«, gestand die junge Frau ein. »Andererseits – wer will schon online verkaufen? Das hat doch gar keinen Zauber.«

»Einen Zauber wie Ihr Laden hier mit Ihnen hinter der Theke«, erklärte Fabio, »einen solchen Zauber kann nichts haben.«

Vittoria schwieg. Verlegenheit breitete sich aus, und Fabio sah sich neugieriger um, als er war. Er zögerte einen Augenblick. Dann schien ihm etwas einzufallen. »Ich liebe diese Spieluhr«, sagte Fabio und nahm ein entzückendes kleines Kunstwerk aus einer der Vitrinen, eine Box, der, wenn man sie öffnete, nicht nur eine sich drehende Ballerina entstieg, sondern auch ein liebliches Lied, etwas von Tschaikowski, wenn er sich nicht täuschte. Die Spieluhr erinnerte ihn an seine Schwester, die schon als Kind gestorben war, und die ein ähnliches Exemplar gehabt hatte.

»Ja, ich mag sie auch sehr gerne«, entgegnete Vittoria mit einem Lächeln. »Sonst gäbe es sie hier gar nicht. Eigentlich passt sie ja nicht in einen Museumsladen.«

»Das stimmt«, pflichtete Fabio ihr bei. »Wenn es nicht gerade ein Ballett-Museum ist … Aber ich bin sicher, Leonardo hätte sie auch gefallen.«

»Vielleicht. Wahrscheinlich hätte er sich noch etwas viel Raffinierteres ausgedacht.«

»Ich nehme sie.«

»Die Spieluhr?«

»Ja. Sie erinnert mich an jemanden.« Ohne ein weiteres Wort legte Fabio zehn Euro auf die Theke, wartete auch nicht auf Wechselgeld oder darauf, dass die Ladenbesitzerin sie ihm einwickelte, sondern war im nächsten Moment zur Tür hinaus.

Überrascht blickte Vittoria ihm hinterher. An wen sie ihn wohl erinnern mochte? Es musste jemand sein, der ihm sehr am Herzen lag.

***

Als er wieder in seiner Unterkunft in der Via Giordano Bruno angekommen war, erwartete ihn Signora Perazzo bereits. »Soll ich Ihnen noch etwas zu essen machen, Ingegnere?«, fragte die Vermieterin, die stets Wert darauf legte, ihn mit dem ihm zustehenden Titel anzusprechen. »Ich habe noch etwas Lasagne übrig. Oder ich mache Ihnen eine Omlette?«

»Nein, danke, Signora Perazzo«, lehnte er ab. »Ich werde später noch zum Essen aus dem Haus gehen. Sehr freundlich.«

»Va bene, dann wünsche ich Ihnen einen schönen Abend, Ingegnere.«

»Danke, Signora ... Ihnen auch.« Er hielt inne. »Ach«, sagte er, »vielleicht hätten Sie ein Glas kalte Milch für mich?«

»Milch? Aber natürlich!«, sagte sie dann und eilte in ihre Küche, um ihm das Gewünschte zu holen.

»Grazie«, sagte er. Dann stieg er, das Päckchen mit der Ballerina in der einen, die Milch in der anderen Hand, zu seinem Zimmer hinauf.

Gedankenversunken packte Fabio die Spieluhr aus Signora Tedeschis kleinem Laden aus und stellte sie vor sich auf den Tisch. Er klappte das Kästchen auf, und die entzückende Puppe drehte sich sogleich im Kreis, während leise eine Melodie ertönte, *Schwanensee* vielleicht oder *Der Nussknacker*, und sich mit den Geräuschen der abendlichen Stadt vermischte, den

Stimmen, dem geringer werdenden Straßenverkehr, dem gelegentlichen Bellen eines Hundes, den Grillen, die in den Bäumen am Hügel saßen, den Vögeln, dem Klirren von Geschirr, weil irgendwo der Tisch gedeckt wurde … und dem Miauen einer Katze, die plötzlich – als hätte jemand sie dorthin gezaubert! – vor ihm auf dem Fenstersims stand und auf ihn herabblickte.

***

Als Vittoria von ein paar Besorgungen zurück in den Laden kam (Gigi hatte zwischenzeitlich über ihn gewacht und war sichtlich genervt, weil es spät geworden war), stand ein kleines Päckchen auf der Theke. »Weißt du, was das ist?«

»Hat jemand für dich abgegeben«, murmelte Gigi, während sie sich weiter irgendeinen Videoclip auf dem Handy ansah.

»Jemand?«

»Der Typ. Der Architekt.«

»Architekt?«

»Na, der immer hier ist«, maulte Gigi, die sich gestört fühlte. »Dein Verehrer.«

»Ich habe keinen Verehrer«, erklärte Vittoria. Gigi blickte mit großen Augen auf. Dann lachte sie. »Du hast *nur* Verehrer!«

»Na, dann weiß ich jetzt genauso viel wie vorher«, sagte Vittoria trocken und öffnete das Päckchen. Es war die Spieluhr. Sie klappte die Dose auf – und während sich die Ballerina drehte und eine leise Melodie aus *Schwanensee* ertönte, stiegen winzige Seifenblasen in die Luft und wirbelten um die zierliche Figur herum, um sich schließlich im Raum zu verteilen. Vittoria konnte einen entzückten Aufschrei nicht unterdrücken. Unter den neugierigen Augen von Gigi nahm sie ein Zettelchen zur Hand, das in der Dose lag:

Vielleicht nicht Leonardos Idee – aber eine hübsche Ergänzung?
Herzlich
Ihr
Fabio C.

***

Es war nicht die Katze der Signorina. Genau genommen war es überhaupt keine Katze, sondern ein Kater, was allerdings Fabio Contagno nicht unterscheiden konnte. Insoweit war der Name, den er dem Tier gegeben hatte, nicht nur etwas unpassend, sondern wäre vermutlich für die Gioconda auch einigermaßen befremdlich gewesen. Dem übrigens durchaus klugen Tier dürfte es eher egal sein, wie es von einem Menschen genannt wurde, dem es zwar ebenso unvermittelt wie zufällig, aber dennoch durchaus gerne begegnet war. Denn kaum hatte man sich in den jeweiligen Dialekten der Landessprache begrüßt, griff der junge Mann neben sich und stellte sodann eine Tasse Milch auf das Fensterbrett. Köstliche Milch, wie der Kater namens Gioconda (die »Taufe« würde erst später am Abend stattfinden) sogleich feststellte. Eine vertrauensbildende Maßnahme des Menschen, die am Anfang einer langjährigen Freundschaft stehen sollte, auch wenn das nicht zu erwarten gewesen wäre, weil der Signore aus der Dachkammer am nächsten Tag Anghiari wieder zu verlassen gedachte.

Doch manchmal kommt es anders als geplant, was keine neue Erkenntnis ist. Am nächsten Morgen war Fabio Contagno bereits im Begriff, seine Tasche zu packen, als ihm ein Falter ins Auge fiel, der sich auf dem Fensterrahmen niedergelassen hatte und nun behutsam seine Flügel auf und zu klappte, genau an jenem Platz, an dem am Vorabend Gioconda aufgetaucht war. »Schon wieder Besuch?«, sagte er und trat vorsichtig auf das zierliche Tier zu, um es etwas näher zu betrachten. Es hatte schwarze Flügel mit weißen Tupfern, und um den schwarzen, schlanken Leib (der übrigens sehr gerade geformt war, wie Fabio erstaunt feststellte) wanden sich zwei Streifen in kräftigem Gelb. Fabio liebte diese Zauberwerke der Natur: so zart und zugleich so widerstandsfähig, so lieblich und doch von nahezu überirdischer Eleganz. »Eine Amata Pheaga«, flüsterte er. Und noch eine zweite, wie er feststellte, an der Fensterlaibung. Rasch griff er zu seinem Block und einem Stift, um eine Skizze der Falter zu machen. Zu seinem eigenen Erstaunen war wenige Striche später eine Idee geboren, mit der er Signorina Tedeschi vielleicht eine Freude machen konnte. Eine Idee, die ein Anfang werden könnte, wie er sogleich erkannte: ein Anfang für die Lösung des Problems. »Danke«, sagte er mit einer leichten Verneigung vor den Pheagae – und als hätten sie nur dies noch abgewartet, flatterten die Falter davon, um sich binnen Augenblicken im Himmel über Anghiari zu verlieren.

Für Fabio Contagno reichten diese Sekunden, um seinen Entschluss zu fassen: Er würde noch nicht abreisen. Vorher hatte er noch etwas Wichtiges zu erledigen.

***

Katzen haben bekanntlich sieben Leben. Eine Behauptung, die man – möchte man sie wörtlich nehmen – gerne ins Reich der Legenden verweisen kann. Manche freilich haben zumindest zwei Leben oder besser gesagt: ein Doppelleben. Für den Kater namens Gioconda galt das jedenfalls. Pflegte er üblicherweise die Gastfreundschaft des Metzgers Toscanini anzunehmen, der die Qualität seiner Salsiccia vom Urteil Rigolettos (so dessen ursprünglicher Name für Gioconda) abhängig machte, so fand sich das Tier seit jenem Abend am Fenstersims gerne auch zu einem nächtlichen Umtrunk im Zimmer des jungen Mannes unter dem Dach der Signorina Perazzo ein (wenn er sich nicht als Fausto im Haus oder Hof der Signora Tedeschi aufhielt). Einmal hatte dieser neue Mensch mit seinem Stift über das Papier gekritzelt, und am Ende war wie durch Zauberhand ein Bild entstanden, das eine Katze zeigte oder vielmehr: einen Kater. Ein Abbild seiner selbst! Hätte Rigoletto beziehungsweise Fausto an einen Gott geglaubt, er hätte ihn in diesem jungen Mann sehen müssen, dem das Unglaubliche gelungen war, nämlich einen Kater zu erschaffen! Wenn auch nur einen leblosen auf Papier. So staunte er nur und beschloss, diesen außergewöhnlichen Menschen im Auge zu behalten.

Fabio, der von den Überlegungen des Katers nichts wusste, freute sich jeden Abend, wenn das Tier auf seinem Fenstersims auftauchte. Bald wartete er schon darauf und vergaß nie, sich von Signora Perazzo noch eine Tasse Milch mit aufs Zimmer geben zu lassen. Er versuchte sich auch an einer Zeichnung mit

Nachthimmel im Hintergrund. Doch der sichelförmige Mond mochte in Bleistift auf Papier nicht richtig wirken.

»Bald werden wir Vollmond haben«, erklärte der junge Ingenieur dem Tier, das neugierig über seine Hände stieg und an der Zeichnung schnupperte. »Und nicht nur das, es ist eine Mondfinsternis angekündigt, stell dir vor!«

Fabio fragte sich, wie ein solches Ereignis auf Tiere, die doch über einen besonderen Sinn für Naturphänomene verfügten, wirken mochte. Fausto fragte sich, worüber dieser Mensch wohl sprach, entschied dann aber, dass es so belanglos war wie alles, worüber Menschen sprachen.

»Man müsste …«, murmelte Fabio. »Man könnte …« Dann riss er das missratene Blatt mit der Katze vor Mondsichel ab und ließ seinen Stift über frisches Weiß tanzen, choreografiert von einer Idee, die in wenigen Strichen Gestalt annahm und dabei doch so viel größer war als alle anderen Ideen, die er bisher für das Museum skizziert hatte.

***

Nach einiger Zeit, warum auch immer, schien sich das Museum einer größeren Neugier unter den Einwohnern Anghiaris zu erfreuen. Seltsamerweise suchten die meisten Besucher allerdings nur den Museumsladen auf, ohne jedoch etwas einzukaufen. Es waren vor allem männliche Kunden, die sich von der Inhaberin allerlei Gegenstände erklären ließen, die sich das ganze Sortiment an Tüchern und Schals vorführen ließen, die neugierig auf die Schreibwaren blickten (und darüber hinweg auf die andere Seite der Ladentheke, wo sich Signorina Tedeschi befand).

Mario Datti zum Beispiel! Sein Weg führte ihn neuerdings häufig an die Piazza Goffredo Mameli. Da konnte er kaum je widerstehen, einen kleinen Abstecher in das Museum zu machen. Für die Ausstellung war leider nie genug Zeit. Aber das Sortiment in dem kleinen Museumsladen war ja bekanntlich auch Kultur, und als solche eine löbliche Angelegenheit. Es gab eine kleine Kollektion von Taschenspiegeln mit Mucha-Aufdrucken, Jugendstil-Imitate, die es ihm offenbar besonders angetan hatten. Regelmäßig nahm er sie nacheinander zur Hand und prüfte sie sehr sorgfältig. Reiner Zufall, dass er sie dabei stets so hielt, dass hinter seiner Schulter die Rückenansicht von Vittoria Tedeschi zu sehen war.

Oder Enrico di Penzo. Fachmännisch inspizierte er die Karten an den beiden Drehständern. Man durfte annehmen, dass er einiges davon verstand, da ein Cousin seines Patenonkels bekanntlich eine Druckerei in der Nähe von Genua besaß. Wenn gelegentlich sein Blick durch den Drehständer hindurch fiel und auf der Inhaberin haften blieb, so gewiss nur, weil er in Gedanken über die Qualität und Machart der Papeterie war.

Michele Manzo! Er war irgendwann auf die Idee verfallen, Selfies von sich zu schießen, und zwar vor jedem Regal. Bis Vittoria ihm einmal angeboten hatte, ihn zu fotografieren, und dabei zufällig entdeckt hatte, dass er keineswegs Selfies gemacht, sondern ständig sie fotografiert hatte. Sein gespieltes Erstaunen hatte dazu geführt, dass sie sich ausgeschüttet hatte vor Lachen – und dass er seither nicht mehr in dem kleinen Laden aufgetaucht war. Doch ein etwas ungutes Gefühl war bei Vittoria verblieben. Zumal die Begebenheit zu einer ausgiebigen Diskussion mit ihrer Mutter geführt hatte.

»Wie kannst du es zulassen, dass alle diese nichtsnutzigen Männer, die keine Frau abbekommen haben, in den Laden kommen?«

»Aber Mamma, es sind doch nicht alle Singles, die …«

»Umso schlimmer! Merkst du nicht, dass sie nichts kaufen?«

»Mamma, so ist das eben. Du gehst auch manchmal bummeln …«

»Bummeln? Vittoria, das sind Männer! Die gehen nicht bummeln!«

»Na ja, du siehst doch …«

»Und wie ich es sehe, Kind! Aber du siehst es nicht. Dass sie nämlich nur deinetwegen in den Laden kommen, die geilen Böcke.«

»Also wirklich, Mamma …« Sie hätte ihrer Mutter gerne erklärt, warum das ganz und gar falsch gedacht war. Doch leider musste sie erkennen, dass sie keine Argumente dafür fand.

Und Fabio Contagno kam. Natürlich. Wobei seine Besuche ganz anders waren. Denn abgesehen davon, dass er immer wieder eine Kleinigkeit zu kaufen pflegte, brachte er auch immer wieder etwas mit. Manchmal war es nur eine Idee, eine Überlegung (und Vittoria war geschmeichelt, wie sehr er sich über ihren kleinen Laden Gedanken machte). Immer wieder aber war es ein kleines Kunstwerk, das er entworfen hatte.

»Diese Schmetterlinge haben sich kürzlich auf mein Fensterbrett gesetzt«, sagte er und hob vorsichtig ein Mobile aus einer Schachtel. »Also, natürlich nicht *diese,* sondern *solche*«, korrigierte er sich. »Amata Pheaga. Das sind natürlich nur Nachbildungen. Ziemlich dilettantische.«

»Im Gegenteil!«, rief Vittoria. »Sie sind wunderschön!« Und das waren sie in der Tat. Zauberhafte kleine Papierfalter in kräftigen Farben: orange, weiß, schwarz. Elegant und lieblich zugleich. »Und das haben Sie selbst gemacht? Sie sind wirklich ein Künstler, nicht nur ein Wissenschaftler!«

Fabio reichte ihr das filigrane Gebilde, und es sah aus, als flatterten die Schmetterlinge um sie her. »Na ja, es war keine große wissenschaftliche Leistung. Und auch keine künstlerische. Ich dachte, vielleicht gefällt es Ihren Kunden.«

»Meinen Kunden?«

»Ich möchte es Ihnen schenken. Für den Laden.«

»Aber Sie können mir nicht all diese Wunderwerke schenken, Signor Contagno.«

»Tja, also ich habe jedenfalls keine Verwendung mehr dafür«, erklärte er und klappte seine Schachtel wieder zu. »Vielleicht findet sich ja sonst jemand, der es mag.«

War da ein Anflug von Enttäuschung? Von Kränkung gar? »Ich habe noch nie ein so wunderschönes Mobile gesehen, Signore«, sagte Vittoria schnell. Und wenn er in ihre Augen sah, musste er erkennen, dass sie es genauso meinte.

»Va bene«, sagte er. »Sie müssen es auch nicht verkaufen. Jedenfalls ist es ein Geschenk.«

»Ich weiß gar nicht, was ich sagen soll.«

»Sie haben schon alles gesagt, was mir wichtig war, Signorina«, erklärte Fabio und suchte den Blick ihrer dunklen Augen. Und für einen Moment schien es ihm, als wäre da … Doch dann flog die Tür auf und Pino Rossi stand im Laden. »Bellissima!«, rief er. »Ist alles wieder gut? Haben wir dir genügend Umsatz gebracht? Meine Rentner waren ganz begeistert von dem Ausflug in dein Museum.«

»Ciao, Pino. Es ist nicht mein Museum. Und deine Rentner waren wahrscheinlich nur froh, dass sie mal aus dem Haus gekommen sind.«

»Und? Dann war das doch für alle eine gute Idee, oder?« Pino Rossi sah sich um. »Deine Regale sind schon wieder voll! Und du verkaufst jetzt auch Spielsachen?« Er deutete auf das Mobile in Vittorias Hand.

»Oh, stell dir vor, das hat Signor Contagno …« Sie deutete auf Fabio – das heißt: Sie deutete dorthin, wo Fabio Contagno eben noch gestanden hatte. Doch der Platz war leer, von dem Ingenieur war nichts mehr zu sehen.

»Ich nehme es mit für meine Nichte«, sagte Pino Rossi großzügig. »Was soll es denn kosten?«

***

Als der Bauunternehmer wenig später wieder auf den Platz trat, sah er den Ingenieur aus dem nahegelegenen Rathaus treten.

»Hey!«, rief er. »Du da!«

Irritiert blickte Fabio Contagno auf. »Meinen Sie mich?«

Pino Rossi war so schnell bei ihm, dass Fabio unwillkürlich einen Schritt zurücktrat. »Dein Werk?« Er fuchtelte mit dem Mobile vor Fabios Gesicht herum und packte den Ingenieur dann am Jackett. »Hier«, knurrte er und stopfte es ihm unter den Arm. »Nimm es wieder mit. Und lass meine Frau in Ruhe, klar? Noch einmal, und ich sorge dafür, dass du dir das Ding nur noch von unten anschauen kannst.«

Fabio, der sich nach der Überrumplung gefasst hatte, stieß den Angreifer von sich und stemmte die Arme in die Seiten. »Wenn Sie nicht wie ein zivilisierter Mensch sprechen können, sollten Sie den Mund halten«, sagte er mit ruhiger Stimme.

Jetzt erst bemerkte Pino Rossi, dass sein Gegenüber einen halben Kopf größer war als er. Er stieß mit dem Zeigefinger in Fabios Richtung. »Noch einmal, Junge. Und du bist tot.«

ELFTES KAPITEL

Sie hätte die Wahrheit sehen können,
hätte ahnen können, was vor sich ging.
Doch sie war blind, wie wir alle es sind,
wenn die entscheidenden Augenblicke
an uns vorüberziehen.

DER SOMMER ALLER SOMMER

Zwischen Signora Tedeschi und ihrer Tochter herrschte seit einigen Tagen ein etwas frostiges Klima. Die alte Dame hatte kein Verständnis für die unbefangene Art, mit der Vittoria der Männerwelt von Anghiari Hoffnungen machte, ob nun absichtlich oder nicht. Klüger wäre es gewesen, Vittoria hätte sich endlich jemanden für eine solide Beziehung gesucht. Jemanden, der nicht ihr Geld durchbrachte (von dem allerdings ohnehin nichts mehr übrig war), mit dem sie Kinder hätte bekommen können (wie lange sollte man um alles in der Welt auf Enkelkinder warten?), jemanden, der sie auf Händen trug, aber eben nicht nur ins Bett.

Es wäre wahrhaftig nicht so schwer gewesen, einen solchen Mann fürs Leben zu finden, Vittoria wirkte schließlich auf die Männer wie ein Magnet. Aber das Kind schien nicht den geringsten Plan zu haben. Nun, immerhin hatte Signora Tedeschi einen Plan, und das musste reichen.

Unter bestimmten Umständen konnte es ein Segen sein, wenn man einen empfindlichen Ischias-Nerv hatte. Gewiss, es war eine Qual. Aber Loredana Tedeschi wäre nicht Loredana Tedeschi gewesen, hätte sie nicht aus jeder Niederlage zwei Siege gemacht. Und so erledigte sie, was zu erledigen war – die Betten machen, die Zeitung lesen, die Blumen gießen –, und schlüpfte dann aus ihrem Kittel in eine ordentlich gebügelte Bluse (die mit dem hübschen Kragen) und einen ihrer besten Röcke (den dunkelblauen), packte noch eine Dose mit selbstgebackenen Cannoli (diesmal nur mit Gianduja, ohne Kümmel und Wacholder) in ihre Handtasche (natürlich nicht die, die sie zum Einkaufen nahm, sondern die, die für Kirchenbesuche reserviert war) und machte sich auf in die Via Taglieschi.

Sie hatte keinen Termin, worüber sie sich ärgerte. Früher hätte sie die Wartezeit durchaus genossen. Aber seit der Zeit von Vittorias Scheidung war ihr der Spaß daran vergangen. Ja, sie konnte die scheinheiligen Fragen schon hören: »Wie geht es denn der armen Vittoria? Ist sie schon darüber hinweggekommen?« – »Hat man eigentlich jemals wieder etwas von diesem unmöglichen … wie hieß er gleich … Luigi gehört?« – »Ich finde ja, Ihre Tochter hält sich wirklich tapfer.« – »Seien Sie froh, dass sie sich kein Kind von ihm hat anhängen lassen!« – »Ach, ein jeder von uns muss schließlich sein Bündel tragen, nicht wahr? Was hat Ihre Tochter denn jetzt vor? Es ist ja nicht mehr so leicht auf dem Markt, wenn man schon einmal geschieden ist, nicht wahr?«

Ha! Vittoria hätte zwar jeden Monat einen neuen Mann heiraten können, wenn sie gewollt hätte. Aber das war dann eben die andere Sorge der alten Signora Tedeschi. Bloß nicht noch einmal den falschen!

Zu ihrer Überraschung war es, anders als erwartet, ganz leer. Sie musste das Zimmer lediglich mit einem Mann teilen – ausgerechnet mit Signor Bergoglio!

»Ah, liebe Loredana!«, rief er, als er sie sah. »Wie schön, Sie hier zu treffen. Ich meine natürlich nicht: hier. Sondern Sie überhaupt zu treffen.«

»Wir haben uns vor ein paar Minuten im Hinterhof gesehen«, erinnerte ihn die alte Dame.

»In der Tat. Aber es ist jedes Mal eine Freude, Sie zu sehen.«

Signora Tedeschi erwiderte nichts. Stattdessen wühlte sie demonstrativ und äußerst konzentriert in ihrer Tasche, um jedes weitere Gespräch zu unterbinden.

»Kennen Sie den Dottore schon?«

Signora Tedeschi entschied sich, an der Stelle lieber mit einer kleinen Ungenauigkeit zu arbeiten. »Nicht wirklich«, sagte sie, was zumindest insofern stimmte, als sie noch nie als Patientin bei ihm gewesen war. »Und Sie?« Sie verfluchte sich innerlich, dass sie den alten Bergoglio damit eingeladen hatte, das Geschwätz fortzusetzen.

»Nein«, sagte er. »Ist ja noch ganz neu in Anghiari. Ich weiß nur, dass er aus Siena stammt.«

Loredana Tedeschi schwieg eisern.

»Ich hoffe, nichts Schlimmes?«, fragte der Nachbar, und er klang ehrlich besorgt.

»Nein. Gott sei Dank.«

Signor Bergoglio nickte. »Gott sei Dank. Bei mir ist es …«

Signora Tedeschi war heilfroh, dass in dem Moment die Sprechstundenhilfe den Kopf hereinstreckte und sagte: »Signora Tedeschi? Sie dürfen dann schon ins Behandlungszimmer gehen.«

***

Man mochte über Pino Rossi denken, was man wollte: Er war ein gerissener Geschäftsmann. Zu dem Ergebnis kam Vittoria, als ihr glühender Verehrer wieder gegangen war. Sein Credo war: Verkaufen ist die Kunst. Alles andere ist nebensächlich. Und um zu verkaufen, musste man zunächst einmal die Nachfrage schaffen, das hieß: das Interesse! Seit sein Onkel Bürgermeister von Anghiari geworden war, hatte Pino Rossi nur ein Ziel: Er wollte die Stadt besitzen, und zwar im wahrsten Sinn des Wortes. Dass der Friseurladen längst ihm gehörte (und auf seine Forderung hin in »Salon Mona Lisa« umbenannt worden war), das war einigermaßen bekannt. Dass er mehrere Mietshäuser über eine auf Malta registrierte Firma besaß, schon weniger. Dass er Partner des Gianni's war, wusste außer ihm selbst nur Gianni (und dessen Frau, die einmal heimlich dessen Papiere durchwühlt hatte und seither noch schlechter schlief als zuvor).

Bedeutender als solche wirtschaftlichen Beteiligungen waren freilich die subtilen Formen der Einflussnahme, die man als die eigentliche Macht bezeichnen konnte. Eine Ahnung von solchen Möglichkeiten bekam Vittoria Tedeschi, als keine halbe Stunde nach Pinos »Ciao, ragazza« ein Mitarbeiter des *Corriere dell'Umbria* bei ihr im Laden stand und erklärte: »Wir werden eine Geschichte über Ihren Laden machen.«

»Über meinen Laden?«

»Über das Museum. Aber wir wollen ein Foto zeigen. Von Ihnen. In Ihrem Laden.«

Vittoria musste lachen. »Sie sollten lieber ein Foto von unserem Rhombenkuboktaeder machen! Das ist schließlich der Grund, warum es das Museum gibt. Eine Jahrhundert-Entdeckung!«

Der Journalist zuckte die Achseln. »Mir wurde gesagt, ich soll über Sie schreiben. Und über Ihren Laden.« Er sah sich um. »Und das Museum. Wir müssen nur noch auf den Fotografen warten.«

»Soll ich Sie in der Zwischenzeit etwas herumführen?« Vittoria ärgerte sich, dass Gigi immer noch nicht aufgetaucht war. Sie konnte nicht gut den Laden und die nebenan gelegene Kasse unbeaufsichtigt lassen, wenn sie nun den Reporter herumführte. Andererseits wäre ein wenig Publicity wirklich wichtig. Vielleicht sollte sie zusperren?

»Lassen Sie mal«, winkte der Journalist ab. »Eigentlich habe ich schon alles gesehen.«

»Aha? Und wer hat Ihnen gesagt, dass Sie über mich schreiben sollen?«

»Mein Chefredakteur natürlich.«

»Ihr Chefredakteur.« Vittoria beobachtete, wie er eine der kleinen David-Statuen in die Hand nahm und betrachtete. »Darf ich fragen, wie der heißt?«

»Carlo«, sagte der Journalist mit einem undefinierbaren Seitenblick. »Carlo Rossi. Wundert mich, dass ausgerechnet Sie das nicht wissen.«

***

Beschwingt stellte Signora Tedeschi die Zutaten für eine feurige Arrabiata bereit, die sie an diesem Abend zu genießen gedachte. Sie hatte noch einige San-Marzano-Tomaten von ihrem Dachgarten geerntet, vom Markt hatte sie einen Bund Chilischoten mitgebracht. Knoblauch gab es in ihrer Küche stets in Hülle und Fülle. Vage glaubte sie sich an ein Rezept zu erinnern, in dem mit Feigen operiert wurde und mit Zitronenessig. Das konnte sie sich ausgezeichnet vorstellen. Und da sie gerade keine Feigen zur Hand hatte, würde es sicherlich auch mit Kiwis ausgezeichnet funktionieren.

Während so die Töpfe schepperten, sie die Messer wetzte und nach einer kleinen Weile allerlei herzhafte Düfte die Küche erfüllten, dachte sie an Dottore Fratelli. Ein gutaussehender, eleganter und – auch wenn es unmodern war, dergleichen festzustellen – gutsituierter Mann. Nicht zu alt. Und auch nicht zu jung! Gerade richtig, um als Schwiegersohn zu passen. Man musste ihn nun nur noch zur rechten Zeit an den rechten Ort bringen. Was alles andere als leicht war, zumal Vittoria den Braten riechen könnte. Und wenn ihr Töchterchen erst einmal den Verdacht hatte, man wollte sie womöglich manipulieren, dann würde sich auch der schönste Plan schneller in Luft auflösen als ein Aspirin in Gin.

Gin! Das war natürlich eine Idee. Leise vor sich hin trällernd, griff Signora Tedeschi nach der Flasche und gab zwei kräftige Schuss hinein (einen in die Sauce, einen in sich selbst). Dafür ließ sie den Zitronenessig weg (zumal sie ohnehin keinen im Haus hatte). »*Signora* Fratelli«, summte sie. »Wenn das nicht gut klingt.«

»Mamma?« Unbemerkt war Vittoria in die Küche getreten. »Ist alles in Ordnung?«

Signora Tedeschi, die eben der Versuchung erlegen war, den Gin noch einmal zur Sicherheit zu kosten, verschluckte sich und musste husten. »Kind!«, keuchte sie, als sie wieder zu Stimme kam. »Erschrick mich nicht. Warum sollte denn nicht alles in Ordnung sein?«

»Du hast gesungen«, erklärte Vittoria und wirkte ratlos.

»Na und?«

»Du hast noch nie gesungen.«

»Ha! Dann wird es Zeit, dass du das weißt.« Die alte Dame räusperte sich. »Dass ich gerne singe.« Und wie zum Beweis versuchte sie ein paar Töne, die womöglich eine Arie aus *La Traviata* nachahmen sollten, aber dann doch eher nach einer sanften Ballade von AC/DC langen, falls es sowas gab.

»Okay«, sagte Vittoria vorsichtig. »Dann weiß ich das jetzt.« Und ebenso vorsichtig verließ sie die Küche bis zum Abendessen wieder und begab sich in ihren Laden, um den an diesem Tag nicht ganz so bestürzenden Kassensturz zu erledigen. Loredana Tedeschi verzichtete darauf, ihrer Tochter vom Ruhm ihrer Jugendstimme zu erzählen. Manche schöne Erinnerung blieb lieber unausgesprochen, so schmerzte sie weniger.

***

»Amata Pheaga«, flüsterte Vittoria, als sie später am Abend – ihr ganzer Körper fühlte sich nach einer sensationell scharfen Arrabiata in Aufruhr – die kleinen Falter über ihrem Kopf betrachtete. An der Stelle hatte in ihrer Kindheit auch ein Mobile gehangen, eines mit bunten, lachenden Plastikfiguren. Süß, aber natürlich kitschig. Sie hatte keine Erinnerung, wer es wann entfernt hatte, ob es kaputt gewesen war oder ob es nur einfach jemanden gestört hatte. Jetzt also hing dieses neue, unendlich zierliche und zauberhafte Mobile von Signor Contagno über ihrem Bett, und es schien fast, als wollten die schwebenden Schmetterlinge sie unmittelbar ins Reich der guten Träume mitnehmen. Erst nach einer Weile bemerkte Vittoria, dass sie die winzigen Kunstwerke anstrahlte, ja dass sie sich beim Betrachten der perfekt kopierten Falter geradezu glücklich fühlte. »Grazie«, sagte sie leise, ohne zu wissen, ob der Dank an die Schmetterlinge gerichtet war oder an ihren begabten Schöpfer. »Es gibt jemanden, der sie mag.«

Wenig später war sie tatsächlich eingeschlafen, nicht ahnend, womit die Presse sie am nächsten Tag überraschen würde.

***

Una Notte Leonarda

Anghiari feiert sein neues Museum mit einer magischen Nacht

Erst vor wenigen Monaten eröffnet, ist das neue Museo Leonardo bereits jetzt ein Publikumsmagnet der kleinen Gemeinde bei Arezzo. Nachdem ein Wissenschaftler zufällig im Haus der alteingesessenen Familie Tedeschi den sogenannten Rombokteder des großen Leonardo da Vinci entdeckt hat, wurde in Rekordzeit das Museum eingerichtet. In einem alten Palazzo beherbergt, präsentiert es Kunstwerke rund um das Jahrtausendgenie. Der Höhepunkt der Ausstellung ist ein prächtiger Museumsladen, in dem die schöne Vittoria Tedeschi allerlei Kostbarkeiten anbietet.

Zum halbjährigen Jubiläum des Museums hat sich die Gemeinde Anghiari etwas ganz Besonderes ausgedacht: Sie feiert die anstehende Mondfinsternis (der Corriere berichtete) mit einer »Notte Leonarda«. Besucher können mit einem Teleskop die Himmelserscheinung beobachten, das dem berühmten Fernrohr von Galilei nachempfunden wurde. Außerdem gibt es im Museumsshop von Signorina Tedeschi einen Leonardo-Cocktail und viele andere Attraktionen. (cf)

Vittoria wusste nicht, ob sie lachen oder sich ärgern sollte. Das Foto, das sie hinter ihrer Ladentheke zeigte, war gelungen, gar keine Frage. Doch weder das Museum noch der Rhombenkuboktaeder wurden gezeigt. Dass der Journalist den Namen dieses Artefakts falsch geschrieben hatte, wunderte sie nicht. Aber dass der Shop als Höhepunkt der Ausstellung gepriesen wurde, war in mehrfacher Hinsicht eine Frechheit.

»Vielleicht hättest du dem Reporter ausnahmsweise einmal keine schönen Augen machen sollen«, knurrte Signora Tedeschi griesgrämig. Sie hatte den Artikel natürlich als Erste gelesen.

»Mamma, ich habe ihm keine schönen Augen gemacht!«

Die alte Dame erwiderte nichts, sondern fuhrwerkte nur an ihrem Herd herum.

»Ich weiß auch gar nicht, wie er auf das alles kommt. Den Leonardo-Cocktail hat er jedenfalls nicht von mir.« Sie knabberte an ihrer Unterlippe. »Und dass wir eine Leonardo-Nacht feiern, das hätte ich auch lieber nicht erst aus der Presse erfahren.«

»Irgendwer ist verantwortlich für den Artikel«, sagte Signora Tedeschi. »Von dem wird er es haben.«

»Pino«, erklärte Vittoria.

»Pino?«

»Rossi.«

»Dio mio!« Die alte Dame warf ihre Schürze über eine Stuhllehne und ließ sich auf die Küchenbank sinken. »Eine Plage. Die Rossis sind eine Plage! Ich habe dir gleich gesagt, du hättest nicht mit ihm essen gehen sollen.« Ihr Blick durchbohrte die Tochter. »Du hast doch nichts mit ihm angefangen?«

»Mamma! Ein Luigi reicht mir. Außerdem ist Pino lächerlich.«

»Das war Luigi auch.«

***

Langsam war es in den Gassen Anghiaris still geworden. Die meisten Einwohner hatten sich in ihre eigenen Häuser zurückgezogen, die Tische der Lokale waren verwaist. Unwillkürlich hatte Fabio seine Schritte zur Piazza Goffredo Mameli gelenkt, wo er gedankenversunken vor dem Museo Leonardo stehen geblieben war. Neben dem Eingang verkündete ein Plakat »La Notte Leonarda« und lud ein:

Betrachten Sie den Nachthimmel wie ein Gelehrter der Renaissance! Das Museo Leonardo bietet Ihnen die Möglichkeit, durch eine Replik des berühmten Teleskops von Galilei die Mondfinsternis zu beobachten. Diese und zahlreiche andere Überraschungen erwarten Sie in der Museumsnacht am 28. August. Sichern Sie sich Ihre Eintrittskarte!

Der letzte Satz war handschriftlich ergänzt worden, und der Schrift nach zu urteilen, tippte Fabio darauf, dass die alte Signora Tedeschi hier den Stift geführt hatte.

»Da kann man nur auf gutes Wetter hoffen«, sagte eine Stimme neben ihm. Fabio wandte sich zur Seite und erkannte den alten Mann, der im Nachbarhaus wohnte. »Buona sera, Signore.«

»Buona sera. Sie sind zurzeit viel hier«, stellte Signor Bergoglio fest.

Fabio nickte. »Ja, das bin ich.«

Eine Weile standen sie schweigend nebeneinander und betrachteten das Plakat. Dann nickte der alte Mann Fabio aufmunternd zu und sagte: »Sie sollten nicht zu verzagt sein.«

»Verzagt?«

»Man muss die Dinge in die Hand nehmen!«

Auch wenn Fabio ahnte, dass der Alte den richtigen Verdacht hegte, setzte er einen fragenden Blick auf.

»Nun, die Signorina ist zwar eine Signora«, erklärte Signor Bergoglio. »Aber die Ehe ist schon einige Zeit geschieden.«

»Geschieden?« Fabio war ehrlich erstaunt. »Aber ich habe ihn doch mehrfach gesehen. Und sie mit ihm.«

»Ihn?«

»Ihren Mann. Den mit dem gelben Sportwagen.«

Für einen Augenblick sah es so aus, als wollte der alte Mann in schallendes Gelächter ausbrechen. Doch dann schüttelte er den Kopf und sagte: »Sie mögen ja ein guter Wissenschaftler sein, Ingegnere. Aber ein guter Menschenkenner sind Sie nicht.«

Als Fabio wenig später wieder am Tisch in seinem Zimmer saß, hatte er die Idee, die alles verändern würde. Er musste sich nur noch ein Kaleidoskop aus dem zauberhaften kleinen Laden im Museo Leonardo besorgen. Doch inzwischen konnte er schon vorarbeiten. Und das tat er: mit geradezu mikrochirurgischer Präzision.

***

Die beiden Nachrichten kamen kurz nacheinander:

Hätten Sie Lust, heute Abend essen zu gehen? Ich würde Sie gerne einladen. 20.00 Uhr in der Casa Sarda?
Vittoria

Und, wenig später:

Ciao, Fabio,
Sie müssen mich leider kurzfristig vertreten. Schwere Gehirnerschütterung. Habe Ihnen einen Flug von Rom

gebucht. Wenn Sie den Zug um 12.40 Uhr nehmen, schaffen Sie es. Danke!
Gruß, Eugenio

Da hatte Fabio der Inhaberin des Museumsladens schon zugesagt. Was so familiär klang, war ein Befehl. Denn Eugenio d'Antarisi war nicht nur der Leiter des Architekturbüros, für das Fabio Contagno arbeitete, sondern auch ein Diktator. Er war es gewohnt, dass seinen »Bitten« stattgegeben wurde. Die Vertretung, die seinem Chef vorschwebte, war nichts weniger als ein Vortrag bei einer Tagung in Venedig, wo man – wie es sich für eine Einladung an die Spitzen der Wirtschaft gehörte – einen Saal im berühmten *Hotel Danieli* gemietet hatte.

Keine Frage, Fabio durfte den Auftrag, seinen Chef zu vertreten – das hieß: seinen Vortrag dort zu halten und sich den Expertenfragen zu stellen –, als außerordentliche Ehre und Anerkennung begreifen. Und unter allen anderen Umständen hätte er das auch getan – ganz abgesehen davon, dass er schon Jahre nicht mehr in der Lagunenstadt gewesen war und sich darauf freute, sie endlich einmal wieder zu besuchen. Das hieß: gefreut *hätte*. Denn ein Abend mit Signorina Tedeschi wäre auch mit einem Trip zum Mond nicht aufzuwiegen gewesen. Und den sollte er nun absagen?

Eine Stunde lang wankte Fabio zwischen Herz und Vernunft, überlegte, ob er seinen Chef versetzen oder die Einladung ausschlagen sollte, bis ihm der Blick zur Uhr vor Augen führte, dass eine Entscheidung mehr als überfällig war. Er hatte noch etwas mehr als eine Stunde zum Bahnhof. D'Antarisi würde jetzt auch keinen Ersatzkandidaten mehr für ihn finden, zumindest keinen, der den Vortrag halten konnte. Innerlich fluchend, tippte er:

Bin auf dem Weg. Bitte den Vortrag so schnell wie möglich schicken! Danke.
Gruß, F. C.

Seinen Rückzieher zum Abendessen würde er lieber persönlich aussprechen. Erstens wollte er kein Feigling sein, zweitens hoffte er, eine Verschiebung verhandeln zu können.

Vielleicht nicht zuverlässig morgen, aber auf jeden Fall übermorgen würde er wieder in Anghiari sein, dann könnten sie ausgehen. Und die Einladung wäre dann natürlich seine.

Nachdem er sich endlich innerlich sortiert hatte, raffte er rasch ein paar Sachen zusammen, die er für die Reise brauchte, dann lief er die Treppen hinunter, gab Signora Perazzo Bescheid, dass er für ein, zwei Tage weg wäre, und eilte hinüber zur Piazza Goffredo

Mameli, wo er Signora Tedeschi antraf – allerdings die Mutter, nicht die Tochter.

***

»Ah, Signorina Tedeschi! Wie schön, Sie zu sehen!«

»Grazie, Signor Bellonzoni. Buon giorno.« Sie schenkte ihm ein unbefangenes Lachen, obwohl sie ein wenig das Gefühl hatte, in die Höhle des Löwen einzutreten.

»Setzen Sie sich hierhin!« Der Friseur wedelte mit einem Tuch, das er über der Schulter getragen hatte, über die Sitzfläche eines Stuhls, von dem aus man durch den Spiegel die Eingangstür und das Schaufenster im Blick hatte, vermutlich, weil er das schätzte, um selbst den Überblick zu haben. Doch auch Vittoria war ganz zufrieden mit dem Platz und setzte sich.

»Was darf es heute sein? Ein neuer Haarschnitt?«

»Eigentlich nicht, Signor Bellonzoni.«

Der Barbier breitete die Arme aus. »Es wäre auch schade. So schöne Locken, so prächtiges Haar.«

»Ein bisschen zu prächtig vielleicht«, merkte Vittoria an.

»Wir arbeiten ein kleines bisschen daran. Nur so viel, dass man wieder gut erkennt, wie schön es ist. Ein bisschen weniger hier, ein klein wenig kürzer da …«

»So wie immer, Signor Bellonzoni, ja?«

»Unbedingt, Signorina, unbedingt!« Er warf ihr ein Tuch über die Schultern. »Aber wir waschen es vorher?«

»Gerne. Ich habe eine Stunde Zeit.«

»Perfetto! Das reicht uns leicht.« Schon hatte er den Stuhl etwas gekippt und hob Vittorias üppiges Haar übers Waschbecken. »Sie sagen, wenn es zu heiß ist oder zu kalt.« Aber natürlich stellte er das Wasser perfekt ein, so wie er überhaupt alles mit größter Sorgfalt tat, denn Signor Bellonzoni war nicht nur ein Meister seines Fachs, sondern auch ein Mann mit Anspruch.

»Leider ist heute nicht viel los«, sagte er nach einer Weile, offenbar weil ihm selbst auffiel, wie leise es im Laden war, wenn man von der unablässig laufenden Musik im Hintergrund absah, einer Endlosschleife des *Barbiers von Sevilla*.

»Das stört mich überhaupt nicht, Signore. Genau genommen ist es mir sogar lieber«, erklärte Vittoria.

»Va bene, Sie müssen eben mit mir vorliebnehmen.«

»Was immer ein Vergnügen ist.«

»Vielen Dank, Signorina … tausend Dank.« Und er schaffte es sogar, sich beim Waschen ihrer Haare zu verbeugen. »Ich habe den Artikel gelesen.« Nicht nötig zu erwähnen, welchen. Vittoria schwieg. »Ein schönes Foto.«

»Mit Ihrem Haarschnitt wäre es noch schöner gewesen.« Vittoria seufzte. Eigentlich hatte sie keine

Lust, sich mit dem Friseur über den Unsinn zu unterhalten, der es in die Zeitung geschafft hatte.

»Eine großartige Idee, die Sache mit der Nacht.«

»Ehrlich gesagt, Signor Bellonzoni, habe ich keine Ahnung, auf wessen Mist sie gewachsen ist. Unsere Idee war es jedenfalls nicht.«

»Aber Sie haben sich ja etwas Schönes dafür überlegt. Ich meine: diese Teleskopsache …«

»Wenn wir das passende Teleskop hätten, wäre es umso einfacher. Auch die Idee war nicht unsere.«

Tatsächlich musste Signor Bellonzoni einige Zeit schweigen.

Damit hatte er offenbar nicht gerechnet. Umso erstaunter war Vittoria, als er wieder das Wort ergriff: »Also ich hätte so eines.«

»So ein was?«

»Teleskop. Es ist nicht ganz getreu die Nachbildung eines Galilei-Fernrohrs, aber wissen Sie, Galilei hat nach heutigen Maßstäben nicht sonderlich viel dadurch gesehen. Umso erstaunlicher, was er alles durch sein Teleskop *erkannt* hat!« Er hob die Hände in einer beredten Geste zum Himmel. »Also, meines hat im Grunde den gleichen Bau, nur dass die Linse nicht handgearbeitet ist.«

Vittoria genoss es, wie er das Shampoo in ihre Haare massierte. »Und wie sind Sie zu einem solchen Teleskop gekommen?«

»Ach, das hat mich schon immer interessiert. Man kann nachts so viel Interessantes sehen …«

Vittoria musste an Signor Bergoglio von gegenüber denken. Wenn er ein solches Fernrohr gehabt hätte … »Und Sie würden uns das wirklich leihen?«

»Es wäre mir ein Vergnügen!«, erklärte der Friseur und begann, das Shampoo wieder auszuwaschen.

»Tja dann … Vielleicht wird ja wirklich ein schönes Ereignis aus der *Notte Leonarda*.« Irgendwie schien sich plötzlich alles zum Guten zu wenden! Signor Contagno hatte die Einladung angenommen, der Friseur würde ihnen sein Teleskop leihen, mit dem sie sich vor einer unsterblichen Blamage bewahrten, der Tag nahm eine überaus erfreuliche Wendung!

***

»Signora Tedeschi? Die ist nicht da«, erklärte die junge Frau, die hinter der Kasse saß und mit einem Auge auch den Shop im Blick hatte, was eigentlich nicht nötig gewesen wäre, weil ja ohnehin niemand sonst im Museum war.

»Und sie kommt auch nicht gleich zurück?«

»Keine Ahnung. Sie hat mich gebeten, für eine Stunde auch den Laden zu machen. War aber noch nichts zu tun bisher.«

»Und das ist wie lange her?«

»Dass nichts zu tun ist?«

»Dass sie Sie gebeten hat, auf den Laden aufzupassen.«

»Keine Ahnung. Hab nicht auf die Uhr geschaut.«

Fabio spürte förmlich, wie ihm die Zeit davonlief. In wenig mehr als einer halben Stunde sollte er in Arezzo in den Zug nach Rom steigen. »Okay«, sagte er. »Würden Sie ihr eine Nachricht von mir geben?« Eine handgeschriebene Entschuldigung war immer noch tausendmal besser als eine blöde Textnachricht auf dem Handy. Persönlicher und stilvoller. Er fummelte seinen Zeichenblock aus der Tasche, doch dann hatte er eine bessere Idee. »Ich nehme ein Set Briefpapier mit Umschlägen«, sagte er und ging hinüber in den Shop, um rasch ein Päckchen *Fiori di Botticelli* aus dem Aufsteller für Papeterie zu nehmen. Wenige Augenblicke später hatte er einige Zeilen geschrieben:

Liebe Signora Tedeschi,
verzeihen Sie bitte, wenn ich heute Abend doch nicht mit Ihnen ausgehen kann. Ich wurde aus geschäftlichen Gründen kurzfristig nach Venedig beordert. Aber es wäre mir eine Ehre, wenn ich Sie meinerseits einladen dürfte, Ende der Woche mit mir zu Abend zu essen, am Freitag oder am Samstag. Nochmals meine Entschuldigung und herzlichste Grüße
Ihr Fabio

Er hatte schon angesetzt, den Nachnamen zu schreiben, doch dann hielt er inne und beließ es beim »C.«. Nur »Fabio« wäre ihm lieber gewesen, aber nun war nicht mehr die Zeit, den Brief noch einmal zu schreiben. Er zeichnete ein kleines Vögelchen daneben und faltete den Brief, steckte ihn in den Umschlag mit Blumen von Botticelli und beschriftete ihn mit »Signorina Vittoria«. Dann reichte er ihn der jungen Frau.

»Wären Sie so lieb, das Vittoria Tedeschi zu geben?«

Die Kassiererin hatte schon die Hand nach dem Brief ausgestreckt, da ertönte in der Tür eine Stimme: »Geben Sie es mir. Ich werde es ihr hinlegen.«

»Signora Tedeschi! Buon giorno. Natürlich, das wäre sehr liebenswürdig.« Obwohl sich irgendetwas in ihm dagegen sträubte, reichte Fabio den Brief der alten Dame, die ihn unverhohlen musterte. »Müssen Sie nicht arbeiten um die Zeit?«

»Ich bin auf dem Weg nach Venedig, Signora«, erklärte Fabio. »Ein Vortrag auf einem Architektenkongress.«

»Aha. Aber Sie sind Ingenieur.«

»Ich arbeite bei einem Architekturbüro. Unsere Aufgaben gehen Hand in Hand. Ein guter Architekt muss heute einiges vom Ingenieurshandwerk verstehen, ganz wie früher, als diese Bereiche noch nicht getrennt waren. Umgekehrt …«

»Arrivederci«, sagte Signora Tedeschi und war schneller in ihrer Küche verschwunden, als Fabio in der Lage war, ihren Gruß zu erwidern.

»Scheint kein Fan zu sein«, murmelte Gigi Rossi und schob sich einen Kaugummi in den Mund.

Halb gekränkt, halb amüsiert, stimmte Fabio ihr zu: »Jedenfalls hat sie ein Talent dafür, einen gegen die Wand laufen zu lassen.«

»Sie haben's gut, Sie können jetzt nach Venedig fahren. Ich muss hier sitzen und zwei Kassen überwachen.«

Venedig! »Mein Zug«, keuchte der junge Ingenieur und blickte voll Panik auf die Uhr. »Wie schnell kann ich hier irgendwo ein Taxi bekommen?«

Die junge Frau an der Kasse zuckte die Schultern. »Na ja, mein Cousin hat ein Taxi. Aber der ist gerade mit seiner neuen Flamme am Trasimenosee.« Sie beugte sich über die Theke und guckte Signora Tedeschi hinterher. »Ist nicht viel los, heute.« Sie sperrte die Kasse ab. »Wenn Sie wollen, bringe ich Sie schnell rüber. Arezzo?«

»Ähm … ja.«

»Va bene. Andiamo!«

Eine Minute später saßen sie beide auf Gigi Rossis Vespa und röhrten Richtung Westen.

***

»Noch ein Aperitivo, Signorina?« Der Kellner der Casa Sarda, der zugleich der Inhaber und auch einer der beiden Köche war (der andere war seine Frau), kümmerte sich rührend um Vittoria.

»Nein danke, Giovanni. Ich fürchte, ich habe hier einen Tisch besetzt, ohne dass Sie den erwarteten Umsatz machen können.«

»Machen Sie sich darüber keine Gedanken. Außerdem, vielleicht kommt er ja noch?«

Vittoria sah auf die Uhr. Zwanzig Uhr fünfundvierzig. Nein, Signor Contagno würde nicht mehr auftauchen. Möglich, dass ihm etwas dazwischengekommen war. Möglich, dass es ein Problem gab. Möglich auch, dass er plötzlich keine Lust mehr gehabt hatte. Alles erlaubt. Aber es kränkte sie doch, dass er nicht wenigstens eine kurze Absage geschickt hatte.

Sie hier alleine sitzen zu lassen, das war demütigend. Vielleicht war Vittoria es auch einfach nicht gewöhnt. Vielleicht hätte sie es weniger schwer genommen, wenn es nicht umgekehrt so gewesen wäre, dass normalerweise immer sie Einladungen absagte. Andererseits hatte sie genügend Zeit gehabt, sich zu überlegen, dass dieser Korb, den sie hier erhalten hatte, eine gerechte Strafe war dafür, dass sie neulich Pino Rossi so unfein im *Donata* hatte sitzen lassen. Wahrscheinlich hatte es ihn auch gekränkt. Nun also erhielt sie die Quittung dafür. Es gab eben doch so etwas wie höhere Gerechtigkeit.

Am merkwürdigsten schien ihr, dass an einem anderen Tisch ebenfalls eine Frau alleine saß: Signora Tuttibelli, die Bibliothekarin. Nur dass die so gar nicht den Anschein erweckte, als wäre sie versetzt worden. Vielmehr kritzelte sie immer wieder eifrig in ein Schulheft, hielt nach einer Weile inne, nahm einen Schluck Wein (sie hatte eine ganze Flasche vor sich stehen, und die war fast leer) und beugte sich dann wieder über ihr Heft, um erneut etwas aufzuschreiben.

Als Vittoria wenig später durch die Gassen von Anghiari nach Hause ging, hatte sie das Gefühl, als stünde hinter jedem Fenster jemand und beobachte sie, machte sich lustig, übte sich in Schadenfreude. Doch dann tauchte plötzlich Fausto auf einem Fenstersims über ihr auf und miaute ihr zu. »Ciao, bello!«, rief Vittoria leise und streckte den Arm nach ihm aus. Mit all der Eleganz, deren nur Katzen fähig sind, ließ der Kater sich von seinem Logenplatz herabgleiten und landete neben Vittoria auf den uralten Pflastersteinen der Piazza del Popolo. Beinahe unhörbar schnurrend strich er um die Beine seines Frauchens und lief dann vor ihr her Richtung Piazza Goffredo Mameli, ganz würdevoller Gentleman.

ZWÖLFTES KAPITEL

Auf den Schwingen der Phantasie
und unter den Rädern der Realität
findet das Innen und das Außen unseres Lebens statt.
DER SOMMER ALLER SOMMER

Venedig war, wie es immer war: überwältigend in jeder Hinsicht. Die Schönheit der Stadt, die Menschenmassen, die diese Schönheit zerstörten, der Atem der vielhundertjährigen Geschichte und die Abgase der Kreuzfahrtdampfer ergaben eine einzigartige Mischung, die man nur lieben und hassen konnte. So jedenfalls ging es Fabio, als er am nächsten Morgen die Zeit hatte, noch eigene Pläne zu verfolgen.

Der Abend war ein Erfolg gewesen, man hatte ihm Anerkennung gezollt, und er hatte den Vortrag seines Chefs sogar um einige wertvolle Details ergänzen können, die gerade in der Lagunenstadt, die zunehmend von Ängsten geplagt war – weil jeder wusste, dass sie zu den am meisten gefährdeten Orten der

Welt zählte, wenn die Meeresspiegel noch weiter stiegen –, mit großem Interesse aufgenommen worden waren. Ingenieure würden das Weltklima nicht retten, jedenfalls nicht alleine, aber sie würden an vorderster Front helfen, die fürchterlichen Auswirkungen auf die Menschen zu lindern. Gut möglich, dass Venedig hier eine Vorreiterrolle zufiel. Denn die Stadt lag nicht nur denkbar nah am Meeresspiegel, sie hatte auch das nötige Geld, um sich – zumindest für einige Zeit – vor dem Untergang zu retten.

All das aber waren Gedanken, die Fabio beiseiteschob, als er auf dem Vaporetto Richtung Murano stand und die Seeluft genoss, die ihm durchs Haar fuhr. Der Himmel war leicht wattiert, weshalb die Sonne angenehme Wärme statt unerträglicher Hitze spendete. Es war noch früh genug am Tag, dass sich nicht allzu viele Touristen zu diesem typischen Nachmittagsziel aufgemacht hatten. Als das Boot anlegte, sprang Fabio auf den Kai und fühlte sich wie damals, als er zum ersten Mal hierhergekommen war: mit seinen Eltern, beim ersten Besuch in Venedig, er war sieben oder acht Jahre alt gewesen. Und er hatte auf Murano ein Andenken bekommen, das er bis heute bewahrte, weniger als Erinnerung an die Lagunenstadt als an die unbeschwerte Zeit mit den Eltern – einen kleinen gläsernen Fuchs.

Auch später war er gelegentlich nach Venedig gekommen, meist in der kälteren Jahreszeit, wenn die

Inseln nicht unter der Last der Touristen ächzten und in den Gassen eine melancholische Stimmung herrschte. Dabei hatte er auch den Besitzer der Glasbläserei kennengelernt, die sie damals zu dritt besucht hatten. Als er nun – immerhin nach einigen Jahren – wieder vor ihm stand, stellte Fabio fest, dass auch an ihm die Zeit nicht spurlos vorübergegangen war.

»Ciao, Giorgio!«

»Ah, Fabio, richtig?«

»Richtig.«

»Wie geht es Ihnen?«

»Grazie. In Venedig geht es mir immer gut.«

»So soll es sein. Schön, dass Sie mich besuchen! Sie waren lange nicht mehr hier.«

»Fünf Jahre. Mindestens.«

»Fünf Jahre … unglaublich! Und? Sehen Sie sich ein bisschen um?«

»Eigentlich komme ich, weil ich eine Frage an Sie habe.«

Der Glasbläser legte seine lederne Schürze ab und trat näher. »Nur zu. Was wollen Sie wissen?«

Fabio holte seinen Block aus der Tasche und schlug eine Zeichnung auf, die er dem Glasbläser hinhielt. »Denken Sie, Sie könnten so etwas machen?«

Die Miene des Mannes verfinsterte sich ein wenig. »Das fragen Sie mich? Wollen Sie mich beleidigen?« Und als Fabio vorsichtshalber nichts erwiderte: »Natürlich kann ich das machen.« Plötzlich strahlte der Glasbläser. »Und es ist eine wirklich witzige Idee! Ihr Einfall?«

Fabio nickte.

»Kompliment! Darf ich das kopieren?«

Eine Frage, mit der der junge Ingenieur gerechnet hatte. »Ehrlich gesagt wäre ich Ihnen dankbar, wenn Sie damit noch ein bisschen warten.«

»Verstehe. Es soll in Produktion gehen.«

»Vielleicht«, erklärte Fabio. »Vielleicht auch nicht. Ich möchte es jemandem schenken. Und wenn es ihr gefällt …«

»Ihr! Verstehe!« Giorgio grinste über beide Ohren. »Okay«, sagte er. »Wenn es gut wird und in Produktion gehen soll, lasst ihr es mich machen. Wenn nicht …«

»Es wird auf jeden Fall gut werden«, fiel ihm Fabio ins Wort.

»Ich weiß. Certo. Ich meine: Wenn es nicht in Produktion gehen soll …«

»Dann können Sie es sowieso machen. Ich werde kein Patent anmelden.«

Der Glasbläser lachte schallend und klopfte seinem Kunden auf die Schulter. »Einverstanden! Bis wann brauchen Sie es?«

Das war die zweite Frage, die Fabio erwartet hatte. »Ehrlich gesagt …«

»Was? Sie wollen es sofort? Heute noch?« Der Glasbläser kannte diese Art von Wünschen, allerdings kannte er sie eher von aufgeblasenen Millionären, die es eilig hatten, mit ihrer Yacht wieder abzulegen, um am nächsten Tag in Dubrovnik und am übernächsten auf Korfu festzumachen. »Ich kann es versuchen. Das Problem ist nicht die Form, das Problem ist die Füllung.«

»Wir könnten einfach die Füllung hiervon nehmen«, schlug Fabio vor und stellte eine Sanduhr auf einen der Tische mit gläsernem Nippes. »Wenn die Öffnung identisch ist, müssten Sie nicht experimentieren.«

Der Glasbläser nickte. »Das wäre eine Möglichkeit. Okay, ich werde es versuchen. Wir sehen uns um fünf Uhr wieder.«

»Um drei Uhr.«

»Vier.«

»Gut.«

Der nächste Vaporetto hatte gerade angelegt, als Fabio wieder zum Hafen kam. Er würde noch ein paar Stunden gemütlich im *Danieli* verbringen, da er nun schon das Luxuszimmer seines Chefs zur Verfügung hatte. Ein wenig arbeiten, einen guten Kaffee trinken. An Anghiari denken … Er hatte ein gutes Gefühl.

***

Das Teleskop war erstaunlich klein. Aber immerhin sah es aus, als könnte es fünfhundert Jahre alt sein. Signor Bellonzoni musste Vittorias skeptischen Blick aufgefangen haben, denn er beeilte sich zu sagen: »Ich weiß, dass es nicht nach sehr viel aussieht, aber ich kann Ihnen versichern, es funktioniert noch ausgezeichnet!«

»Daran habe ich nicht den geringsten Zweifel, Signor Bellonzoni«, entgegnete Vittoria. »Gibt es irgendetwas, worauf wir besonders achten sollten, wenn wir es aufstellen?«

»Na ja«, sagte der Friseur. »Es sollte möglichst dunkel sein. Lichtquellen stören sehr.«

»Ich dachte, wir machen unsere Veranstaltung draußen auf dem Platz.«

Der Friseur lachte auf. »Auf der Piazza Goffredo Mameli? Dann können Sie es auch gleich bleiben lassen! Selbst wenn Sie es irgendwie schaffen würden, dass die Straßenbeleuchtung abgeschaltet wird, es wäre viel zu hell.«

»Hm … gut. Dann müssen wir uns etwas einfallen lassen.«

»Am besten wäre, Sie würden es auf dem Dach aufstellen. Und natürlich so, dass Sie den Mond auch im richtigen Winkel erwischen.«

Womöglich würde das die größte Herausforderung sein. Denn bekanntlich wanderte der Mond im Laufe der Nacht über den Himmel. Die Frage war, wo er zur Zeit seiner Verdunkelung stand und von wo aus man ihn dann sehen konnte. Vittoria beschloss, den Abend – und wenn es sein musste, auch noch den Rest der Nacht – auf dem Dachgarten zu verbringen, der Richtung Hinterhof ging, so wie sie es manchmal in sehr warmen Nächten tat, wenn sich ihr Zimmer den ganzen Tag über aufgeheizt hatte und an Schlaf nicht zu denken war. Sie hatte schon häufig auf der Terrasse übernachtet, zwischen den Pflanzenkübeln ihrer Mutter, in denen Oleander und Lavendel ihren betörenden Duft verströmten.

Nachdem sie sich von Signor Bellonzoni das Teleskop sorgfältig hatte erklären lassen und ihm nochmals von Herzen gedankt hatte, suchte sie die Zeitung vom Tage heraus, in der ja nicht nur der Bericht über Anghiaris angebliche Leonardo-Nacht gestanden hatte, sondern auch noch ein Info-Kasten zur anstehenden Mondfinsternis:

Der magische Mond

In der Nacht vom 27. auf den 28. August wird über weiten Teilen Italiens eine fast ausgeprägte Mondfinsternis zu bestaunen sein. Besonders deutlich kann man das Spektakel in der Region zwischen dem Lago di Trasimeno und dem Lago di Bolsena sehen, wo der Trabant vollständig verdeckt wird. Der Schatten wird sich von 21.39 Uhr an vor die Himmelsscheibe schieben, den Höhepunkt erreicht die Mondfinsternis gegen 21.47 Uhr.

Natürlich würde der Mond in den zwei Wochen bis dahin seine Bahn noch ein klein wenig ändern, aber nicht so dramatisch, dass man das berücksichtigen musste. Wenn Vittoria heute Nacht um Viertel vor zehn an den Himmel blickte, wusste sie, wohin das Teleskop gerichtet werden musste, damit man die Mondfinsternis optimal beobachten konnte. Und eigentlich konnte sie ja in dieser Nacht schon einmal einen Blick auf ihn werfen! Es würde nicht schaden, den Umgang mit dem Fernrohr zu üben.

***

Auf der Rückreise nach Anghiari nutzte Fabio die Gelegenheit, in Rom einige Materialien zu kaufen, mit denen er die Ideen verwirklichen konnte, die er in der letzten Zeit in sein Notizbuch geschrieben oder vielmehr: gezeichnet hatte. Außerdem besuchte er die Universitätsbibliothek, um ein paar Dinge nachzuschlagen, die er in der kleinen Gemeindebibliothek von Anghiari nicht hatte finden können.

Am Bahnhof von Arezzo nahm er den Bus Richtung Perugia. Er liebte die Landschaft, liebte das Licht über den Hügeln, liebte den Gedanken, dass über diese Straße auch Leonardo gefahren war, als er einst auf dem Weg nach Anghiari war. Luca Pacioli stammte von hier, ein Freund da Vincis, Mathematiker und zweifellos auch ein Genie seiner Zeit. Gemeinsam hatten die beiden nach der Quadratur des Kreises gesucht. Vielleicht, ja wahrscheinlich sogar waren der Rhombenkuboktaeder und das berühmte Bild mit dem Mann in Quadrat und Kreis um die gleiche Zeit entstanden, aus demselben Wunsch, den natürlichen Dingen eine Ordnung zu geben, ein ästhetisches Ideal zu entwerfen, das über dem alltäglichen Chaos stand: ein göttliches Prinzip. Obwohl Leonardo kein strenggläubiger Mensch gewesen war, wenn man den Erkenntnissen der Forschung folgte.

Es war bereits Abend, als Fabio endlich aus dem Bus stieg und seine müden Schritte zu seiner Unterkunft lenkte. In den Gassen des kleinen Ortes herrschte die übliche Lebhaftigkeit. Nach der Hitze des spätsommerlichen Tages zog es alle noch einmal ins Freie, man saß auf den Terrassen der Lokale, besorgte noch einige Einkäufe oder traf sich einfach auf einen Plausch an der nächsten Ecke, um den jüngsten Klatsch auszutauschen.

Signor Rossi, der Bürgermeister, begegnete Fabio vor dem Eingang zu seiner Unterkunft. »Ah, Signor Contagno!«, rief er. »Wie gut, dass ich Sie treffe.«

»Herr Bürgermeister, buona sera.«

»Buona sera. Wir haben ein Problem, bei dem Sie uns vielleicht helfen können.«

»Gerne. Was kann ich tun?«

»Es geht um das neue Museum.«

»Ja?«

»Ein paar Wichtigtuer aus Perugia wollen es schließen.«

»Schließen? Warum in aller Welt denn das?«

»Brandschutz. Dabei haben wir alles getan, was man nur tun kann. Ich vermute ja, da steckt jemand anderes dahinter.«

»Jemand anderes? Also nicht Perugia?«

Salvatore Rossi beantwortete die Frage mit einem äußerst beredten Blick. Fabio kannte diesen Blick, jeder in Italien kannte ihn: die Mafia. Manche Dinge wirkten umso stärker, wenn man sie nicht aussprach. So funktionierte das Prinzip der Cosa Nostra. Eine Forderung, eine Drohung, die Klarheit der Konsequenzen – alles ohne Worte und doch von brutaler Wirksamkeit.

Fabio schüttelte den Kopf. »Das glaube ich nicht, Signor Rossi. Bei dem Museum ist doch nichts zu holen. Keine Einnahmen, keine …« Er suchte nach einem passenden Wort und entschied sich dann für: »Steuern.« Denn auch er hatte gelernt, dass man manche Dinge einfach nicht aussprach.

»Hm. Wie auch immer«, erwiderte der Bürgermeister. »Perugia droht uns mit Schließung, wenn wir das Problem nicht in den Griff bekommen.«

»Verstehe. Welche Frist haben wir denn?«

»Nächsten Freitag.«

»Nächten Freitag? *Leonardos Nacht* ist am Freitag! Wie soll ein funktionierender Brandschutz bis Freitag …«

»Deshalb brauche ich Sie. Ich weiß es nämlich nicht. Aber Sie sind Ingenieur – und Sie müssen es wissen, nicht wahr?«

***

Und so kam es, dass Fabio Contagno neben dem Palazzo del Vicario (der allerdings von dem Moment an keine ernsthafte Rolle mehr spielte) auch noch eine zweite Baustelle hatte: das Museo Leonardo. Und auch, wenn die Aufgabe auf Anhieb schier unlösbar schien, freute sich der Ingenieur über die Möglichkeit, seine Zeit in dem Gebäude an der Piazza Goffredo Mameli zu verbringen – aus naheliegenden Gründen.

Offensichtlich hatte der Bürgermeister die Arbeiten bereits angekündigt. Denn weder Signora Tedeschi noch die eigenartige (aber eben doch sehr freundliche) Kassiererin schienen überrascht, als Fabio mit einem Mitarbeiter, den er vom Palazzo del Vicario abgezogen hatte, am nächsten Morgen im Museo Leonardo auftauchte. Die Tochter der alten Dame war allerdings nicht anwesend, der kleine Museumsladen zum ersten Mal geschlossen.

Fabio begann mit der Überprüfung der Räumlichkeiten im Keller, der allerdings natürlicherweise so feucht war, dass der Brandschutz nicht das geringste Problem darstellte. Nach und nach arbeiteten sie sich von Raum zu Raum vor. Manchmal hielt Fabio vor einem Schaukasten oder einer Abbildung inne und studierte das Exponat, versank für wenige Augenblicke in der Welt da Vincis und vergaß, weshalb er eigentlich hier war, um dann umso engagierter weiterzumachen. Als sie zum Museumsshop kamen, bat Fabio die junge Kassiererin, ihm aufzusperren, denn auch (und gerade) hier war es ihm besonders wichtig, dass sie gewissenhaft arbeiteten.

Als sie wenige Minuten später den Raum wieder verließen, wusste er nicht, was er tun sollte: Während man natürlich den Raum mit dem Rhombenkuboktaeder und auch die meisten anderen Räumlichkeiten mit Sprinkleranlagen ausgestattet hatte, war hier absolut nichts getan worden, um für Sicherheit zu sorgen. Der Museumsladen war völlig ungeschützt – und damit eine Gefahrenquelle für das gesamte Bauwerk! Aus fachlicher Sicht gab es nur eine Möglichkeit: Er musste unverzüglich geschlossen und mit wirksamen Brandschutzeinrichtungen nachgerüstet werden.

***

Gute Bücher haben eine faszinierende Eigenschaft: Sie weisen Wege in unbekannte Gefilde. Wer mit einem Buch über ein Thema beginnt, wird unweigerlich auf neue Themen aufmerksam, über die ebenfalls Bücher geschrieben wurden.

Mitunter landet man so bei der Fiktion oder – umgekehrt – beim Sachbuch. Wer über die Mode des achtzehnten Jahrhunderts liest, mag auf einen Roman über die späte Marie-Antoinette stoßen (wenn man in ihrem Fall überhaupt von spät sprechen kann) und von dort über die Halsbandaffäre auf die Französische Revolution, Bonaparte entdecken und bei Stendhal landen, der ihn über einige Umwege in die Karibik entführt und damit geradewegs in die fesselnde Geschichte eines berühmten Piratenkapitäns katapultiert.

So ähnlich war es Fabio mit seinen Lektüren ergangen, die ihn von Leonardo – in groben Zügen skizziert – über Boccaccio und Moravia in eine kleine römische Trattoria entführt hatten, und zwar mit dem Effekt, dass er an jenem Montagmorgen, wie so oft in letzter Zeit, vor den Pforten der kleinen Gemeindebibliothek stand. Allerdings vor den verschlossenen. Eine Nachfrage im Rathaus ergab, dass eine Öffnung nicht mehr erfolgen und der Bücherbestand ins Rathausarchiv (Untergeschoss, Raum VII, jeden Dienstag von 10.00 bis 11.00 Uhr geöffnet, Anmeldung erforderlich) überführt würde, und zwar schon ganz bald im Laufe des nächsten Jahres.

»Aber weshalb?«

»Baurechtliche Gründe.«

»Baurechtliche Gründe?«

»Irgendetwas mit Brandschutz. Näheres kann Ihnen das Bauamt in Perugia mitteilen.«

Die Bibliothek war Vergangenheit.

Das erklärte, weshalb Fabio die Signora Tuttibelli neuerdings des Öfteren auf einer Bank in einem Weinberg hatte sitzen sehen, zu Zeiten, in denen er sie eigentlich in der Bibliothek zu wissen erwartet hätte.

***

Giorgio hatte den oberen Teil des kleinen Kunstwerks – es war insgesamt kaum größer als ein gewöhnlicher Salzstreuer – in buntem Glas geformt, den unteren Teil zart sandfarben. Wieder und wieder drehte Fabio das Objekt von einer Seite auf die andere und betrachtete es, während die Abendstunden verstrichen und es langsam kühl wurde in seinem Zimmer. Selbst Gioconda schien nichts mehr mit ihm zu tun haben zu wollen. Jedenfalls tauchte sie so wenig auf wie Signora Tedeschi, deren Laden die Gemeinde nun geschlossen und deren Lebenswerk er damit zerstört hatte.

War sie schon vorher absichtlich nicht da gewesen? Hatte er sie mit seiner Absage des gemeinsamen Abendessens so sehr gekränkt? Auf seine Gegeneinladung jedenfalls hatte sie mit keiner Silbe reagiert, weder schriftlich noch mündlich. Auch auf seine Nachrichten, die er ihr vom Handy aus geschickt hatte, hatte sie geschwiegen. Es war, als hätte sie ihn aus ihrem Leben gestrichen.

Fünf Tage lang hatte er nun in dem Museum gearbeitet, jeden Raum aufs Peinlichste untersucht. In einigen Sälen waren bereits die ersten Nachrüstungen vorgenommen worden. Doch kein einziges Mal hatte sich Vittoria blicken lassen. Als er Gigi nach ihr gefragt hatte, hatte sie nur mit den Schultern gezuckt und etwas Unverständliches in ihren Kaugummi genuschelt. Als er Signora Tedeschi auf ihre Tochter angesprochen hatte, war sie ihm ausgewichen und in ihre Küche verschwunden.

Und so kam ihm, während er das kleine Muraneser Kunstwerk drehte und immer wieder drehte, alles mit einem Mal vergeblich vor, lächerlich und hoffnungslos. Zuerst hatte er mit seinem Vorstoß Signora Tuttibelli um ihre Bibliothek gebracht und nun Signora Tedeschi um ihren Museumsladen. Stets in bester Absicht, gewiss, doch was zählte das schon im Angesicht der Ergebnisse. Vielleicht war er für diese kleine Ortschaft am Ende mehr Fluch als Segen.

Ein leises Klopfen ließ ihn aus seinen Gedanken schrecken. »Ja, bitte?«

»Ist alles in Ordnung, Signore?«, hörte er draußen die Stimme seiner Vermieterin vor der Tür.

»Natürlich, Signora.« Er öffnete und lächelte sie freundlich an, auch wenn ihm das Lächeln schwerfiel.

»Ich hatte Sie seufzen gehört.«

»Tatsächlich? Machen Sie sich keine Sorgen. Ich war wohl bloß etwas zu lange mit meiner Arbeit beschäftigt. Vielleicht sollte ich noch ein wenig spazieren gehen.«

Der Blick der Vermieterin fiel über seine Schulter auf den Schreibtisch, an dem – ganz anders als sonst – absolut nichts auf Arbeit hinzuweisen schien. Es stand lediglich dieses seltsame Objekt aus Glas dort, das Fabio ein ums andere Mal gedankenversunken gedreht hatte. »Sicher, Signore … sicher«, murmelte sie und beeilte sich, ihn nicht weiter zu belästigen.

DREIZEHNTES KAPITEL

»Ein Plan?« Er lachte. »Man kann das Leben nicht planen. Man kann es nur leben.«
DER SOMMER ALLER SOMMER

Seit Wochen hatte es in Anghiari – wie in ganz Umbrien und der Toskana – nur sternenklare Nächte gegeben. Keine Wolke war über den Himmel gestreift, kein Tropfen Regen gefallen. Nichts hatte darauf hingewiesen, dass eintreten würde, was eingetreten war: Am Tag der Mondfinsternis war es vom frühen Morgen an bedeckt, und die Vorhersagen ließen keinen Sonnenstrahl erwarten, von einer auch nur halbwegs klaren Nacht ganz zu schweigen.

Signora Tedeschi hatte es gewusst. Wenn ihr Kater Fausto schon in den Morgenstunden neben ihrem Bett erschien, herrschte draußen trübes Wetter, denn Fausto tauchte bei schönem Wetter nie vor Mittag auf. Dann pflegte er sich in der Küche ans Fenster zu legen und auf eine günstige Gelegenheit zu warten, um das eine oder andere Stückchen zu schnorren und sich von einer der beiden Damen des Hauses ausgiebig das Fell streicheln zu lassen. Nun aber lag er, wie an trüben Tagen üblich, unter Signora Tedeschis Bett und täuschte vor, zu schlafen, während er in Wahrheit auf jedes kleinste Geräusch des Hauses lauschte und alles mit dem unbestechlichen Radar seiner archaisch-feinen Sinne registrierte. Signora Tedeschi wusste, dass er stets exakt bestimmen konnte, wer im Haus und auch wo die betreffende Person war. Fausto besaß ein ausgeprägtes politisches Talent: Stets fand er den für ihn im Augenblick günstigsten Ort. An trüben Tagen, wie gesagt, das Bett der alten Dame, unter dem er die Welt um sich her geschehen ließ, bis die Signora endlich aufstand, um in die Küche zu gehen – wohin er ihr auf den verschlungenen Wegen seiner Inspektion durch das Haus folgen würde.

Allein, Signora Tedeschi fand an diesem Morgen nicht den Antrieb, sich aus dem Bett zu erheben. Sie, die sich kaum erinnern konnte, wann sie zuletzt krank gewesen war, spürte die Schwerkraft mit einer Unerbittlichkeit, wie sie ihr noch nie aufgefallen war. Nur mit Mühe schaffte sie es, sich auch nur auf die andere Seite zu drehen.

Da nun der Kater erkennen musste, dass von der alten Dame keine kulinarischen Wohltaten zu erwarten waren, ihm aber zugleich klar war, dass in der unter dem Zimmer liegenden Küche bereits die Tochter zugange war, trollte er sich schließlich, um sein Glück bei ihr zu versuchen.

»Fausto!«, begrüßte ihn Vittoria, und es klang mehr wie ein Seufzen. Natürlich konnte der Kater bei all seinem Gespür für Tatsachen zumindest dies nicht ahnen: dass nämlich die junge Frau über das Wetter so gedrückter Stimmung war. Er ahnte allerdings schnell, dass er seinen Forderungen mehr Nachdruck verleihen musste als üblich, weil er sonst ziemlich leer ausgehen würde. Er miaute also in der bei den Damen sehr wirksamen Weise und genoss dann tatsächlich ein wenig Thunfisch und ein Schälchen Wasser, vor allem aber natürlich das – wenn auch gedankenversunkene – Streicheln durch die zarten Hände der Signorina.

»Was machen wir bloß, Fausto?«, fragte sie leise, und der Kater hatte den Verdacht, dass sie in Wirklichkeit gar nicht ihn fragte, weshalb er seine Meinung für sich behielt, zumal er ja nicht einmal wusste, worüber sie grübelte. »Wir haben immerhin ein paar Dutzend Karten verkauft. Und wir haben plakatiert. Da können wir die Veranstaltung doch nicht ausfallen lassen, oder? Ich meine, *erwarten* die Leute nicht, dass es die *Notte Leonarda* gibt?« Abermals seufzte sie. »Andererseits weiß natürlich jeder, dass man den Nachthimmel nicht betrachten kann, wenn er bedeckt ist.

Also, jedenfalls kann man keine Sterne sehen. Und auch nicht den Mond.«

Sie stand unter dem stummen Protest ihres Mitbewohners auf und nahm sich eine weitere Tasse Kaffee, sah auf die Uhr, lauschte und wunderte sich.

»Mamma?«, rief sie. »Mamma?«

Als keine Antwort kam, beschloss sie, einmal nach ihrer Mutter zu sehen. Denn es war nicht nur ungewöhnlich, sondern – soweit Vittoria zurückdenken konnte – das erste Mal, dass Mamma nicht vor ihr in der Küche gewesen war. Verfolgt von einem vierbeinigen Schatten stieg sie die Treppen in den ersten Stock hoch und klopfte behutsam an die Tür zu Signora Tedeschis Schlafkammer.

»Mamma?«

Ein leises Stöhnen.

»Mamma?« Vorsichtig öffnete Vittoria die Tür. »Ist alles in Ordnung?«

»Mhm.«

»Geht es dir nicht gut?«

»Doch, doch«, antwortete die alte Dame und stöhnte erneut.

»Dir fehlt doch was!«, stellte Vittoria fest und eilte an ihr Bett. Sie legte die Hand auf die Stirn ihrer Mutter. »Du hast Fieber.«

»Ich hatte kein Fieber mehr seit meiner Kindheit.« Die Stimme klang etwas verwaschen, aber der Ton war eindeutig Loredana Tedeschi. Vittoria war froh über die ruppige Art ihrer Mutter. Wenn die nicht gewesen wäre, hätte sie sich ernsthaft Sorgen gemacht. »Kann ich dir etwas bringen? Einen Tee?«

»Tee? Mir? Ich mag ja Fieber haben, aber …« Der Rest des Satzes ging in einem langgezogenen Stöhnen unter. »Bring mir eine Kopfschmerztablette«, sagte die alte Dame schließlich. »Und mach mir einen doppelten Espresso. Nein, einen dreifachen. Ich komme gleich runter.« Sie versuchte sich im Bett aufzurichten, sank dann aber wieder auf ihr Kissen und hielt sich den Kopf.

»Du bleibst besser im Bett. Es gibt nichts, was ich nicht erledigen könnte.«

»Vielleicht ist es ein Segen, dass das Wetter so schlecht ist.«

»Du warst schon draußen?«

Die Signora wollte den Kopf schütteln, hielt aber nach der geringsten Bewegung inne, unterdrückte ein weiteres Stöhnen und presste hervor: »Fausto ist schon seit Stunden da.«

Vittoria entschied, diese kryptische Aussage nicht zu ernst zu nehmen, weil sie sich sonst doch größere Sorgen hätte machen müssen, und lief rasch die Treppe hinunter in die Küche. Mit einem großen Glas Wasser kam sie schon wenige Augenblicke später wieder zurück. »Kopfschmerztabletten habe ich leider nicht gefunden. Ich muss schnell zur Apotheke.«

»Nein, lass. Ich habe welche hier«, erklärte Signora Tedeschi und deutete auf ihr Nachtschränkchen neben dem Bett. Vittoria hatte schon die Hand ausgestreckt, da rief die alte Dame: »Nein! Ich mache das selbst!«, richtete sich auf und beugte sich zur Seite.

Doch der Schmerz durchfuhr sie so heftig, dass ihre Tochter sie mit sanfter Gewalt zurück aufs Kopfkissen drückte und liebevoll bestimmte: »Du bleibst ganz still liegen und lässt dich von mir umsorgen, Mamma.« Dann öffnete sie die Schublade und suchte nach den Tabletten. Sie fand sie gleichzeitig mit einem Umschlag, auf dem in einer schönen Schrift, die Vittoria seltsam an Leonardo erinnerte, stand: *Vittoria Tedeschi.*

***

Nicht ohne Wehmut packte Fabio seine Sachen – viel zu viele inzwischen, weil er mit seiner Werkstatt der Träume, die er sich eingerichtet hatte, unzählige Entwürfe, Modelle und Versuchsversionen technischer Spielereien hergestellt hatte –, um Anghiari hinter sich zu lassen. Mit großen Augen sah ihm Gioconda dabei zu. Sie war wie immer auf ihrem Platz am

Fenster erschienen und hatte wie immer ein Schälchen Milch dort vorgefunden.

»Das wird jetzt vorbei sein«, erklärte Fabio. »Du wirst dir jemand anderen suchen müssen, der dich auf deinen Ausflügen füttert.« Aber natürlich wusste er, dass das die Katze viel weniger bekümmerte als ihn. Sie würde ihn übermorgen schon vergessen haben, er aber würde mit der Erinnerung an die kleine Stadt und ihre Katzen und Menschen leben müssen – vor allem an *einen* Menschen. Gerne hätte er sie noch einmal gesehen, gesprochen auch. Aber das würde vermutlich alles nur noch schwerer machen. Nein, es war besser, wenn er seine Zelte abbrach und versuchte, das Kapitel zu beschließen. Die Arbeiten im Palazzo del Vicario waren beendet, den Rest würde sein Bauleiter übernehmen können, den er den Tag über schon ausführlich instruiert und dem er eine exakte Liste der noch nachzuarbeitenden Punkte überlassen hatte.

Wie er es auch machte, es würde gar nicht anders gehen, als die ganzen Kunstwerke der Technik, die er ersonnen hatte, um Vittoria zu gefallen, entweder wegzuwerfen oder gesondert nach Mailand zu verschicken. Das hieß, doch: Es ging anders! Er würde die Sachen dem Museum stiften. Die konnten das, was sich als technisches Exponat eignete, weil es einen gewissen Erklärwert hatte, ausstellen, und alles andere verkaufen. Am Ende würde der kleine Museumsladen sogar profitieren. Und Fabio hätte nicht nur die Sachen los, sondern auch weniger Dinge, die ihn erinnerten. Denn die Erinnerung, obwohl sie noch gar nicht angebrochen war, schmerzte ihn bereits jetzt.

***

Es war die gleiche Schrift. Genauso wie auf dem Umschlag standen die beiden Worte auf dem Kästchen geschrieben: Vittoria Tedeschi. Was immer es war, es war für sie.

Nach einem Streit, in dem ihre Mutter so einsilbig gewesen war wie selten (eigentlich noch nie), hatte Vittoria das Haus verlassen. Zuvor hatte sie noch rasch Dottore Fratelli, den neuen Arzt, angerufen und gebeten, nach der alten Dame zu sehen, und ihm sogar den Hausschlüssel unter einem der Pflanzenkübel vor dem Eingang hinterlegt, damit er sich gleich auf den Weg machen konnte, denn trotz allem wollte sie nicht herzlos sein. Aber die Wut, die Enttäuschung saßen tief.

Wie hatte ihre Mutter ihr das antun können! Wie hatte sie sich so in Dinge einmischen können, die sie nichts angingen! Wie hatte sie alles kaputtmachen können! Vittoria hielt den Brief so fest in ihrer Hand, dass er ganz zerknüllt war, als sie endlich vor dem Haus in der Via Giordano Bruno ankam. Hier musste es sein. Sie hatte ihn ja nie besucht. Ohne einen Plan, was sie ihm sagen sollte oder wie sie es anstellen sollte, klopfte sie und wartete, bis Signora Perazzo endlich an die Tür kam.

»Signorina Tedeschi!«

»Signora Perazzo, buon giorno. Ich möchte zu Signor Contagno.«

»Oh, das tut mir leid, der ist heute Morgen abgereist.«

»Abgereist?«

»Ich glaube, er ist mit seiner Arbeit fertig.« Die Vermieterin zuckte mit den Achseln. »Aber vielleicht kommt er auch noch einmal wieder. Er hat einige Sachen zurückgelassen. Und er hat das Zimmer noch für die ganze Woche bezahlt.«

»Also bis Sonntag?«

Signora Perazzo nickte.

»Darf ich mal sehen?«

»Sehen?«

»Das Zimmer«, erklärte Vittoria. »Die Sachen.«

»Also ich weiß nicht …« Aber wie es so war: Erstens nahm man es in einem kleinen Ort mit so abstrakten Dingen wie der Privatsphäre bekanntlich nie sonderlich ernst, und zweitens war die Vermieterin selbst neugierig, sodass sie die junge Frau schließlich nach oben begleitete – natürlich nur, um sicherzustellen, dass alles korrekt zuging.

Allerlei Basteleien standen auf der Kommode unter den beiden Stichen mit ihren geheimnisvollen Alchimistenszenen, einige Konstruktionen, deren Sinn und Zweck sich zumindest Vittoria nicht auf Anhieb erschlossen. Es gab Vorformen diverser Objekte, die in den letzten Wochen und Monaten in ihrer finalen Version den Weg in den kleinen Museumsladen gefunden hatten. Einige Zeichenblöcke lagen, teils geschlossen, teils aufgeschlagen, auf dem ordentlich gemachten Bett. Und auf dem Tisch am Fenster lag ein kleines Päckchen: eine längliche Schachtel mit der Aufschrift *Vittoria Tedeschi*. Als hätte er erwartet, dass sie nach ihm suchen würde. Aber das konnte nicht sein: Wie hätte er ahnen sollen, dass sie in sein Zimmer vordringen würde? Nein, offenbar hatte er dieses Päckchen hierhin gelegt, entweder um es ihr noch zu geben – oder weil er es ihr hatte geben wollen, aber nicht mehr die Gelegenheit dazu gefunden hatte. Schließlich war sie ihm seit Tagen konsequent aus dem Weg gegangen!

Eine Weile wog Vittoria das Päckchen in der Hand, dann legte sie es voll Bedauern wieder zurück auf seinen Platz. Ob sie es jemals wiedersehen würde?

***

Gigi Rossis Motorroller mochte zwar nicht ganz die Leistung des Lamborghini ihres Onkels Pino haben, aber er war mindestens so effektiv – zumindest wenn es darum ging, die Straße zu blockieren. »Porca miseria!«, fluchte der Bauunternehmer, während er die Via della Torre hinter seiner Nichte herzockelte, immer wieder den Motor aufheulen ließ und spürte, wie die Hormone durch seine Blutbahnen jagten. Doch nach schier endlosen Sekunden, Minuten gar, kamen beide – Gigi und Pino – endlich vor dem Museo Leonardo an.

Und die junge Frau entblödete sich nicht, den Platz vor dem alten Palazzo mit ihrem Zweirad vom Trödel zu besetzen. »Hey, Gigi! Schieb das Ding weg, ich brauche den Parkplatz!«, rief Pino ihr durch das geöffnete Fenster seines 350-PS-Wagens zu. Doch Gigi hatte sich mal wieder die Ohren mit ihrer Musik zugestöpselt und reagierte nicht einmal auf diese doch eigentlich sehr klare Ansage.

Wie sich für Pino Rossi herausstellte, war Vittoria jedoch nicht in ihrem Laden. Genau genommen war das Museum noch nicht einmal geöffnet, und auch Signora Tedeschi, die alte Schachtel, war nirgends zu sehen. Dass Gigi ebenfalls einen Schlüssel hatte (was nach Pino Rossis Meinung eine Verrücktheit war, denn die Schlampe hatte nicht einmal genug Hirn, um den Weg für wichtige Persönlichkeiten frei zu machen), verblüffte ihn, brachte aber auch nichts. Denn er war ja nicht am Museum interessiert oder an dem blöden Laden, sondern an seiner Inhaberin. Es war nun schon Wochen her, dass er sie mit Geld zugeschüttet hatte (also: dem Geld seiner Rentner und dem Geld der Betreibergesellschaft seiner Altenheime), aber undankbar, wie Vittoria nun einmal war, hatte sie sich bis heute kein bisschen erkenntlich gezeigt. Und wenn jemand einem Pino Rossi undankbar begegnete, dann konnte ein Pino Rossi auch anders. Sehr anders! Was er der jungen Frau, die scheinbar ohne klare Ansage seinem Werben nicht nachzugeben gedachte, an jenem Tage klarzumachen gedacht hatte. Nur dass sie eben leider nirgends zu sehen war.

»Die Signore Tedeschi haben scheinbar Besseres zu tun, als sich um ihr Museum zu kümmern«, stellte er sauer fest, während er seiner Nichte in den Vorraum folgte, in dem die Kasse und die Schließfächer waren.

»Ciao, Pino«, nuschelte Gigi. »Na ja, ist ja noch nicht so viel los. Willst du eine Eintrittskarte?«

»Brauche ich eine Eintrittskarte?«, fuhr Pino Rossi die junge Frau an.

»Für den Kassenraum nicht. Aber wenn du dir die Ausstellung ansehen willst …«

Der Bauunternehmer wandte sich mit einem freudlosen Lachen ab. »Du kannst von Glück sagen, dass du die Tochter meines Bruders bist. Wenn wir nicht verwandt wären …«

Gigi sperrte die Kasse auf und sah nach, ob soweit alles in Ordnung war (war es). Ihr »Ja, dafür danke ich dem lieben Gott auch jeden Abend« war so leise, dass ihr Onkel nicht sicher war, ob er es richtig verstanden hatte. Wütend trat er ins Freie, wo ihm der nächste Regenschauer ins Gesicht klatschte. Er flüchtete sich in sein Auto, um darüber nachzudenken, welche Strategie nun die richtige wäre, um das Schicksal endlich in die richtige Richtung zu lenken. Seine Nichte indes wunderte sich, dass nicht nur Vittoria nicht auftauchte, um auch den Laden zu öffnen (immerhin war sie, also Gigi, ja auch eine gute halbe Stunde später dran gewesen, als eigentlich den Öffnungszeiten entsprach), sondern auch Signora Tedeschi nicht zu sehen war. Sie streckte den Kopf durch die Verbindungstür zum Wohnhaus der Seniorchefin.

»Signora Tedeschi?«, rief sie. Doch sie bekam keine Antwort. »Hallo?« Nichts.

Zögerlich trat sie in die Küche der beiden Frauen, fand aber nur den Kater vor. »Ciao, Fausto! Wo sind nur alle?« Wie nicht anders zu erwarten, behielt der Kater sein Geheimnis für sich – falls er eines hatte. Stattdessen sperrte jemand die Haustür auf, und es war zu Gigis nicht geringer Überraschung weder die junge noch die alte Signora Tedeschi, sondern Doktor Fratelli.

»Dottore?«

»Salve, Gina. Ich komme zu Signora Tedeschi.«

»Ich weiß nicht, wo sie ist.«

»Aber ich weiß es«, sagte der Arzt und lächelte ihr zu, während er seinen nassen Mantel an die Garderobe hängte. »Sie hütet das Bett.«

»Ach, deshalb … Tja dann …« Gigi hob eine Hand, steckte sich einen neuen Kaugummi in den Mund, blickte dem Doktor nach, wie er die Treppen zur Kammer der Signora hochstieg, und kehrte dann wieder zurück an ihre Kasse, um nicht ohne Überraschung festzustellen, dass in der Zwischenzeit jemand etwas an ihren Platz gestellt hatte. Erstaunt nahm sie es zur Hand und betrachtete es, fasziniert von den Farben und der Feinheit der Arbeit, vor allem aber von der Idee. Sie wusste auch sofort, von wem das Präsent war. Denn in ganz Anghiari – eigentlich: überhaupt – kannte sie nur einen einzigen Menschen, der sich so etwas ausdenken konnte. Und während sie das gläserne Kunstwerk drehte, betrachtete, wieder drehte und wieder betrachtete, fragte sie sich, warum er es ausgerechnet ihr hingestellt hatte. Das hieß, nein, eigentlich fragte sie es sich nicht. Denn sie kannte die Antwort: Wie immer sie sich entschied, das Ergebnis würde sie weiterbringen. Allerdings nur, wenn sie es endlich wagte, ihrem Leben eine Wendung zu geben. Denn nicht anders war es mit diesem kleinen Zauberding: einer Sanduhr, deren oberer bunter Teil ein Huhn darstellte, während der untere, nur leicht getönte, die Form eines Eis hatte.

***

Während sich seine Nichte über das sehr eigentümliche Geschenk freute, beobachtete draußen Pino Rossi zuerst den Dottore im Gebäude verschwinden und dann den Ingegnere, wie er in einem Moment ins Museum huschte, um im nächsten schon wieder herauszukommen und sich durch den Regen davonzumachen. Irgendwie erfüllte es den Bauunternehmer mit einer gewissen Genugtuung, dass der Mann keinen Schirm bei sich hatte. Irgendwie hatte er das Gefühl, alle müssten an diesem Tag ihre gerechte Strafe bekommen, wenn es ihm schon nicht vergönnt war, den gerechten Lohn für all seine Mühen zu erhalten.

Er zündete sich eine Zigarette an und betrachtete einen Wassertropfen, der sich an der Innenseite des Seitenfensters gebildet hatte. Achthundert Euro, dachte er. Denn das war der Nachteil an einem Lamborghini: Was immer daran zu machen war, verschlang ein Vermögen, und sei es nur die Dichtung eines Seitenfensters. Doch dann entdeckte er – durch den Wassertropfen hindurch! –, wie sich eine Silhouette abzeichnete, der Umriss einer näher kommenden Frauengestalt, die er an jedem Ort der Welt und unter allen denkbaren Umständen erkannt hätte: Vittoria! Rasch fuhr er sich mit den Fingern durchs Haar und warf die Zigarette aus dem Beifahrerfenster, das er schnell wieder schloss, damit nicht noch mehr Nässe ins Auto drang.

»Madonna!«, fluchte er. Die Frau war so schön, dass er es direkt in den Lenden spüren konnte. Und wie sie nun völlig durchnässt auf ihn zukam, das wirkte geradezu elektrisierend. Ohne an seine Frisur zu denken oder an den Zweitausend-Dollar-Anzug, stieg er aus und lehnte sich lässig an den Kotflügel seines Wagens.

»Ciao, bella!«, rief er ihr entgegen, und als sie nicht reagierte, nochmal: »Ciao, bella … bellissima!«

»Oh, Pino … ciao«, erwiderte Vittoria, ohne ihren Schritt auch nur zu verlangsamen. Pino Rossi stieß sich von seinem Wagen ab, rutschte aus, wäre beinahe in den Dreck gefallen, ruderte mit den Armen und fand sein Gleichgewicht gerade noch rechtzeitig, um Vittoria im Haus verschwinden zu sehen. Sprachlos stand er für einen Moment im Regen, dann lief er hinter ihr her, fand die Haustür verschlossen, trat durchs Museum ein und folgte ihr dann durch die Verbindungstür ins Wohnhaus (ohne von Gigi aufgehalten zu werden, die irgendein Ding anstarrte, als wär's das Raumschiff eines Außerirdischen).

Doch Vittoria war nicht mehr in der Küche. Und auch sonst nirgends zu sehen. Weiter wollte Pino Rossi nicht gehen, denn er kannte ja die Alte, die hier das Regiment führte. Sich von ihr Vorhaltungen machen zu lassen, darauf hatte er keine Lust. Er würde Vittoria schon noch erwischen und zur Rede stellen.

Als er ein paar Sekunden später wieder ins Freie trat, hatte der Regen aufgehört. »Typisch«, schimpfte er. »Jetzt, wo ich meinen Anzug ruiniert habe.« Fluchend ließ er sich in den Sportsitz seines Wagens fallen und trat das Gaspedal Augenblicke später durch, als wäre er auf der Rennstrecke in Monza. Vielleicht bedauerte er es sogar ein ganz kleines bisschen, dass niemand aus einer der Haustüren trat, an denen er vorbeiröhrte. Er hätte gute Lust gehabt, an diesem Morgen jemanden umzunieten. Was ihm auch beinahe gelungen wäre. Und zwar seinen Cousin, den Bürgermeister, der so unvermittelt auf der Straße stand, als wäre er mitten aus den alten Pflastersteinen emporgewachsen.

***

Signora Tuttibelli war froh, als sie den Bauunternehmer wieder aus dem Haus kommen sah. Sie kannte Pino Rossi eigentlich nur aus der Zeitung. Der *Corriere dell'Umbria* berichtete gelegentlich über ihn und nannte ihn dann gerne einen »Baulöwen«, einen »Selfmademan« oder einen »Immobilien-Tycoon«. Für Laura Tuttibelli war er vor allem ein Aufschneider, ein kleiner Ganove, der groß tat, aber wenig im Kopf hatte. Und noch weniger im Herzen. Solche Leute sollte man meiden, wenn man es konnte.

Nun aber, da der lächerliche Kerl wieder in seinen grellgelben Wagen geklettert war, huschte die Bibliothekarin (ohne Bibliothek) ins Museum, zu dessen Ausstattung sie so viel beigetragen hatte, und sah sich um. Sie nahm das Kopftuch ab und zerrte das Bündel, das sie mitgebracht hatte, aus der Tasche. Gott sei Dank war es trocken geblieben. Zärtlich betrachtete sie den Stapel Papier, auf dem in großen handschriftlichen Buchstaben *Der Sommer aller Sommer* stand. Seufzend trat sie in den Laden – um ihn leer vorzufinden.

Umgeben von all den hübschen, teilweise sogar bezaubernden Gegenständen, welche die Besitzerin hier versammelt hatte, stand Laura Tuttibelli etwas verlegen im Raum. »Tja, was mache ich jetzt damit?«, murmelte sie leise und beschloss, erst einmal das Angebot des Ladens zu besichtigen. Denn in der Tat: Man brauchte kein Wunder an Phantasiebegabung zu sein, um sich von den zahllosen Bildern und

Objekten inspirieren zu lassen. Ein Flugapparat nach den Plänen Leonardos? Ein Farbkasten mit allen Tönen für die Mona Lisa? Ein Rhombenkuboktaeder (Signora Tuttibelli musste das Wort zweimal lesen) zum Selberbauen? »Wie wunderbar«, flüsterte sie. Und erst die Bücher! Alles über die Renaissance. Alles über die Malerei. Alles über Leonardo und etliche andere große Künstler und Wissenschaftler früherer Jahrhunderte. Nicht zuletzt: alles über die Macht der Imagination!

Vittoria Tedeschi hatte eine eigene kleine Bibliothek erschaffen, die zwar – zumindest aus Sicht einer so erfahrenen Spezialistin – nicht besonders umfangreich war, jedoch voller Feinsinn und Raffinesse ausgewählt und zusammengestellt.

Nur die Ladenbesitzerin selbst war nicht da. Und tauchte auch nicht auf. Verzagt ließ sich Signora Tuttibelli hinter der Theke auf dem Stuhl nieder und murmelte: »Und wer soll es jetzt lesen?«

***

»Dottore!«

»Signora Tedeschi, wie geht es Ihnen?«

»Sparen Sie sich die Mühe, Dottore. Ich bin alt.«

»Das sind Sie nicht. Sehen Sie sich im Spiegel an.« Dottore Fratelli zog sich einen Stuhl heran und setzte sich neben das Bett seiner Patientin. Während er weiter mit seiner so beruhigenden, melodischen Stimme sprach, die die Patientin neulich bereits in der Kirche bewundert hatte (obwohl sie den Verdacht hegte, dass der Arzt kein bisschen fromm war), griff er nach ihrem Handgelenk und maß ihr den Puls. Auch das eine Geste, die spontan zu einer gewissen Beruhigung führte.

»Ich war nie krank.«

»Ich weiß«, erwiderte Dottore Fratelli. »Sie können von Glück sprechen! Ihre Gesundheit ist ein Segen.«

»Aber jetzt ist es vorbei damit«, erklärte die Signora müde. »Ich habe keine Energie mehr.«

»Machen Sie mal den Mund auf?« Er hielt – woher auch immer er ihn genommen hatte – einen Spatel in der Hand und ließ ihn über ihrem Gesicht kreisen. Doch Signora Tedeschi schob seine Hand beiseite. »Seien Sie nicht albern, Dottore. Sie werden mir mit dem Ding nicht helfen.«

»Helfen nicht«, sagte der Arzt und strich mit dem Daumen der anderen Hand, die immer noch an ihrem Puls lag, sanft über ihren Handrücken. Dabei lächelte er sie verständnisvoll an, in seiner Miene lag aber auch diese Autorität, die man manchmal bei Ärzten erlebt und die besagt: *Tut mir leid, du musst.*

Signora Tedeschi musste nicht. Wieso auch. »Ich habe Angst um meine Tochter«, flüsterte die Patientin, und niemand hätte an ihrer Miene erkennen können, welch teuflischen Plan sie in diesem Augenblick erkannt und sogleich gefasst hatte.

»Um Ihre Tochter? Wieso? Ist sie auch krank?«

»Nein, das nicht. Aber wenn ich nicht mehr bin …«

Das Lachen des Arztes kam so überraschend, dass Signora Tedeschi prompt ihre Hand zurückzog und sich ein wenig im Bett aufrichtete. »Sie glauben doch nicht, dass Sie jetzt sterben?«, rief er.

»Das weiß nur Gott«, sagte die Patientin gekränkt.

»Na ja. Gott und ich zumindest. Sie sterben nicht, Signora. Sie haben einen Infekt, das ist alles. Haben Sie Halsschmerzen? Ohrenschmerzen? Fühlen Sie sich erkältet?« Signora Tedeschi schüttelte den Kopf und verzog etwas die Miene. »Kopfschmerzen!«, schlug der Arzt vor, und Signora Tedeschi nickte vorsichtig. Vielleicht war mit dem Gin etwas nicht in Ordnung gewesen letzten Abend? Dabei hatte er ausgezeichnet geschmeckt!

»Vielleicht kommen noch Erkältungssymptome dazu. Ich gebe Ihnen jetzt etwas gegen die Schmerzen und zum Schlafen.«

»Ich brauche nichts zum Schlafen. Ich habe geschlafen.« Leise fügte sie hinzu: »Wenn auch schlecht.«

»Gut. Dann nur ein Schmerzmittel. Vorsorglich ein Antibiotikum?« Er winkte selbst ab. »In Ihrem Fall wohl eher nicht.« Er stand auf, musterte sie noch einmal, kehrte dann zu seiner verbindlichen, freundlichen Art zurück und auch zu seiner so schmeichelhaften Stimmlage: »In ein, zwei Tagen geht es Ihnen schon wieder besser.«

»Ein, zwei Tage?«

»Nun, vielleicht auch in fünf, sechs …«

»Fünf, sechs?« Die Signora warf die Bettdecke zurück, erschrak, als ihr bewusst wurde, dass sie ihr ältestes Nachthemd trug (das mit den verwaschenen Röschen), und warf die Decke wieder über sich. »Trotzdem«, sagte sie dann.

»Trotzdem was?«

»Trotzdem wäre ich Ihnen dankbar, wenn Sie mal nach meiner Tochter sehen könnten.«

»Um was zu tun?«

Sie zu heiraten, dachte Signora Tedeschi, sagte aber: »Sie zu beruhigen. Sie macht sich immer solche Sorgen um mich.«

»Aha. Nun gut«, erwiderte Dottore Fratelli. »Das kann ich gerne tun. Wo finde ich sie denn?«

»Gehen Sie einfach nach unten in den Museumsladen. Dort werden Sie sie finden.«

Der Arzt nickte und sah umwerfend aus. So gut, dass Signora Tedeschi geradezu fühlen konnte, wie ihre Lebensgeister wieder angeregt wurden. Vor allem, als sie seine unberingten Finger sah und die goldenen Manschettenknöpfe.

»Und Sie verhalten sich ruhig und kommen erst einmal wieder zu Kräften. Jede Aufregung ist verboten.« Der Dottore zwinkerte ihr beinahe verschwörerisch zu, doch Signora Tedeschi winkte ihn ungnädig hinaus.

»Das werden wir ja sehen, Dottore«, sagte sie knapp. »Auf Wiedersehen.«

»Bestimmt«, erwiderte Dottore Fratelli. »Ganz bestimmt. Gute Besserung.« Er nahm eine Schachtel mit Tabletten aus seiner Tasche, stellte sie auf das Nachtkästchen und verbeugte sich leicht. »Alle vier Stunden eine. Höchstens. Und wenn wirklich etwas sein sollte …«

»Dann rufen wir den Bestatter«, entgegnete die alte Dame knapp und quittierte sein Angebot mit einem Nicken, das keine Erwiderung erlaubte.

***

»Aber Salvatore, das kannst du doch nicht machen!«, erklärte Pino Rossi seinem Cousin kleinlaut. »Willst du, dass ich pleitegehe?«

»Ich will nur, dass alles seine Ordnung hat.«

»Aber was hat denn Vittoria damit zu tun?«

»Das ist meine Angelegenheit, Pino.«

»*Porca miseria!* Wenn es eine Angelegenheit ist, dann doch meine!« Pino Rossi schwankte zwischen

Empörung und Verzagtheit. Aber in dem Punkt überwog eindeutig die Empörung.

»Davon verstehst du nichts, Pino.«

»Madonna! Ich verstehe nichts von der Liebe? Das sagst ausgerechnet du mir? Du bist doch schon seit zwanzig Jahren mit ein und derselben Frau zusammen.«

»Dreißig, Pino.«

»Siehst du? Du verstehst eben nichts von der Liebe.«

»Und du verstehst nichts von der Politik, Pino. Deshalb tust du, was ich dir sage. Oder wir ziehen die Baugenehmigung zurück. Und die Banca dell'Umbria muss leider auch deine Kredite fällig stellen.«

»Meine Kredite? Willst du mich ruinieren? Das können die gar nicht!«

»Glaub mir, Pino, die können alles. Bis du das vor Gericht zu deinen Gunsten entschieden hast, ist deine Firma längst pleite.« Der Bürgermeister faltete die Hände über seinen Bauch und blickte so entspannt durch die Windschutzscheibe des Lamborghini auf die Stadt, dass es keinen Zweifel geben konnte: Der meinte das ernst. Und er würde das auch durchziehen.

»Verdammt!«, kreischte Pino Rossi und schlug auf das Lenkrad. »Ich hole mir eine Eilanordnung!«

»Von wem?«

»Vom Gericht in Perugia.«

»Oh, ja. Das ist eine gute Idee, Pino. Der Präsident ist ein guter Freund von mir. Ich gebe ihm Bescheid. So eine Eilverfügung geht tatsächlich sehr schnell. Wenn sie mal zugelassen ist. Aber das kann natürlich dauern. Da muss zuerst die Frage geklärt werden, ob das Gericht überhaupt zuständig ist. Dann muss ein Richter bestimmt werden. Wenn du Glück hast, ist er gerade nicht im Urlaub. Oder krank. Und er hat nicht zu viel auf dem Schreibtisch …«

Pino Rossi seufzte. »Okay«, sagte er kleinlaut. »Ich hab's kapiert. Du willst das durchziehen.« Er warf einen lauernden Blick auf seinen Cousin. »Aber das wird dich etwas kosten.«

»Das weiß ich, Pino«, erklärte der Bürgermeister gelassener, als er war. »Alles hat seinen Preis. Und ich werde mich erkenntlich zeigen.«

»Kann ich wenigstens noch einmal …«

»Nein. Die Abmachung gilt ab sofort.«

»Abmachung …«

»Du lässt die Finger von Signora Tedeschi …« Der Bürgermeister, der seinen schlitzohrigen Verwandten bestens kannte, fügte hinzu: »Der jungen. Und zwar ab sofort.« Er musste ja dem Cousin nicht auf die Nase binden, wie komplex politische Entscheidungen mitunter waren. Aber alles im Leben war nun einmal ein Geben und Nehmen. Und – dreißig

Ehejahre hin oder her – er würde nicht riskieren, dass er selbst die Finger von seiner eigenen Frau lassen musste, nur weil die sich von der alten Tedeschi hatte aufhetzen lassen.

***

»Signorina?«

»Scusi?«

»Ihrer Mutter geht es gut, machen Sie sich keine Sorgen.«

Darauf wäre Laura Tuttibelli nie gekommen. Denn ihre Mutter war seit über zehn Jahren tot.

»Ich habe ihr ein paar Aspirin gegeben.« Der gutaussehende Mann, der der Bibliothekarin schon in der Kirche aufgefallen war, senkte die Stimme: »Ehrlich gesagt, denke ich, sie hat einen Kater.«

»Fausto«, erwiderte Signora Tuttibelli.

»Fausto?«

»Der Kater.«

»Oh. Nein, ich meinte, sie hat zu viel getrunken.«

»Oh!

»Verstehe. Ähm … ich fürchte, da liegt ein … Missverständnis vor.«

Doch der Arzt hob die Hand. »Keine Sorge. Das bleibt unter uns.« Er lächelte sie an, nein, eigentlich strahlte er sie an. »Es ist schön hier.«

»Ja«, erwiderte Signora Tuttibelli. »Das finde ich auch.«

Dottore Fratelli ließ seinen Blick umherschweifen, der zu guter Letzt an Laura Tuttibelli hängen blieb – und an dem Stapel Papier, der vor ihr lag. *»Der Sommer aller Sommer?«*

»Ein … Manuskript.« Es fühlte sich seltsam an, nun, da sie es aussprach. »Ich wollte, dass jemand es liest.«

»Sie haben es selbst geschrieben?« Der Arzt trat einen Schritt näher. Und noch einen Schritt. Ein dezentes, aber sehr männliches Aftershave, dachte Signora Tuttibelli und schloss kurz die Augen. »Ein … Roman.«

»Ich bin beeindruckt. Und jetzt möchten Sie, dass jemand ihn liest.«

»Nun ja, die Besitzerin des Ladens hier«, erklärte die Bibliothekarin und versuchte, nicht zu seufzen.

»Oh, verstehe. Schade.« Wieder dieses strahlende Lächeln.

»Schade?«

»Sonst hätte ich …«, sagte der Arzt und zuckte mit den Schultern. »Alte Marotte von mir.« Und auf Signora Tuttibellis Blick schob er hinterher: »Lesen.«

»Marotte nennen Sie das?« An der Stelle spülte das Adrenalin alle Hemmungen weg. »Ich bitte Sie! Alle Männer sollten lesen! Ich liebe Männer, die lesen.«

Der Arzt lachte. »Ja, ich habe schon gehört, intelligent ist das neue sexy.« Er hüstelte. »Also, nicht dass Sie jetzt denken … Das sollte jetzt nicht klingen, als …«

An der Stelle wiederum lachte Laura Tuttibelli. »So ist das also. Nun, da Vittoria nicht da ist: Wenn Sie möchten, lesen Sie es doch!«

Und auch wenn ihm in dem Moment etwas die Röte ins Gesicht stieg, so konnte die Bibliothekarin nicht umhin, seiner Feststellung zuzustimmen: Intelligent ist das neue sexy.

***

Auf dem Wochenmarkt an der Piazza Goffredo Mameli konnte man auch Blumen kaufen – nur dass dieser Markt immer am Dienstag stattfand. Doch es gab auch einen kleinen Blumenladen in Anghiari, nicht weit vom Museo Leonardo entfernt, sogar einen ganz entzückenden, wie Fabio fand, als er ihn betrat: Zwei fröhliche Schwestern führten ihn, und das offenbar mit glücklichen Händchen sowohl für die Auswahl wie für die Gestaltung des Geschäfts. Überall bildeten zauberhaft gebundene kleine Bouquets Inseln der Freude, von der Decke hingen Töpfe mit Pflanzen, die Fabio noch nie gesehen hatte. Eine der Besitzerinnen hütete die Kasse und wand nebenher kleine

Kränze aus getrockneten Blüten, die andere goss vor dem Laden die Margeriten und Hortensien, und – halb verdeckt hinter einer Säule – bei den Rosen stand Signor Bergoglio und zögerte, wofür er sich entscheiden sollte. »Buon giorno, Signore«, grüßte Fabio, der dem alten Herrn in den Laden gefolgt war.

»Ah, Signor Contagno! Buon giorno.« Er hatte in seinem großen Korb diverse Einkäufe, aber noch genügend Platz für Blumen. »Ich kann mich nicht entscheiden.«

»Tja, ich fürchte, ich bin kein guter Berater in Sachen Blumen. Da werden Ihnen die Floristinnen hier sicher besser weiterhelfen können.«

Signor Bergoglio druckste herum. Dann raunte er leise: »Die beiden sind wunderbar. Aber leider etwas verplaudert.«

»Verplaudert?«

»Wenn Sie denen etwas sagen – oder wenn Sie nur auf eine Idee kommen! – dann weiß es gleich der ganze Ort.«

»Und Sie fürchten, dass Signora Tedeschi zum Gegenstand von Gerede werden könnte?«

»Woher wissen Sie?« Der alte Herr schien ernsthaft erschrocken.

»Ich bitte Sie, Signor Bergoglio. Ein Mann von Ihrem Format, eine Frau wie Signora Tedeschi, und beide alleinstehend … Da muss man keine höhere

Mathematik beherrschen, um eins und eins zusammenzuzählen.« Fabio zwinkerte ihm zu. Und Signor Bergoglio, nach einer weiteren Schrecksekunde, zwinkerte zurück. Da hatte Fabio eine Idee: »Warten Sie kurz!« Er wandte sich an die Dame an der Kasse, während der alte Herr weiter um die Blumen kreiste, und fragte sie leise: »Hätten Sie vielleicht einen Radiergummi für mich?«

»Einen Radiergummi? Ähm, ja … bitte schön.«

Einen Augenblick später schlich Fabio hinter dem alten Herrn vorbei, stieß ihn – rein versehentlich natürlich – etwas an, entschuldigte sich und befand: »Nehmen Sie doch einfach ein paar zartrote Rosen dazu. Diese hier vielleicht!« Er griff nach einem Bund lieblicher Moosröschen. »Sie wird sich sowieso darüber lustig machen. Aber sie wird die Blumen trotzdem lieben.«

Signor Bergoglio betrachtete die Blumen und nickte. »Genauso wird das vermutlich sein.«

Der leicht wehmütige Blick Fabios entging dem alten Herrn nicht. Aber er tat, wie ihm geheißen: Er bezahlte die Moosröschen und verließ dann voll Hoffnung und Entschlossenheit den kleinen Blumenladen, um möglichst rasch nach Hause zu gehen und sich für den großen Abend vorzubereiten.

***

Nicht stündlich, sondern minütlich trat Vittoria vor die Tür ihres kleinen Museumsladens und blickte in den Himmel, dessen Grautöne sich abwechselten, ohne aber jemals auch nur ein winziges Fleckchen Blau zuzulassen. Sie schaute nach der Wettervorhersage, die aber so oder so frustrierend war: Während die einen »heftige Regenschauer, in manchen Teilen der Region auch begleitet von Hagel« prophezeiten, gaben sich die anderen mit »trüb und wolkenverhangen« zufrieden. Die Mondfinsternis würde ohne Betrachter aus Anghiari stattfinden, wer sie sehen wollte, musste mindestens nach Neapel oder Mailand fahren.

Enttäuscht räumte Vittoria die Sonderprodukte wieder in die Fächer.

Sie hatte »Mondfinsternis-Brillen« besorgt, die für schärfere Kontraste und eine dramatischere Färbung des Himmelsgeschehens sorgten – das heißt: gesorgt hätten. Sie hatte Bücher über »Himmels-Phänomene« und »Sonnenfinsternis – Bilder eines Wunders« geordert. Und sie hatte Nachdrucke machen lassen von Leonardos grandiosen Zeichnungen aus den Jahren 1490 und 1491, in denen er verschiedene Körper (fast allesamt Kugeln) Schatten aufeinander werfen ließ. Und natürlich von seiner Zeichnung zum Licht des Mondes von 1505 aus dem Codex Leicester, die heute im Besitz eines gewissen William Gates und seiner Frau Melinda war, seltsamerweise in Seattle. Alles erstklassig gelungene Faksimiles, die ohne *Leonardos Nacht* aber als Ladenhüter übrig bleiben würden.

Mit einem Auge war Vittoria immer auch bei Gigi, die an der Kasse saß, aber dennoch weit, weit weg war – im Geiste. Sie hatte irgendein neues Spielzeug, mit dem sie ständig unter der Theke herummachte. Aber jedes Mal, wenn Vittoria scheinbar zufällig vorbeikam, steckte sie es scheinbar rein zufällig schnell wieder weg. Dabei wich sie ihrem Blick aus, dass es mehr als auffällig war.

Nicht nur nach dem Wetter, auch nach ihrer alten Mutter schaute Vittoria regelmäßig und jedenfalls erheblich öfter, als es Signora Tedeschi recht war. Die hatte nämlich, nachdem der Dottore gegangen war, zwei Tabletten genommen und spürte vom Fieber nichts mehr. Im Gegenteil: Fast schien es, als wären übernatürliche Kräfte in sie gefahren. Vittoria war kaum verschwunden, da zog es sie bereits in die Küche, und wenig später zog der fragwürdige Duft von Kokosmakronen mit Gorgonzolafüllung durch die Küche (und durch den Kassenraum, wo Gigi Rossi kurzfristig aus ihren Überlegungen aufgeschreckt wurde – und das hieß in dem Fall wirklich: geschreckt!).

»Mamma! Du sollst doch im Bett bleiben.«

»Ich habe noch einiges zu erledigen, Kind. Geh du nur in deinen Laden.«

»Im Laden bin ich die Einzige. Und was bitte hast du jetzt Wichtiges zu erledigen? Dottore Fratelli hat gesagt, du sollst das Bett hüten!«

»Hat er das?«

»Hat er nicht?«

»Und wenn schon. Mein Bett braucht keine Aufpasserin. Das kann alleine auf sich aufpassen.«

»Dio mio!«, rief Vittoria, ohne zu bemerken, wie sehr sie dabei nach ihrer Mutter klang. »Du bist krank!«

»Sehe ich krank aus?«

»Das nicht, aber …«

»Na bitte. Und jetzt lass mich in Ruhe.«

***

Es war wirklich seltsam. Nachdem Vittoria mit einem lebhaften Tag gerechnet hatte, einem Tag, an dem sie nicht wissen würde, wo ihr der Kopf stand, tauchte nun wieder einmal kein Mensch im Museum auf – und sowohl ihre Mutter als auch Gigi hatten keinen Sinn für ein Gespräch. Mit einem Mal kam Vittoria sich unendlich einsam vor.

Sie trat erneut vor die Tür, blickte erneut in den Himmel, um erneut festzustellen, dass die Wolken wie festgemauert am Himmel standen, grüßte Signor Bergoglio, der mit einem großen Einkaufskorb (in dem auch ein hübsch eingewickeltes Päckchen und ein paar Blumen lagen) vorbeieilte, winkte dem Friseur zu, der ebenfalls vor seiner Ladentür stand, und kehrte schließlich seufzend in ihren Museumsshop zurück, wo nichts, aber auch gar nichts darauf hindeutete, dass dieser Tag noch ein gutes Ende nehmen könnte.

***

Anders als erwartet fand Signor Bergoglio in seinem Korb nicht nur ein paar Einkäufe und die Blumen, und anders als erwartet, fand er Signora Tedeschi nicht in ihrem Schlafzimmer, sondern in ihrer Küche vor. »Buon giorno, Signora«, sagte er vorsichtig und hielt ihr die Blumen und das Päckchen entgegen, als wäre es eine Raubtierfütterung.

»Buona sera, Signor Bergoglio«, erwiderte Signora Tedeschi und warf einen Blick zur Wanduhr hin, die bereits eine nachmittägliche Stunde anzeigte.

»Oh, ja, natürlich: Buona sera. Ich habe mich gefragt …«

»Ob Sie mir Blumen schenken dürfen?«

»Genau.«

»Nun, nachdem Sie sie ja wohl schon gekauft haben, geben Sie sie her.« Die alte Dame nahm ihm die

Blumen ab, warf einen Blick darauf, der vermutlich spöttisch sein sollte, aber doch irgendwie verriet, dass sie entzückt war, füllte Wasser in eine Zinnkanne, die sie vom Tisch nahm, und stellte sie dann aufs Fensterbrett, wo sie sich vor dem Trübsinn des Tages außerordentlich fröhlich ausnahmen. »Haben Sie die selbst von irgendwem geschenkt bekommen?«

»Äh, nein … wieso?«

»Wo haben Sie sie dann her?«

Signor Bergoglio konnte seine Verwirrung kaum verbergen. »Nun, ich habe sie gekauft. Für Sie.«

»Für mich? Sie wussten, dass ich krank bin?«

»Sie sind krank? Das wusste ich nicht.« Beinahe hätte er sie gemustert, denn sie sah doch gar nicht krank aus, jedenfalls nicht für ihn.

»Oder dachten Sie, ich habe Geburtstag? Na, egal. Danke.«

»Bitte.«

»Und das?«

»Was?«

»Was Sie da noch in Händen halten.«

»Oh, ja, das Päckchen!« Signor Bergoglio reichte es ihr. »Es lag in meinem Einkaufskorb.« Diesmal war der Blick, den er erntete, eindeutig spöttisch. »Keine Ahnung, wie es da hineingekommen ist.«

»Und nun dachten Sie … Sie schenken es mir? Ohne zu wissen, was drin ist?«

Signor Bergoglio zuckte die Achseln. »Es steht ja Ihr Name drauf.«

Und tatsächlich: *Signora Tedeschi* stand auf dem Päckchen, wenn auch etwas verwischt. Die alte Dame legte es zur Seite.

»Wollen Sie es nicht aufmachen?«

»Später, Signore … später. Auf Wiedersehen.«

Doch Signor Bergoglio schien nicht die Absicht zu haben, zu gehen. Jedenfalls blieb er stehen und suchte so offensichtlich nach Worten, bis ihm die Hausherrin half: »Was? Wollten Sie mich um ein Rendezvous bitten?«

»Nun, da Sie es sagen …«

Signora Tedeschi wäre beinahe der Schneebesen aus der Hand gefallen. »Wie bitte?«

»Nun, ich wollte Sie fragen, ob Sie nicht …. Heute ist doch die berühmte *Notte Leonarda* … Und da …«

»*Notte Leonarda!* Ha! Haben Sie mal aus dem Fenster geblickt? Das wird ein trübsinniger Abend heute, das kann ich Ihnen versichern.«

»Es sei denn, Sie nehmen meine Einladung an.«

»Einladung?«

»Mit mir auf meinem Balkon zu Abend zu essen. Sie werden es nicht glauben, aber es gibt ein paar Sachen, die kann ich ganz gut. Kochen gehört dazu.«

»Sie? Kochen? Va bene. Acht Uhr.«

»Acht Uhr? Ich freue mich.«

»Aber ich bringe die Antipasti.«

Die Verbeugung, die Signor Bergoglio vollführte, wies ihn aus als Mann von Klasse und Wagemut, und es fiel Signora Tedeschi nicht leicht, sie mit einem spöttischen Lächeln zu quittieren.

DAS LETZTE KAPITEL

Ein Buch voll Witz und Weisheit.
Wäre ich nicht Carla Carlucci, dann gibt es nur eine,
die ich gerne wäre: Laura Tuttibelli.
Ich liebe ihren »Sommer aller Sommer«!
CARLA CARLUCCI

Auch eine regnerische Nacht kann romantisch sein, wenn man auf einer kleinen Dachterrasse unter einem Sonnensegel sitzt, das einen trocken hält, während einige Windlichter eine milde Stimmung erzeugen. Milder Stimmung fand sich auch Signora Tedeschi, während sie – unerwartet entzückt über seine elegante Erscheinung mit Jackett, Einstecktuch und Fliege – neben Signor Bergoglio saß und ihr Glas hob. »Dann wollen wir mal«, sagte sie. Und auch wenn es dafür natürlich absolut keinen Grund gab, irgendwie war sie doch überrascht, mit welchem Wohlwollen, um nicht zu sagen: Appetit, der Nachbar die Antipasti betrachtete, die sie auf einer Platte angerichtet hatte: Einige vielleicht etwas exotische Experimente wie Thunfischcarpaccio mit Erdbeermus, Artischockenherzen auf Espressoschaum, aber auch sehr brave Kreationen wie Leberflöckchen mit Zitronengrasbutter oder Salsiccia-Pancakes mit Aprikosenstückchen.

»Was Sie sich wieder für eine Arbeit gemacht haben!«, würdigte Signor Bergoglio die Köstlichkeiten. »Und alles so liebevoll dekoriert. Fast zu schade, um es zu essen.«

»Nur keine Feigheit vor dem Feind!«, mahnte Signora Tedeschi, die sich ärgerte, das Kittelkleid nicht gegen ein etwas eleganteres eingetauscht zu haben. Aber wer konnte auch wissen, dass der alte Bergoglio sich so rausputzen würde.

Er lachte. »Der Feind wäre in dem Fall wohl mein Hunger.« Er täschtelte mit einer Hand seinen Bauch. »Aber den Kampf habe ich ja sowieso längst verloren.«

»Ach«, verstieg sich die alte Dame zu ihrer eigenen Verblüffung zu etwas, das man beinahe hätte für ein Kompliment oder eine Schmeichelei halten können: »Männer von Format sollten nicht zu mager sein.«

»Sie überraschen mich immer wieder, liebste Loredana.« Trotz der warmen Worte schien er seltsam befangen.

»Nun gut«, erklärte Signora Tedeschi. »Dann greifen Sie zu.« Sie kannte das ja: Die meisten hatten ein Problem mit ihrer Küche.

»Lassen Sie uns zuerst …«

»Aber ja. Stoßen wir an.« Sie hob ihr Glas. Ein einfacher, aber ausgezeichneter Gavi. Signor Bergoglio griff nach seinem Glas und stieß mit ihr an. »Auf einen wunderschönen Abend, Loredana.«

»Sicher. Cincin.«

»Cincin.« Während er von seinem Wein nippte, ließ er Signora Tedeschi nicht aus den Augen. »Das war es aber nicht, was ich meinte …«

»Aha?«

»Mein Geschenk …«

»Ja?«

»Sie wissen schon … das ich in meinem Korb gefunden hatte.«

»Gefunden«, sagte Signora Tedeschi, die ihm immer noch kein Wort glaubte. »Sicher.«

»War es … ?« Er wusste ja in der Tat nicht, was er ihr da überreicht hatte. Auf Signora Tedeschis Gesicht aber zeichnete sich ein Lächeln ab, wie er es so noch nie gesehen hatte. »Es war wunderschön, Eduardo.«

»Wunderschön?«

»Ich weiß auch, bei wem Sie das in Auftrag gegeben haben. Denke ich zumindest. Aber das macht nichts. Allein die Idee … Und in der Tat … ich …« Sie zögerte. Sah er tatsächlich eine kleine Träne in ihrem Augenwinkel glitzern? »Also, ich habe noch nie etwas so Schönes bekommen.«

Ironie? War nicht zu erkennen. Signor Bergoglio musste schlucken. »Es war …«, sagte er mit rauer Stimme, denn wie sollte er ihr nur erklärlich machen, dass er keine Ahnung hatte, was er ihr geschenkt hatte – ja, dass er es ihr genau genommen gar nicht geschenkt, sondern nur gegeben hatte?

»Ich denke, Sie sollten auch einmal hineinschauen, mein lieber Eduardo.«

»Hineinschauen. Gerne.« Er war ganz atemlos, weil er die Luft angehalten hatte. »Und sagen Sie doch bitte Edo zu mit.«

»Solche Vertraulichkeiten heben wir uns für später auf«, erklärte Signora Tedeschi und blickte ihn mit diesem leicht spöttischen, leicht liebevollen Blick an, den sie – seit der frühen Zeit mit dem verblichenen Signor Tedeschi – eigentlich nur Fausto geschenkt hatte. Und per Sie würden sie auf jeden Fall noch bleiben. Das schaffte eine gewisse Eleganz im Umgang.

Eduardo Bergoglio nahm entgegen, was sie ihm reichte: ein Kaleidoskop. Das also war es, was er ihr, ohne es beabsichtigt zu haben, geschenkt hatte. Es war ein wenig breiter im Durchmesser als die Kaleidoskope, an die sich Signor Bergoglio aus seiner Kindheit erinnerte. Ansonsten sah es eigentlich nicht anders aus. Neugierig richtete er es auf das Licht der Kerzen und staunte: Denn darin waren nicht etwa bunte Glasperlen, die durcheinanderpurzelten, sondern Verse berühmter Gedichte! (Einige kannte er, weshalb er wusste, dass hier nicht irgendein Unbekannter die Feder geführt hatte, sondern zum Beispiel der große Petrarca). Es waren ausschließlich Verse, die sich reimten und die, wenn man das Kaleidoskop drehte, in immer neue Kombinationen fielen. Manchmal war es schwer zu lesen, was da stand, dann wieder ergaben sich wundervolle, ja geradezu zauberische Gedichte – und sie waren allesamt Liebesgedichte, eines schöner als das andere. Staunend studierte der alte Herr einige dieser Zufallspoeme, dann reichte er seiner Herzensdame das Kunstwerk zurück und sagte: »Das ist genau das richtige Geschenk für dich.«

»Für Sie«, korrigierte Signora Tedeschi.

»Für mich?«

»Nein«, sagte die alte Dame und schenkte ihm großzügig von dem Gavi nach. »Wir sind immer noch per Sie. Auch wenn wir uns wohl demnächst einen Haushalt teilen werden.« Sie lächelte, aber sie fröstelte auch, wohl vor allem, weil der Abend kühler wurde. Signor Bergoglio verstand. Er rückte näher und legte den Arm um sie. »Ganz wie Sie meinen, Signora.«

Die alte Dame lachte auf. »Meine Ehe liegt so lange zurück, die ist schon gar nicht mehr wahr. Ich denke, Sie dürfen mich ruhig wieder Signorina nennen.«

Signor Bergoglio aber wusste, dass er dringend etwas zu erledigen hatte. Er nahm Signora Tedeschi das Glas aus der Hand. »Wir haben in dieser Nacht noch einiges vor, Signorina.«

»Edo!« Beinahe hätte sie kichern müssen. »Ich muss doch sehr bitten.«

»Tut mir leid, liebste Loredana. Aber es ist nicht, was du denkst. Zuerst brauche ich deine Hilfe. Und Vittoria braucht sie ebenfalls.«

***

Zu spät. Der Zug war abgefahren. Und Fabio schwankte zwischen der Entscheidung für eine Übernachtung in Arezzo und der Rückkehr in seine bereits bezahlte Unterkunft in Anghiari. Vielleicht war es ein letzter Rest von Sehnsucht, von Hoffnung oder von Verzweiflung, der bewirkte, dass er sich für Letzteres entschied, vielleicht war es auch einfach nur Trotz. Als er wenig später im Bus Richtung Perugia saß, bewunderte er das Leuchten zweier Hügelkuppen im Abendrot, das die dunklen Regenwolken durchbrochen hatte. Es schien, als zögen die Schatten, die länger und länger wurden, den Bus immer tiefer in die Landschaft hinein.

Einige kleine Weiler grüßten mit spärlicher Beleuchtung, kaum ein Fahrzeug kam ihnen entgegen.

Es war ein stiller Abend in der Region. Die gedrückte Stimmung passte bestens zu Fabio Contagnos Gemütslage.

Niemand außer ihm stieg in Anghiari aus. Mit schweren Schritten zog er seinen kleinen Rollkoffer zurück zu Signora Perazzos Pension. Zumindest war sein Zimmer noch nicht wieder vergeben. Die paar Sachen, die er mangels Transportmöglichkeit zurückgelassen hatte, standen noch unverändert da. Und am Fenster saß ein Schatten, mit dem er überhaupt nicht gerechnet hatte.

»Gioconda!«, rief Fabio leise, nachdem er das Fenster geöffnet hatte. »Willst du mich verabschieden? Morgen früh bin ich endgültig weg. Dann werden wir uns nicht mehr wiedersehen.«

Der Kater trat mit seinen elegant-fließenden Bewegungen ein und sah sich im Zimmer um. Dann entschloss er sich, auf Fabios Bett Platz zu nehmen, und wartete, bis der sich zu ihm gesetzt hatte, um ihn zu streicheln.

Katzen sind gute Zuhörer. Sie unterbrechen nicht, blicken intelligent, selbst bei den unsinnigsten Vorträgen, sie lassen sich ausdauernd das Fell kraulen und behalten nicht nur ihre Zunge bei sich, sondern auch ihre eigenen Gedanken. Und manchmal verstehen sie sogar, selbst wenn die Geschichte unausgesprochen bleibt. Weshalb Signora Perazzo die beiden schweigend vorfand, Fabio und den Kater Fausto, als sie wenig später an die Tür klopfte und auf ihr erneutes Klopfen ganz vorsichtig die Tür öffnete, weil ihr niemand antwortete. »Signor Contagno?«

»Hm?«

»Scusi. Da ist jemand, der Sie sprechen möchte.«

***

Als Gigi Rossi an jenem Abend die Tür des Museo Leonardo absperrte – eigentlich war es schon Nacht, doch natürlich hatte sie lange Zeit ausgeharrt, ob nicht doch irgendjemand zur *Notte Leonarda* käme –, hatte sie ihre Entscheidung getroffen.

Sie verzichtete darauf, ihre Vespa anzuwerfen, sondern schob dieses liebgewonnene Gefährt durch die nächtlichen Gassen von Anghiari, um die Schlafenden nicht zu wecken, vor allem aber, um ihre Gedanken nicht zu verscheuchen, die ihr zum ersten Mal seit langer Zeit endlich ganz klar erschienen, ja geradezu ohne eine Alternative! Alles lag so offensichtlich vor ihr, dass sie sich fragte, warum sie nicht längst getan, was zu tun sie an diesem denkwürdigen Tag beschlossen hatte.

Es begegneten ihr wenige Menschen auf ihrem Weg. Nach all den zahllosen warmen, ja prächtigen Abenden, die hinter ihnen lagen und die sie oft genug im Freien genossen hatten, schienen sich die Einwohner Anghiaris endlich in ihre Häuser zurückgezogen zu haben – ausgerechnet am Abend der Mondfinsternis. Die war (Gigi Rossi blickte auf die Uhr) längst schon Vergangenheit. Hatte irgendwann vor etwas mehr als einer Stunde hinter dicken Wolkendecken stattgefunden, ohne von einem aufgeregten Publikum bejubelt zu werden, zumindest nicht hier. Die Einsamkeit der Straßen war Gigi Rossi aber ganz recht, sie hatte keine Lust, auf irgendeinen der Typen zu treffen, mit denen sie sonst gerne am Abend herumhing, in irgendeinen Club ging oder sich sonst wie die Zeit vertrieb. Denn jetzt hatte sie, was sie noch nie gehabt hatte: einen Plan. Und daran war allein Fabio Contagno schuld. Das hieß: eigentlich sein Huhn.

Endlich gelangte sie vor dem Haus in der Via Giuseppe Garibaldi an, in dem das Tattoo-Studio lag. Allerdings war das Studio nicht nur längst geschlossen, sie war auch gar nicht auf der Suche nach Rocco, dem Meister der Körpermalerei, oder nach einer seiner zwei Lebensgefährtinnen. Vielmehr war sie auf dem Weg zu jemandem, der direkt über dem Laden wohnte und mit allem rechnen mochte, nur nicht mit einem Besuch von Gigi Rossi, der vielleicht unbelesensten jungen Frau in ganz Anghiari. Sie warf noch einmal einen Blick auf die Uhr, zögerte kurz, sah dann an der Fassade hoch und entdeckte, dass im ersten Stock noch Licht brannte, stellte ihre Vespa ab (Absperren war in einem Ort wie Anghiari nicht nötig; hier konnte man niemandes Gefährt klauen, jeder wusste ja, wem was gehörte) und drückte dann unerschrocken auf die Klingel.

Nach einigen wenigen Augenblicken wurde ihr geöffnet. Im Treppenhaus roch es nach Knoblauch und Moder, die Treppen knarrten wie in allen alten Häusern.

Gigi räusperte sich und kramte in ihrer Tasche, schließlich wollte sie sich nicht lange aufhalten, hatte aber auch ihre Worte nicht wirklich überlegt. Genau genommen wusste sie gar nicht wirklich, was sie sagen sollte. Beziehungsweise: *Was* wusste sie durchaus, nur nicht *wie*.

Die Frau erwartete sie am oberen Treppenabsatz. »Sie?«, fragte sie so überrascht, wie man es nur sein konnte. Und das wunderte Gigi nicht besonders. Denn auch sie wäre überrascht gewesen. Genau genommen war sie es sogar immer noch. Über sich, über die Situation und über ihren Entschluss, vor allem aber darüber, dass sie ihn nicht schon viel früher getroffen hatte. »Ja, ich«, antwortete sie.

»Nun, möchten Sie …« Ein Zögern, ein prüfender Blick, auch dieser nicht zu verdenken. »Möchten Sie hereinkommen?«

Gigi Rossi schüttelte den Kopf. »Sehr freundlich. Aber nein. Tut mir leid, dass ich Sie so spät störe. Aber ich konnte heute nicht früher weg. Sie wissen ja, die *Notte Leonarda*.«

»Die *Notte Leonarda*.« Es klang nicht einmal ironisch, wofür Gigi dankbar war, denn dafür konnte sie nun wirklich nichts – und auch nicht dafür, dass das Ereignis wetterbedingt ein Totalausfall gewesen war. Sie nickte zur Tür hin. »Nein, danke … sehr freundlich. Ich wollte Ihnen nur etwas bringen.«

»Mir? Bringen?«

»Ich denke, für Sie ist das eher das Richtige.« Und sie reichte ihr den Schlüssel, den sie den ganzen Weg über in der Hand gehalten hatte. Den Schlüssel zum Museum an der Piazza Goffredo Mameli. »Ich bin dann weg«, erklärte sie und ließ ihren Worten unmittelbar Taten folgen.

»Ein Schlüssel?«, fragte Dottore Fratelli, der hinter Signora Tuttibelli an die Tür getreten war, und fuhr sich über das leicht stoppelige Kinn.

»Für das Museum«, flüsterte die Bibliothekarin, während sie der jungen Frau hinterherblickte, die die Treppe so unvermittelt hinablief, wie sie heraufgekommen war.

»Ich wüsste niemanden, der sich besser darum kümmern könnte«, sagte der Arzt und umarmte sie zärtlich.

»Tja, wenn ich ehrlich bin«, erwiderte Signora Tuttibelli, »ich auch nicht.«

***

Für den Tag nach der *Notte Leonarda*, auch wenn sie am Ende ausgefallen war, war das Museum als geschlossen angekündigt. Und das würde Vittoria auch nicht ändern. Wozu sollte sie auch aufsperren? Das mangelnde Interesse, das mangelnde Geld, die inzwischen deutlich mangelnde Zuversicht … mehr als genug Gründe, sich diesen Tag frei zu nehmen. Und vielleicht nicht nur ihn. Vittoria hatte einen Entschluss gefasst: Sie würde ihr Leben aufräumen. So jedenfalls ging es nicht weiter. Alles, was ihr wichtig war, hatte sie – halb. Und es war stets die schlechtere Hälfte, die sie ergattert hatte. Sie wollte einen Job, eine Beziehung, ein Ziel. Was sie in der Zeit seit der Scheidung von Luigi für sich erreicht hatte, war eine Arbeit, die nichts einbrachte, ein Date mit dem schlimmsten Schürzenjäger von Anghiari und allenfalls ein paar Träume. Aber definitiv kein Ziel.

Seufzend nahm sie das Mobile mit den kleinen Schmetterlingen wieder ab. Sie mochte es und hatte es immer wieder betrachtet. Aber es erinnerte sie an Fabio – und der hatte das Interesse offenkundig verloren und war bereits aus Anghiari und aus Vittorias

Leben verschwunden. Es war einfach keine gute Idee, sich weiter mit Gedanken an ihn zu tragen. Vorsichtig nahm sie die filigrane Arbeit mit hinunter in den dunklen Laden und hängte sie dort an einen kleinen Haken an einem Regal. Ob sie ihn überhaupt noch einmal öffnen würde? Gewiss, die Brandschutzauflagen waren erfüllt. Aber dann? Wozu ein Unternehmen am Leben halten, das sich nicht trug?

Sie stieg wieder in ihre Kammer hinauf und öffnete das Fenster. Es hatte aufgehört zu regnen, die Luft war frisch und kühl, genau richtig für einen Tag, der im Zeichen eines Neuanfangs stehen sollte. Zu ihrer Überraschung brannte bei Signor Bergoglio noch Licht. Und zu ihrer noch viel größeren Überraschung erblickte sie auf seinem Balkon nicht etwa den alten Herrn, sondern niemand anderen als ihre Mutter! Signora Tedeschi schien den Blick ihrer Tochter bemerkt zu haben, denn sie sah erschrocken hoch, winkte ihr hastig zu, als wäre es ihr peinlich, entdeckt worden zu sein, und verschwand im nächsten Moment in der Wohnung. Vittoria hatte noch keine Gelegenheit gehabt, sich einen Reim auf diese Entdeckung zu machen, da klopfte es unten an der Haustür. »Mitten in der Nacht?«, murmelte Vittoria, froh, dass sie noch angekleidet war. Neugierig lief sie die Treppen wieder hinunter, nur um festzustellen, dass an der Vordertür niemand war. Sollte es an der

Hintertür geklopft haben, der Tür zum Hof? Doch auch dort war niemand. Das hieß: doch!

»Vittoria?« Er schien ebenso überrascht zu sein wie sie.

»Fabio! Was machen Sie hier?«

»Ich weiß es nicht. Ich dachte, Sie hätten … Sie wollten …«

»Ich wollte was?«

Ein verlegenes Lächeln. Ein Schulterzucken. »Jemand wollte mich sprechen.« Von irgendwoher klang leise Musik. Filmmusik vielleicht. Unvermittelt leuchteten ein paar kleine bunte Lampions über dem Innenhof auf. Erst jetzt bemerkte Vittoria, dass zwei Stühle in der Mitte des kleinen Gevierts standen. Nebeneinander. Und im nächsten Moment erstrahlte ein zauberhaftes Bild an einer der Wände, den Stühlen gegenüber, eine Rosette in schillernden Farben, die sich drehte und dabei ihr Muster veränderte. »Wie bei einem Kaleidoskop«, sagte Fabio.

»Wunderschön.«

»Ja.«

»Wollen wir?«

Vittoria nickte und setzte sich auf einen der Stühle, während Fabio sich neben sie setzte. Die Lampions erloschen und umso prächtiger wirkten die Farben der Projektion. »Es muss eine Camera Obscura sein«, flüsterte Fabio. Und in der Tat: Durch ein Fenster in Signor Bergoglios Wohnung drang ein Lichtstrahl in die Nacht und warf die zauberhaften Bilder an die Mauer. Bilder – und Wörter! Gedichte. *»Den Weg zum Herzen durch die Augen zeigen?«*, flüsterte Vittoria.

»Petrarca«, sagte Fabio leise und spürte, wie eine Gänsehaut ihm über die Arme lief. Es waren die Verse seines magischen Kaleidoskops, das er für Vittoria erschaffen und dann Signor Bergoglio heimlich in den Korb gesteckt hatte.

»Dass Amors Pfeile sich zum Ende neigen …«

Durfte er, sollte er ihre Hand ergreifen?

»Im Angesicht der goldnen Tage Reigen«

Er musste!

»Es ist die Liebe dir, nur dir zu eigen.« Und ehe noch der junge Ingenieur gewagt hatte, seine Hand auf ihre zu legen, griffen zärtlich ihre Finger nach seinen. »Es ist wunderschön«, flüsterte Vittoria. »Und du hast es gemacht, nicht wahr?«

Gemacht. Ja, das hatte er. Und doch war diese Nacht ein Geschenk, das er nicht geplant hatte. Durfte er, musste er ihr sagen … Eine plötzliche Bewegung – und die Katze saß auf Vittorias Schoß.

»Fausto!«, rief sie.

»Fausto? Ich habe sie Gioconda genannt.«

»Sie?«

»Die Katze.«

»Den Kater, Fabio!« Vittorias Lachen war die reinste Musik in Fabios Ohren. »Den Kater.«

Aus den Augenwinkeln erkannte er einen Schatten am Fenster. Signor Bergoglio. Er winkte ihm zu. Nun mach schon, Junge, schien das Zeichen zu besagen. In der Tat, es gibt eine Zeit zu reden, es gibt aber auch eine Zeit zu handeln. Fabio also handelte. Und wir wollen an dieser Stelle schweigen.

Natürlich gibt es ihn, Leonardos Rhombenkuboktaeder – wenn auch kein originales Objekt (und niemand weiß, ob es je eines gab). Und es gibt die Quadratur des Kreises, an der Leonardo und sein Freund, der berühmte Mathematiker Luca Pacioli, gearbeitet haben. Pacioli stammt aus nächster Nähe von Anghiari.

Der Rest freilich ist erfunden. Zumindest lässt sich nach heutigem Kenntnisstand nicht beweisen, dass in irgendeinem alten Palazzo der Stadt tatsächlich noch jahrhundertealtes Kinderspielzeug darauf wartet, als einzigartiges Relikt aus Renaissance-Zeiten entdeckt zu werden. Aber vielleicht ist das den Kindern ja auch bedeutend lieber. Allein was die Katze betrifft: Der Verfasser wäre Ihnen dankbar, wenn Sie sie – falls Sie gelegentlich die kleine Ortschaft in der italienischen Provinz besuchen – nicht mit »Gioconda« ansprechen. Dieser Auswuchs künstlerischer Freiheit sollte unser kleines Geheimnis bleiben.

ISBN 978-3-85179-422-9

Umschlaggestaltung: Christina Krutz, Biebesheim am Rhein
Satz: Christine Paxmann • text • konzept • grafik, München
Druck und Bindung: GGP Media GmbH, Pößneck

www.thiele-verlag.com